류에
레이스
“사, 살았다…….
고맙습니다, 바로 회복 마법을 쓸게요.”
나를 깔아뭉갠 엘프 여성.
그녀를 밀어내려고 하나……
아, 망했다. 놀랍도록 말랑한 곳에 손이 닿았다.
마침내 나도 럭키 변태라는
주인공 특유의 능력을 손에 넣고 말았나?

백수, 마왕
Bored, Sacred and Now a Devil!
의 모습으로 이세계에
가끔은 치트인 유유자적 여행
8

Contents

아마미
카이본
휴
후아~

백수, 마왕의 모습으로 이세계에

Bored, Sacrod and Now a Davil!

〈가끔은 치트인 유유자적 여행〉 8

아이아츠시 지음

카츠라이 요시아키 일러스트

김장준 옮김

프롤로그

세미피나르 대륙의 수도『사이에스』.

과거 대륙을 지배한『세미피나르 왕국』의 왕가가 살던 도시.

하지만 왕가는 스스로 지켜야 할 국민들의 손에 멸망하고 말았다.

국민을 이끈 이는 옆 대륙에서 온 한 여성.

그녀는『세미피나르 왕국』의 종주국이던『엔드레시아 왕국』에서 온 시찰원이었다.

왕가의 독재로 국토가 황폐해지고 치안이 붕괴된 참상을 목격한 그녀는 왕가에 불만을 품은 귀족들과 함께 혁명의 깃발을 들어 올렸다.

그런 경력을 가진 구국의 영웅이자 현 길드 총수, 오잉크 R. 아키미야가 도시 전체로 성명을 발표했다.

『명일 정오, 도시 중앙에 있는 구(舊) 왕궁 앞에서 중대 발표가 있을 예정이므로 모여주시기 바랍니다.』

그 말을 듣고 놀랍게도 도시 사람의 90퍼센트가 왕궁 앞 광장과 거리에 운집했다.

『도저히 성 앞까지 갈 수 없다.』, 『이래서는 그분의 중대 발표를 듣지 못한다.』

주민들의 불만이 흘러나오기 시작할 무렵, 그것은 갑자기 나타났다.

왕궁 바로 옆, **어떤 거대한 사건**이 일어났던 투기장 상공에 모두가 기다리던 인물, 오잉크 R. 아키미야가 거대한 모습으로 등장한 것이다.

"갑작스러운 부름에도 모여주셔서 감사합니다. 오잉크 R. 아키미야입니다. 지금 보고 계신 것은 마도구를 사용해 제 모습을 실시간으로 비춘 투영체입니다."

일전의 칠성배에서 발표한 신기술로 주민의 불만은 해소됐다.

하지만 동시에 『이렇게까지 해서 도시 전체에 알리려는 소식이 뭔가?』라는 의문도 생겨났다. 일부 사람은 이미 알고 있었다. 이것이 『칠성배에서 일어난 그 무시무시한 사건』과 관련된 발표임을…….

"본론부터 말씀드리겠습니다. 세미피나르 대륙의 풍작신, 칠성 플래시드 드래곤이 한 인간에게 패배했습니다. 아마 목격한 분도 계시리라 생각합니다."

대영웅 『해방자 이구조 요시다』가 해방한 이후, 풍작신으로서 작물을 키우고 대지를 윤택하게 한 신앙의 대상이 공격당했다. 이 땅에 사는 인간이라면 경천동지할 소식이었다. 당연히 민중은 자세한 설명을 요구했다.

그리고 영웅은 생각지도 못한 방법으로 그들의 요구에 부응했다.

"이 땅에 사는 모든 인간은 들어라!"

……바로 칠성을 해치운 본인을 직접 내세운 것이다.

§ § §

그 인물은 마족이 드물게 발현한다는 특이 기관을 『모두 갖춘』, 그야말로 『마왕』이었다.

하지만 주민들의 당혹감이 커진 이유는 딱히 그 때문만이 아니었다.

『과거에 나라를 어지럽힌 왕족과 같은 마족이 이곳에서 무서운 사건을 일으켰다』.

비참한 역사를 아는 자들은 그 인물에게서 옛 왕족을 연상했다.

"칠성을 해하고, 다시 이 땅에 날개를 펼쳐 너희를 위압하는 내가 미운가?"

말했다. 마치 사람들을 도발하는 것처럼 남자는 말했다.

자기 행동을 선전하려는 것 같은 언동이었다. 그리고 영웅 오잉크와 길드는 그런 인간을 붙잡으려고도 하지 않고 방관했다. 국민들은 혼란스러웠다.

"내가 이번 만행을 저지른 이유는 해방자 이구조 요시다의 부탁이 있었기 때문이다."

그 말이 나온 순간, 마침내 국민의 분노가 폭발했다.

하필이면 칠성을 해방해 사람들을 가난에서 구원한 대영웅의 이름을 팔아먹다니? 그런 주장을 어떻게 참고 들어주랴.

하지만 다시 국민들을 놀라게 하는 인물의 등장으로 그들의 격정은 사그라들고 말았다.

"화내는 게 당연하죠. 할아버지가 직접 해방한 칠성인걸요. 그걸 유언으로 죽여 달라고 했다니, 보통은 안 믿겠죠. 저도 그랬어요."

나타난 사람은 이 대륙을 운영하는 의원 중에서도 의장 자리에 있는 젊은 여성.

옛 대영웅의 친손녀, 이루 요시다였다.

"할아버지는 생전, 임종 직전까지 미련이 남은 것 같았다고 들었어요. 하지만 그게 뭔지는 저도 아버지도 끝내 알지 못했죠. 남은 거라고는 기묘한 암호로 적힌 편지 한 장. 이 사람은 그걸 해독하고 할아버지의 마지막 소원에 응했어요."

진실과는 다른 이야기였다. 하지만 결과적으로 이 남자, 카이본은 이구조의 소원을 이루었다.

어느샌가 국민들의 분노는 『무슨 소원이었느냐?』라는 의문으로 바뀌었다.

마치 짠 것처럼 사람들의 의식이 유도되었다. 더는 들어줄 수 없다고 생각하던 사람들이 이제는 마왕 같은 남자의 말에 조용히 귀를 기울였다.

"영웅 이구조는 선택을 강요받았다."

남자는 이야기했다. 대영웅의 유언과 거기에 담긴 소망을…….

"옛 칠성은 사악한 존재였기에 고대 인간들에게 봉인당했다. 하지만 이제는 그 악성이 사라지고 풍요를 가져오는 존재가 되었다고 알려지며 해방됐다. 그러나 진실은 다르다. 칠성은 우리 인간들을 살찌워 다시 먹어 치울 날을 기다렸던 것이다."

국민들은 무슨 얼토당토않은 소리냐며 전혀 믿지 않는 눈치였다.

만약 그것이 진실이라면 왜 이구조 님이 해방했느냐고.

"하지만 그 사람은 미래에 닥칠지도 모를 재앙을 감안하고 칠성을 해방했다."

또 불만이 폭발할 뻔했다. 하지만 그 전에 남자는 힘주어 뒷말을 이었다.

"내일! 어린아이가 굶어 죽을지도 모른다. 미래가 아니라 바로 지금 이 순간! 빈곤으로 죽어가는 사람이 있을지도 모른다. 약탈과 분쟁이 끊이지 않고, 땅도 인심도 황폐해진 나라를 그는 구하고 싶었던 거다."

그리고 그는 마무리했다. 영웅이 내린 결단이 무엇이었는지 전하며…….

“언젠가 닥칠 재앙이냐, 당장 내일 죽을지도 모를 민중이냐. 그 사람은 선택의 기로에서…… 너희의 내일을 선택했다. 설령 미래에 큰 시련이 기다린다고 할지라도.”

대영웅의 바람과 갈등, 그리고 진실 앞에서 국민들은 침묵했다.

그 말이 진실인지 아닌지 판단하기 위해서일까, 아니면 영웅의 고뇌를 생각해서일까? 그건 이 회견을 준비한 이들— 카이본과 동료들도 알 수 없었다. 이것은 하나의 도박이었다. 한 번에 수십만 명을 대상으로 하는『회견』은 이 세계에서도 이례적인 시도였다.

까딱 잘못하면 폭동으로 번질 수 있는 위험한 작전. 하지만 아무것도 하지 않으면 분명히 가까운 미래에 폭동으로 발전했을 대사건이었다.

의도치 않게 카이본 일행도 선택을 강요받았다.

하지만 거기에 순풍이 불었다. 지금 이 도시에는 많은 사람이 **각지에서** 모였다.

어떤 이는 말한다.『어머니를 고독에서 구해주고 함께 떠난 사람이 악인일 리 없다』.

어떤 이는 말한다.『마을을 재해로부터 지켜준 아이의 동료가 거짓말을 할 리 없다』.

어떤 이는 말한다. 『악한 영주를 무찌르고 우리를 압정에서 해방한 저 분을 믿는다』.

그것은 남자가 이 대륙을 걷는 여정에서 태어난 말.

주민들과 교류하고 그들을 위해 행동하여 얻은 신뢰.

그 순풍이, 파문이 서서히 퍼지고 합쳐지며 의문을 불식해 갔다.

……그의 말을 의심하는 사람은 이미 거의 남지 않았다.

여론이 반전되기를 기다린 것처럼 허상은 사라지고 목소리만 울렸다.

그리고 투기장 위로 작게 사람이 나타났다. 조금 전 허상이 아닌 실물, 연설을 끝낸 마왕이 사람들 앞에 모습을 드러낸 것이다.

그게 끝이 아니었다. 남자 아래에서 이번에는 허상이 아닌 거상(巨像)이 나타났다.

일어나자 고개가 투기장 위로 나올 정도의 거구. 그리고 그 몸을 덮는 황금색 비늘.

……바로 남자에게 패했다는 칠성, 풍작신의 가면을 쓴 사악한 존재였다.

"칠성이여. 풍작의 신으로 사람들에게 안녕과 풍요를 안겨주고 함께 살아가리라 약속하는가?"

남자의 물음에 인간의 말을 하지 못하는 용은 그저 고개 숙일 뿐이었다.

그것은 압도적 힘을 가진 존재가 마왕에게 굴복했다는 확고한 증거였다.

어떠한 말보다, 누구의 말보다 설득력을 가진 광경은 미미하게 남았던 의문까지 싹 지워 버렸다.

그리고 국민들은 알았다. 남자는 영웅의 바람을 뛰어넘었다고.

죽이지 않고 사람과 공존하겠다는 약속을 받아냈다고.

우렁찬 환성이 울려 퍼지는 가운데, 칠성은 거대한 날개를 펼쳐 천천히 날아올라 떠났다.

그 등에 새로운 주인, 영웅의 바람을 이룬 『영웅답지 않은(마왕) 남자』를 태우고…….

“좋아, 쾨니히. 저 산 뒤에서 원래 모습으로 돌아와. 그리고 조용히 착륙해줘.”

『알겠습니다. 제가 실수한 것은 없습니까?』

“완벽했어. 그나저나 원래 모습으로 돌아와서 다행이야.”

『전보다 힘이 넘칩니다. 지금이라면 저 빛나는 태양이란 곳에도 닿을 수 있을 테지요.』

“그건 안 돼. 위험하니까 금지야, 금지.”

칠성의 몸을 얻은 이 용도 사실 이번 회견의 한패였다.

§ § §

“여기야~! 이번에도 멋있었어, 카이 군!”

“멋졌어요. 사람들의 행복을 바라는 자비로움과 위엄을 겸비해서—.”

“아~, 안 들려, 안 들려!”

사실 이 대륙을 떠날 때까지 마왕 모습은 봉인할 생각이었다고.

알비스에서 있었던 일로 정말 지긋지긋해졌다. 그래도 이번 일은 싫다고 뺄 수도 없지 않은가? 그래서 나는 오늘도 베개에 얼굴을 파묻고 허공을 뻥뻥 차고 있었다. 이 나이에 뭐 하는 짓이야, 정말.

그 후 도시에서 떨어진 산에서 원래 모습으로 돌아온 나는 미리 대기하던 관계자, 오잉크 직속 부하의 마차를 타고 도시로 돌아왔다.

물론 쾨니히는 다시 주변 치안 유지, 바꿔 말해 영역 관리에 들어갔다.

앞으로도 쾨니히는 이곳에서 풍작의 신으로 사람들과 지내기로 했다.

수확의 계절에 모습을 보여주는 역할도 본디 불필요한 퍼포먼스지만, 사람들의 마음에 안정감을 주기 위해 맡아주기로 했다.

그리고 무엇보다 앞으로 가게 될 대륙 『서디스』에는 뒤를 봐줄 사람이 없다.

그런 곳에 눈에 띄는 쾨니히를 데리고 갈 수는 없었다.

본인(용)도 「설령 몸은 떨어져도 저는 주인님의 세 번째 날개입니다. 부르신다면 언제든 날아가겠습니다」라고 기쁜 말을 하며 이해를 해줬다. 착하게 자라줘서 이 아빠는 기쁘다.

좌우지간 이로써 내가 할 일은 끝났다. 오늘은 방에 틀어박혀 마음의 상처를 치유해야지. 그나저나 류에, 발길질할 때 베개 던져서 맞추지 말아 줄래?

그때였다. 나의 방콕 생활을 방해하려는 것처럼 노크 소리가 들렸다.

"네, 나가요."

레이스가 문에 난 구멍으로 밖을 확인하고 놀란 눈치로 돌아봤다. 흠, 의외의 인물이 방문했나 보군.

"카이 씨, 저…… 렌이라는 청년이 왔어요."

"뭐? 설마 직접 올 줄은 몰랐는데. 잠깐만 있어, 내가 나갈게."

얼마 전에 오잉크가 언질을 줬지만, 설마 오늘 올 줄이야……. 그렇게 카레가 먹고 싶었나? 뭐, 농담이지만.

"잘 왔어, 렌 군."

"……잠깐 이야기 좀 할 수 있을까?"

평소보다 조금 기운이 없는 렌 군이 실내를 힐끗 들여다

보고는 속삭였다.

남에게 들려주고 싶지 않은 눈치였다. 특히…… 호기심으로 눈이 초롱초롱 빛나는 모 엘프 아가씨와 흐뭇하게 이쪽을 바라보는 모 누님에게는.

"알았어. 자리를 옮길까?"

미리 목적지를 정해뒀는지 렌 군은 망설임 없이 걸어갔다. 뒤를 따라가자 바로 얼마 전까지 사람으로 넘쳐났을 장소, 그리고 지금은 조용해진 장소에 도착했다.

"훈련 시설…… 지금은 사람도 적으니까 비밀스러운 이야기에는 안성맞춤이겠어."

"……이야기가 목적이 아니란 것쯤은 알 텐데…… 카이본."

"그건 그렇지."

"부탁할게, 카이본. 너랑 다시 한 번 싸우지 않으면, 마음을 정리하지 못할 거 같아."

적의나 호기심이 아니었다. 그는 마냥 순수한 눈으로 나에게 머리를 숙였다.

한때 어른에게 이용당하고 나에게 싸움을 걸었던 청년이었다. 하지만 지금 그는 실의의 밑바닥에서 기어 올라와 새로운 한 걸음을 내딛었고, 나에게 재도전을 요청했다.

"연설 들었어. 아마 전부 진실은 아니겠지. 그래도 거짓말도 아닐 거라고 생각해. 그러니까 일전의 잘못된 도전을 마지막으로 끝내고 싶지 않아. ……부탁할게. 약속도 못 지키고 이런 말 할 자격이 없다는 건—."

"우승하면 다시 싸운다고 했지? 하지만 대회 자체가 중지됐어. 약속은 무효야."

그렇게 말한 순간, 렌 군은 분하게 고개를 숙였다. ……사람 말은 끝까지 들어야지.

"그러니까 지금 너는 약속을 깼다고 할 수 없어. 그냥 진솔하게 재도전을 바라는 한 명의 사람이지."

"……! 그, 그럼! 싸움을 받아줄 거야?!"

"미안하지만 마왕 모드는 봉인했어. 그래도 최근에는 이 모습으로 훈련했지. 전에 싸웠을 때보다 오히려 강해졌다고 생각해도 돼."

기쁜 표정을 짓는 그를 데리고 훈련 시설로 들어갔다.

우리가 곧 떠나는 것처럼 그들도 곧 떠난다. 이별 선물 정도는…… 줘도 되겠지.

§ § §

"아…… 맞아. 나, 길드 접수처에 볼일이 있었어."

"어머, 호출이라도 받았나요?"

"아니, 그런 건 아니야. 미스 세미피나르로 뽑히고 티아라를 받았잖아? 그래도 내년에 여기 올지 안 올지 모르니까 지금 반납하려고. 그게 없으면 콘테스트도 못 열 테니까."

"그러네요. 내년에도 오고 싶지만, 혹시 모르니까 돌려주는 게 좋겠어요."

카이 씨가 나가고 얼마 있지 않아, 류에가 볼일을 떠올리고 침대에서 일어났다.

우리는 여행자다. 내년에 반드시 이곳에 올 거라는 보장은 없었다.

류에가 떠나고 홀로 있기에는 너무 넓은 방에서 어떻게 할지 고민했다.

그런데 곧 다시 노크 소리가 들렸다. 류에……는 아니겠지.

"네, 누구세요?"

"레이스, 저예요."

오잉크 씨의 목소리였다. 어떡하지, 지금은 카이 씨도 나가고 없는데…… 일단 들어오시게 할까?

"실례합니다. 본본…… 어머, 혹시 지금 없나요?"

"네. 방금 렌 군이 와서 같이 나갔어요."

"그래요……. 뭐, 사후 보고를 하러 왔을 뿐이니까 상관없겠죠."

그러더니 오잉크 씨는 소파에 앉아 한숨을 길게 내쉬었다.

많이 지쳤겠지……. 연설 뒤에 의원과 각처 관계자에게 이번 사건을 설명하느라 격무에 시달렸으니까.

『나도 처음부터 칠성의 문제점을 파악하고 있었다』라는 입장으로 내용을 생각했다고 들었다. 기온 상승과 작물 수확

시기 변동, 그리고 수확제 자체가 앞당겨진 이유를 근거로 들어 어떻게든 설득하겠다고 준비를 많이 한 모양이었다.

“혹시 시간이 있으면 잠깐 쉬고 가시는 건 어떠세요?”

“그럴게요……. 오늘 하루 사이에 폭삭 늙은 기분이에요…….”

“정말로 힘드시겠어요. 지금 홍차를 내올게요.”

잠시나마 그녀에게 휴식을……. 함께 티타임을 가지며 나도 무료하던 시간을 의미 있게 보냈다. 후후, 두 명이라면 이 방도 휑하게 느껴지지 않는다.

“아, 그러고 보니 깜빡했네요. 레이스, 길드 랭크가 정식으로 S가 됐어요. 사실 류에나 카이본처럼 SS로 하려고 했는데, 안타깝게도 대륙 지부장들끼리 정하기는 어려운 사안이라서…… 죄송해요.”

“그렇게 사과하지 마세요. 원래 거기까지는 바라지도 않았는걸요.”

“그렇게 말해주시니 고마워요. 다만…… SS랭크의 특권도 지금 드린 카드도 곧 무의미해지겠지만요…….”

농담조로 말하지만 그녀의 얼굴에는 옅은 그늘이 졌다. 그것을 보고 나는 떠올렸다.

모험가 길드가 너무 생활과 밀접한 조직이라서 잊었지만, 이 조직은…… 엔드레시아 대륙과 세미피나르 대륙에만 존재했다.

쉽게 말해 우리는 곧 길드 총수인 그녀의 지원도, 길드 간

부라는 지위와 권력도 잃는다.

그리고 그것은 동시에…… 그녀가 카이 씨와 헤어져야 한다는 뜻이기도 했다.

……망설여지는 건 사실이었다. 불안도 있었다. 그래도…… 이대로 있으면 안 되겠지.

"오잉크 씨. 칠성배 우승자는 저, 맞죠?"

"네, 그렇게 결정됐어요. 길드에서도 정식적인 우승자로 기록할 예정이에요."

"안심했어요. 그렇다면…… 우승자의 권리를 써도 되는 거죠?"

"권리…… 아, 혹시 백은장에게 도전할 권리 말인가요? 하지만 이미 S랭크인 백은장이 되었는데—."

"아뇨, 제가 도전하고 싶은 사람은 백은장이 아니에요. 아마…… 다른 백은장 중에서도 저와 대등하게 싸울 사람은 많지 않겠죠. 그러니까 더 위에 있는 사람과 싸우고 싶어요."

결코 자만이 아니었다. 나는 이번 대회에서 확실하게 강해졌다. 그러니까 사실은 이미 만족했고 더 싸울 필요도 없었다. 그래도 전사가 아니라 한 명의 여자로서 나는—.

"……그럼 당신은 누구에게 도전하겠다는 거죠? 『빛나는 여제』 레이스 레스트."

나는 친구가 아니라 길드 총수, 그리고 전쟁 영웅의 얼굴을 한 그녀에게 말했다.

“제가 도전하고 싶은 사람은…… 『구국의 성녀』 오잉크 R. 아키미아, 당신이에요.”

§ § §

아, 그녀는 분명히 파고든다.

여자의 감이 속삭였다. 그녀는 틀림없이 나에게 적의를 드러낸다.

나와 친구가 되고, 나와 마찬가지로 사람 위에 선 그녀라면 상대의 마음을 깊이 들여다보려는 그녀라면…….

두려웠다. 이 싸움 끝에 어떤 결말이 기다릴지 상상하니…….

하지만 한편으로는…… 고맙기도 했다.

마차로 도시 바깥, 얼마 전까지 예선 경기장이었던 유적까지 온 우리는 이미 초원으로 변한 그곳에 내렸다.

“여기는……? 놀랐어요. 그 미궁이 흔적도 없이 사라지다니…….”

“빗물의 기적…… 레이니 씨와 관련이 있다는 게 제 추측이에요.”

“그렇군요. 게다가 미궁은 없어도 효과는 남아 있는 모양이네요.”

왜 이곳을 골랐는가? 바로 그 미궁에 있던 『육체 피해를 정신과 기력으로 변환』하는 효과를 얻기 위해서였다.

이곳은 원래 칠성배 전후 기간은 봉쇄되지만 지금은 특별히 예외였다.

이곳이라면 서로 다치지 않고…… 진심을 다해 싸울 수 있으니까.

"그럼…… 지금부터 저, 오잉크 R. 아키미야는 레이스 레스트의 요청에 따라 1대 1 한판 대결을 받겠습니다. 이대로 진행해도 될까요?"

"네. 부탁드려요."

해가 기울어 붉게 물든 초원. 낮과 밤의 경계선.

곧 찾아올 밤의 지배자처럼 우아하게 선 그녀를 관찰했다.

새로 장만했을까, 아니면 그녀의 작업복일까. 바람에 휘날리는 붉은 드레스를 입고 활을 든 모습이 신기하게도 이 장소와 조화를 이루었다.

나도 내 무기를 꺼내며 이 싸움의 의미를 생각했다.

그녀는 도전하고 싶어 한다.

앞으로도 그 둘과 나란히 서기 위해서, 그 둘과 가까운 힘을 가진 나에게…….

그리고 그녀와 나는『같으니까』나를 여기서 끝내고 싶겠지.

화살을 시위에 메기고 겨눴다.

마궁은 아니지만, 그녀를 위해 내가 포기한 그 마궁은 아니지만…….

이것 또한 **그**와 함께 싸워 온 소중한 무기.

서로를 겨냥하며 나는 마지막 질문을 던졌다.

"레이스. 이 싸움은 비공식 경기예요. 하지만 원래 보수가 있어야 할 경기이기도 하죠. 당신은 이 싸움에서 승리하면 뭘 바라나요?"

"……제 바람은 단 하나. 당신이 딱 하나, 제 소원을 들어줬으면 해요."

"후후, 무서운 보수네요. ……알겠어요. 제가 가능한 일이라면 뭐든 하나, 당신의 소원을 들어주겠다고 약속하죠."

분명 당신은 끝내주겠지. 『그 사람을 포기하라』라는 소원으로.

그러지 않아도 나는 포기했는데. 하지만 레이스는 그렇게 해야 뒤탈 없이 떠날 것이고, 나도 확실히 털어버릴 수 있다고 생각하겠지.

후후, 그래도 봐주지는 않을 것이다. 나는 마지막 벽이 되어 보이겠다.

그리고…… 조금 분한 것도 사실이니까 진심으로 싸우겠다.

"덤벼요, 레이스! 당신이 도전할 사람은 신예기 최강의 궁수. 말 그대로 그 시대의 모든 것을 손에 넣은 저를 얼마나 쫓아올 수 있을까요!"

아이템 박스에 보관된 무한에 가까운 최고급 아이템을 바라봤다.

……전부 보여주겠다. 당신이 도전할 사람은 카이본과는

다른 형태의 최강이란 걸.

§ § §

"미안해, 레이니 리네아리스. 이런 곳까지 준비하게 시켜서."

"아니에요. 몇 없는 친구의 부탁인걸요. ……그 사람, 치료는 어떻게 할까요?"

"됐어, 괜찮을 거야. 원래 외상은 안 남잖아. 게다가…… 이미 깼나 봐."

술식 내부. 가상 세계라고도 할 수 있는 투기장에서 나는 땅에 누운 청년에게 말을 걸었다.

렌 군. 예전에 싸움을 걸었다가 나에게 패배한 상대. 그런 그의 재도전이었다.

그 무렵의 나와는 달랐다. 이 몸으로 전투를 경험하고 훈련도 쌓았다. 이미 나와 그는 싸움다운 싸움을 하지 못할 정도로 실력 차가 벌어져 있었다.

게다가 여기는 보는 사람도 없었다. 리샤르 씨와 싸울 때처럼 눈치를 볼 이유도 없었다.

"……알고는 있었어. 그냥…… 정점을 보고 싶었던 거지. 이 세계의 정점을."

"정답이야, 렌 군. 나는 분명 이 세상에게 제일 강해. 넌 거기에 두 번이나 도전했어. 그럼 앞으로 어떻게 할래?"

"몰라. 하지만 적어도 앞을 보고 나아갈 수 있어."

"……그래? 그럼 너도 떠나겠구나."

"그래야지. 잠시 이 대륙을 여행할 거야. 그러고 나서…… 다시 엔드레시아로 돌아가든가 해야지."

어쩌면 렌 군도 칠성을 해방해서는 안 된다고 어렴풋이 생각하는지도 몰랐다.

하지만 그는 앞으로 나아가겠다고, 후련한 얼굴로 말했다.

그래, 그거야. 이 세상은 그래도 되는 곳이니까.

한 가지 사명에 얽매여 살기에는 너무나도 광대하고 자유로운 땅이니까…….

"내년에 다시 출전해. 다음에라도 결과를 내면 카레를 대접할게."

"……잊고 있었네. 하, 젠장. 1년 더 기다려야 하나."

"향신료 조합은 끝냈으니까 길드에 제공할게. 어쩌면 길드 직영 레스토랑에서 만나게 될지도 몰라."

"정말로?! ……그래도 마왕 특제 카레가 어떨지 궁금했어."

멀지만은 않은 미래를 이야기하면서 먼저 이 공간을 떠나는 그를 배웅했다.

투기장이었던 곳이 어느새 다시 도서관으로 돌아가 있었다. 레이니 리네아리스도 의자에 앉아 조용히 뭔가를 바라보았다.

"다시 말하지만, 고마워. 그런데…… 나는 아직 여기 남아 있을 이유가 있나?"

"후후, 있고말고요. 시간도 잠깐…… 끌어야 하고요."
"시간을 끌어? 내가 돌아가면 뭐 안 좋은 일이라도 있어?"
"……후후, 지금 돌아가면 제가 심심하잖아요? 피곤하실 텐데 잠깐 차라도 마시고 가셔요."
"흠…… 뭐, 그렇다면 마시고 갈게."
기다리는 김에 이 방대한 서적 중에서 조금 관심을 끄는 제목을 골라 한 권 꺼내 들었다.
『세계의 희귀한 음식 ~외눈 장어와 다시마 같은 것~』.
흠, 굉장히 호기심을 자극하는군.
책 한 권을 들고 테이블로 가려던 때, 작게 속삭이는 소리가 들렸다.
"……저도 같은 여자로서 그 사람들한테 협력하고 싶기도 하고요."
"응? 그건 무슨 소리야?"
"신경 쓰실 필요 없어요. 그냥 옛날 일이 기억났을 뿐이니까요."
웬 수정구슬을 바라보던 레이니가 그렇게 얼버무리며 홍차를 권했다.
말하지 않는다면 굳이 내가 알 필요 없다는 뜻이겠지.
이 성가시고 비밀 많은 친구의 성격을 대강 이해한 나는 잠자코 독서를 즐겼다.
그런데 잠시 후, 갑자기 레이니가 나에게 말을 걸었다.

"엄청난 물량을 자랑하는 초장거리 병기가 있다고 쳐요."

"뜬금없이 뭐야? 전쟁 이야기야?"

"네, 그렇다고도 할 수 있죠. 그런 병기를 공략하려면 어떤 병기가 필요할까요?"

흠, 기관총 난사라고 생각하면 되나?

엄청난 물량이라면 그런 무기가 주르륵 늘어섰다고 봐야겠지.

"물량과 초장거리라……. 그렇다면 더 먼 사정권에서 일방적으로 공격하는 게 좋지 않을까?"

이미지는 초장거리에서 쏘는 대물 저격총이다.

"……네, 그렇겠네요. 아마 그게 가장 좋은 방법이자 유일한 공략법일 거예요."

"정답이야? 그럼 다행이고. 뭘 보는지 모르겠지만, 위험한 생각은 하지 마. 이곳 훈련장에 그런 무기가 나오면 사람들이 불쌍해."

"후후후, 그럴 생각은 없어요. ……아무래도 결판이 났나 보네요."

"아까부터 뭘 보는 거야? 지금 훈련장을 쓰는 사람이라도 있어?"

"사실 맞아요. 어디 보자…… 시간은 충분히 벌었으니까 돌아가고 싶으면 언제든 말씀하세요. 바라시면 그 책도 빌려드릴게요."

"오, 정말? 관심 있는 도감이니까 나중에 찬찬히 읽을게."

떠나기 전에 곧 이 도시를 뜰 나는 다시 한 번 레이니에게 감사했다.

뭔가 형태가 남는 선물이라도 주고 싶은데…….

"선물이요? 그렇다면…… 내년에 또 오세요. 당신의 운명은 앞으로도 평탄하지는 않을 테니까요."

"은근슬쩍 남의 마음을 읽고 불길한 미래를 점치지 마. 나 참……."

"마지막으로 하나 더. 류에 씨의 머리장식, 그건 사실 두 개가 한 짝을 이뤄요. 혹시 남은 반쪽을 찾으시면…… 반드시 손에 넣으세요. 무슨 수를 써서라도, 반드시."

"무섭게 왜 그래? 하지만 알았어. 안 그래도 나도 남은 하나를 찾고 싶었어."

신과 같은 힘을 가진, 술식 내부에 **실재하는 신과 같은** 존재, 레이니 리네아리스.

신비하고 기묘한 매력을 가진 친구에게 나는 다시금 이별을 전하고 그곳을 떠났다.

§ § §

분하고 슬프고 샘났다. 그래도 나에게는 자부심이 있었다.

『나는 그와 동등한 입장과 힘을 가졌다. 함께 전장을 누빈 사람도 다름 아닌 나다』.

그 추억과 힘이 내게 남은 마지막 긍지였다. 그래서 나는 그녀에게 승리를 양보할 생각은 없었다.

그래도 승리한 뒤에 스스로 전할 생각이었다.

「저는 그 사람을 포기할게요. 세 분이 행복해지세요」라고.

그런데— 왜 내가 무릎을 꿇고 있는가.

"……결판났어요. 저한테 맞춰주셨겠지만, 그래도 이긴 건 이긴 거예요."

"이상하네요……. 저는 당신의 기술을 전부 알고 있는데."

"……네. 카이 씨처럼 신예기 사람은 온갖 기술을 숙지하는 것 같았죠. 같은 활을 쓰는 사람으로서 오잉크 씨라면 제 기술도 훤히 꿰고 있을 거라고 생각했어요. 물론 지금은 마궁을 쓰지만."

그랬다. 나는 지금까지 쌓은 경험과 과거의 지식으로 그녀의 기술을 모두 알고 있었다. 『마궁투사 고유의 기술』도 포함해 사정거리부터 효과, 궤도에 이르기까지 전부.

당연했다. 그녀가 쓰는 마궁은 원래 내가 가지려고 조사했던 것이다.

그래도…… 그가 세 번째 캐릭터에 쓰고 싶다며 찾던 까닭에 내가 포기했다.

무기를 얻어도 굳이 전직까지 할 생각은 없었으니까.

그런데 서로의 모습이 보이지 않을 정도의 장거리 전투가 되면서 이상한 현상이 발생했다.

내 계산을 무시한 공격이 잇달아 날아들었고 그때부터 내 공격이 그녀에게 닿지 않았다.

개인의 기량으로 기술의 성능이 바뀌는 현상은 안다. 그래도 그 변화는 상상을 초월하는 수준이었다.

아무리 약을 소비하며 버텨도 상황을 뒤집을 묘책이 떠오르지 않았다.

물론 그녀가 아직 배우지 않은 최강의 기술을 쓰면 역전할 수도 있었으리라.

대미지를 주는 최고급 매직 아이템으로 공략도 가능했으리라.

하지만 내 자존심이 허락하지 않았다. 그와 함께 싸웠던 내 힘을 믿는 내가, 반칙이나 다름없는 힘에 기대는 것을 용납할 수 없었다.

"……일방적인 지식은 일종의 반칙이라고 생각했는데, 레이스, 당신도 제가 모르는 반칙 같은 힘을 사용했군요?"

레이스가 내민 손을 잡고 일어나자 그녀는 그 손을 내 앞으로 들어 보였다.

왼손 검지에는 그녀에게는 조금 어울리지 않는 중후한 아머 링이 있었다.

"얼마 전에 카이 씨에게 받은 물건이에요. 공격 거리를 늘리는 효과가 있죠."

“……졌네요. 이러면 두 가지 의미로 완패잖아요. 제 힘은 물량. 즉, 대부분은 물건에서 나와요. 그렇다면 당연히 제가 가진 물건보다 강한 물건에는 못 이기죠.”

은근한 질투였다. 그에게 받은 선물로 승패가 갈렸다는 사실에 대한 질투.

그래도 나름대로 납득, 혹은 체념할 수 있었다.

길고 깊은 한숨을 쉬었다. 그리고 레이스가 소원을 말하기 전에 내가 먼저 입을 열었다.

“당신이 뭘 바라는지 알아요. 네, 포기할게요. 그 사람, 카이본에 대한 마음을 정리할게요. 후후, 처음부터 가망이 없는 건 알았지만요.”

괜히 분해서 최소한의 반항으로 그 말을 선수 쳤다.

그 순간, 나는 처음으로 그녀가 진심으로 화내는 얼굴을 눈앞에서 볼 수 있었다.

분노만큼이나 슬픔으로 일그러진 얼굴이었다. 그 표정의 의미를 파악할 수 없어서, 내가 무슨 큰 실수를 한 건 아닐까, 몹시 당황스러웠다.

“……! 저는! 당신한테 그런 소리를 들으려고 싸운 게 아니에요!”

“……그럼 대체 무슨 이유죠? 당신은 알고 있을 텐데요. 제가 아직 그 사람을—.”

“그게 아니에요, 오잉크 씨. 모르시겠어요?”

아무 말 없이 레이스가 내 눈동자를 들여다봤다.

안쪽 깊은 곳까지 꿰뚫어 보는 와인색 눈동자에 살짝 얼이 빠진 내 얼굴이 비쳤다.

그게 왠지 한심해서 나도 얼굴에 힘을 주고 그녀의 눈동자를 똑바로 바라봤다.

무슨 말을 듣고 싶은가. 무슨 생각을 하는가. 서로를 탐색하는 눈싸움이 이어지는 가운데, 어쩐지 내가 그녀에게…… 아니, 그녀들에게 품었던 마음이 입으로 흘러나왔다.

“"나는……."”

같은 타이밍에 레이스가 완전히 같은 말을 했다.

우리는 놀라면서도 이 마음을 지금 고백해야 한다고 느끼고, 뒷말을 이었다.

“"나는, 당신이 부러워요."”

우연히도 이어지는 말까지 완벽하게 일치했다. 우리는 함께 씁쓸히 웃었다. 다음 말은 레이스에게 먼저 양보했다.

“저는 카이 씨가 다른 누구에게도 보이지 않는 표정을 당신에게 보여주는 게 너무 부러웠어요. 저와 류에도 모르는 그 사람을 아는 당신에게, 질투하기까지도…….”

그건 내가 한 줌의 우월감이라도 느끼던 이유였다.

단 하나뿐인, 나에게 허락된 유일한 강점. 레이스는 그것이 부럽다고 말했다.

어쩜 이리도 욕심이 많을까……. 그래도 그건 누군가를

사랑할 때 당연히 생기는 감정이었다.

그렇게 따지면 욕심이 많은 건 오히려 나다. 마치 댐이 무너지듯 쏟아지는 감정에 휘말려 나도 레이스에게 반론하려고 속마음을 여과 없이 쏟아냈다.

"나야말로 당신 두 명이 부러웠어. 나한테는 절대로 보여주지 않는 표정을 언제나 보고 있는 당신들이 너무 부러웠어. 내가 쭉 찾아 헤매던 사람 옆에 서서 함께 걷는 당신들이, 나는 너무 부러웠어."

멈추지 않는다. 멈출 수 없었다. 나와 버린다. 모든 감정이, 숨겨 왔던 마음이…….

"왜 제가 아닌가요! 왜 류에 앞에 나타났냐고요! 찾던 사람은 난데! 나는 마냥 기다리지도, 모르고 지내지도 않았는데! 이 세상 어딘가에 있다고 믿고 계속 찾아 헤맸는데, 그런데…… 왜!"

정말…… 추하다. 나는 내 더러운 부분을 모두 그녀에게 들춰내고 말았다.

§ § §

그 비통한 외침, 한탄을 나는 가만히 듣고 있었다.

간절한 열망. 우리와 그녀에게는 아무런 차이도 없다…….

아니, 오히려 정말로 보답받아야 할 사람은 그녀라고, 이때

나는 겨우 깨달았다.

그 사람의 존재를 모르고 고독 속에서 견디던 류에.

그 사람의 존재를 흐릿하게 기억하면서 언젠가 데리러 와주리라 믿고 기다리던 나.

그리고— 그가 분명 어딘가에 있으리라 믿고 스스로 찾아 헤맸던 오잉크 씨.

……양보할 생각은 없다. 그래도 그녀만 보답받지 못하는 건 너무나도 불공평하다.

그렇게까지 노력한 그녀가 그 마음을 그냥 가슴에 묻어버려서는 안 된다.

평등하게, 그리고 대등하게…… 당신은 우리와 승부해야 하는 사람이다.

"……오잉크 씨, 저는 오늘 당신에게 어떤 부탁을 하려고 도전했어요."

"그랬죠. 당신은 뭘 바라나요? 이런 저한테. 이렇게, 추한 저한테."

"영웅이 아닌 한 사람의 여성으로 당신을 응원하게 해주세요. ……오잉크 씨, 헤어지기 전에 그 사람한테, 카이 씨한테 마음을 전하세요."

나는 안다. 마음을 가슴에 묻은 채 헤어진 여자의 끝이 어떤지.

직업상 여러 번 봤으니까. 마음을 밝히지도 못하고 상황이

나 입장 때문에 찢어지는 아이들을 몇 번이나, 몇 명이나…….

마음은 살아 있다. 살아 있는 생물을 좁은 곳에 가두면 당연히 죽는다.

분명히 그녀는 앞으로도 괴롭고 험난한 길을, 영웅으로서 나라를 이끄는 길을 갈 것이다.

그래도 죽어 버린 마음을 끌어안고 갈 수 있을 만큼 녹록한 여정은 아니겠지.

나는 내 생각을 그녀에게 전했다. 죽은 마음은 언젠가 썩어 몸에 독이 되리라고.

"오잉크 씨. 카이 씨에게 마음을 전하세요. 지금 이 기회를 놓치면 반드시 후회해요."

"……거절당할 걸 뻔히 알면서도요? 참 잔인한 말을 하시네요."

"입장상 차마 아니라고는 못 하겠네요. 하지만…… 필요한 일이에요."

분명히 다음에 우리가 이곳을 방문할 때는 뭔가 변해 있을 테니까.

그의 마음속에 다른 사람이 파고들 여지가 조금도 남지 않을 테니까.

나도 류에도, 분명 그의 모든 것이 된다. 우리가 그의 총애와 신뢰, 모든 것을 차지한다.

지금이라면 말할 수 있다. 자만이 아니라 그만큼 서로를 생각하기 때문이라고.

그러니까 아직 우리가 평등해질 수 있는 지금 마음을 전해야만 한다.

"……영웅이 아니라 한 사람의 여자라는 위치까지 저를 떨어뜨리기 위한 싸움이었나요?"

"네. 우리는 평등하고 대등하게 싸워야 하니까요."

"……정말로 당신은 잔인해요. ……그리고 그만큼 다정한 사람이네요."

어느새 밤하늘이 시야를 가득 비추고 있었다. 그 아래에서 그녀는 조금 쓸쓸하게 미소 지었다.

그때 비로소 그녀가 한 명의 여성이 된 것처럼 보여 조금 기뻤다.

영웅이 아니다. 우리와 같은 사람을 사랑한, 한 명의 사랑하는 여성일 뿐이다.

"……이제야 오잉크 씨와 정말로 친구가 된 기분이에요."

"그러네요……. 원래 세계에서 살았던 세월. 그리고 이 세계에서 지낸 세월을 더하면…… 후후, 당신이 이 세계에서 눈뜨고 보낸 세월과 거의 맞먹겠네요. 우리는 동년배예요."

"으…… 그런 말은 하지 마세요. 전 웬만하면 나이는 생각하지 않으려고 하니까요."

팽팽하던 분위기가 이완되며 온기를 머금은 바람이 초원을 부드럽게 스쳐 갔다.

그리고 나는 이 결의의 밤을 그녀와 함께 보내기로 했다.

§ § §

“나 왔어.”

“아, 어서 와~! 응? 그 책은 뭐야?”

“심심할 때 읽으려고. 그런데 레이스는 어딨어?”

방에 돌아오자 전에 썼던 검을 더 개조? 조정하던 류에가 달려와 내가 든 책을 잽싸게 빼앗았다. 그러고는 팔락팔락 페이지를 넘겼다.

“아, 들어 봐. 방금 길드 사람이 와서 레이스의 편지를 줬어. 오늘 오잉크랑 하룻밤 묵고 온대. 부러워, 나도 같이 놀고 싶었는데~. 나만 빼놓는 건 불공평하지 않아?”

“음……? 레이스는 이번에 자기 입장을 밝히기도 하고 여러 일이 있었잖아. 오잉크랑 길드에서 할 일이 있는 거 아닐까?”

“아…… 그러고 보니 대회 해설에서 말했지? 빛나는 여제였나?”

그렇다면 오늘은 오랜만에 류에와 둘뿐이라는 뜻이다. 흠, 저녁은 어떻게 할까?

“아, 식사는 아까 길드에서 했어. 볼일이 있어서 갔는데 대접해줘서.”

“뭐……라고……? 그럼 나는 혼자 쓸쓸하게 남은 샌드위치나 먹어야지…….”

그렇게 이 세계에 와서 처음 혼자서 저녁을 먹은 다음 날.

아침 식사를 다 먹었을 즈음 레이스가 돌아왔다. ……이유는 모르지만 꿀돼지랑 같이.

“이른 아침부터 와도 돼? 너, 지금 바빠서 정신없잖아?”

“네. 그래도 오늘은 정말 중요한 이야기가 있어서 약속을 잡으러 왔어요.”

이상하게 힘이 들어간 오잉크가 나에게 다가왔다.

뭐지? 내가 무슨 사고라도 쳤나? 어제 연설 때문인가?

“오늘 밤, 남몰래 드릴 이야기가 있어요. 본본만 이곳으로 와주세요.”

“드레스 코드가 있는 곳이니까 복장은 제가 봐 드릴게요.”

“흠…… 이 지도에 표시된 곳? 어째 분위기가 심상치 않은데, 그렇게 중요한 이야기야?”

“네, 아주요. 참고로 최고급 식사가 나오니까 배는 비워두세요.”

오잉크는 지도만 건네고 홱 돌아서서 방을 나갔다.

……뭐야? 평소랑 반응이 다른데. 어제 무슨 일이 있었나?

“으, 오늘은 또 카이 군이 나가……? 좋겠다, 맛있는 밥도 얻어먹고. 나도 따라가면 안 되나? 레이스, 우리도 갈까?”

“카이 씨한테 긴히 할 얘기가 있다니까 오늘은 두 분만 있게 해주세요. 대신 어제 오잉크 씨가 알려준 맛있는 가게에 함께 가요."

"정말로?! 도시가 너무 넓어서 좋은 가게를 찾기 힘들었는데 잘됐어. 그럼 오늘은 레이스랑 단둘이 외출이구나? 카이 군, 선물 사 둘게."

"알겠어. 레이스는 뭔가 아는 눈치인데, 그것도 비밀이지?"

"후후, 네. 복장은 어떻게 할까요? 만찬회 때 입은 걸 또 입을 수는 없고……. 참, 전에 노점용으로 의상을 많이 샀었죠?"

"아, 연미복이랑 이것저것 샀지. 그럼 그중에서 고를까?"

"그래요. 후후, 보는 사람들이 깜짝 놀랄 만큼 멋지게 코디해 줄게요."

"아, 물론 나도 도울게. 액세서리는 나한테 맡겨."

류에 씨, 그 손에 든 장수풍뎅이 헤어밴드는 집어넣읍시다.

그거 도손네 딸한테 선물하지 않았어? 예비품까지 있었나…….

그 후, 오늘 밤을 위한 복장을 고른 류에와 레이스는 아직 날도 밝은데 거리로 나갔다.

원래 내일 이곳을 떠날 예정이었으니까 마지막으로 여자끼리 쇼핑이라도 하게 두고 나는 혼자 방에서 조용히 시간을 보내기로 했다.

"책을 받아오길 잘했어."

말없이 페이지를 넘겼다. 하지만 생각은 점차 오잉크에게로 옮겨갔다.

……그래. 여기를 떠나면 오잉크와도 헤어져야 한다.

마지막 밤이 될지도 몰랐다. 그렇다면 나도 그만 결정을 내려야겠지.

아무도 없는 방에서 홀로 결의를 다졌다.

나는 페이지를 넘기는 소리조차 사라진 정적 속에서 조용히 일어나 방을 나섰다.

로비로 내려가자 마침 찾아온 길드 직원이 나를 밖에 있는 마차로 안내했다. 내가 올라타자 마차는 행선지를 말하기도 전에 조용히 출발했다.

처음부터 마차를 보낼 생각이었으면 지도는 왜 줬어?

바깥 경치를 바라보는데 내가 아직 들른 적 없는 거리로 진로가 바뀌었다.

중앙에 있는 행정 구역에서 벗어나자 마도구 조명이 상대적으로 현란한 거리로 나왔다.

유흥가와는 다른 소음과 우아함이 혼재하는 신비한 장소였다.

상류 계급을 대상으로 한 고급 유흥가일까?

행인은 모두 파티라도 가는 것처럼 호화로운 의상으로 단장했다.

늘어선 가게들도 하나같이 어떤 품격을 자아냈다.

마차는 이윽고 유독 큰 건물 앞에 정차했다.

"도착했습니다."

"감사합니다."

내가 내린 곳은 마치 영화의 한 장면이 시작될 법한, 새하얀 신전 같은 건물 앞이었다.

간판은 어디에도 보이지 않았다. 그저 건물 입구에 마치 안내원 같은 남성이 조용히 서 있었다. 나는 그에게로 다가가서 말을 걸었다.

"어서 오십시오. 회원제 레스토랑『리앙 에떼르넬』입니다."

"안녕하세요? 약속이 있어서 왔는데요."

"네, 알고 있습니다. 오늘은 가게를 대절 중입니다. 저를 따라와 주십시오."

안내원을 따라서 건물 안으로 들어갔다.

외관에 반해 장식이 절제된 내관이 호감을 줬다. 하지만 복도를 걷던 도중 어떤 회화 앞에서 나도 모르게 발길을 멈추고 말았다.

"이 그림은……."

"오너인 오잉크 님께서 고명한 화가를 찾아 그린 작품입니다. 이 레스토랑의 장식은 모두 오잉크 님의 요청에 따라 디자인했죠."

……그건 분명 오잉크가 상상하고 무리하게 부탁해서 그린 물건이리라.

그 그림에는 게임에서 우리가 별로 강하지 않을 무렵, 직접 게임을 공략하며 모험을 즐기던 시절의 캐릭터들이 한곳에 모여 있었다.

뚱뚱하게 살찐 오잉크와 조그만 소녀로 묘사된 다리아.

다리아와 키가 비슷한 은발 검사 슌과 살짝 밉살스러운 표정을 지은 검은 말총머리의 젊은 남자, 구~냐.

그리고 내 옆에서 웃는 분홍색 머리의 여성, 엘.

……아, 그랬지. 아직 류에와 레이스도 태어나기 전이다.

내가 마왕 세트를 맞추기 전, 모두 일류가 되기 전인 정말 초창기의 모습이다.

"이 그림, 제목은요?"

"『재래(再來)』입니다."

가슴에서 치미는 감정을 꾹 억누르며 나는 다시 오잉크가 기다리는 곳으로 걸음을 옮겼다.

§ § §

Kaivon: 안녕하세요. 이 앞쪽 맵 같이 공략하지 않을래요?

Oink: (´･ω･`)좋아~! 란란은 원거리 캐릭이니까 탱커해주셈.

Kaivon: 뭐야, 란돼지냐?

Oink: (´･ω･`)돼지인데 뭐 문제라도? Oink Oink.

아마 이게 오잉크와 처음 나눈 대화다.

처음 방문한 장소였고 당시에는 아직 도달한 사람이 거의 없는 장소였다.

폐인 플레이를 하던 나처럼 그곳에 도착한 사람이라면 파티를 맺어도 되겠다 싶어서 말을 걸었다. 하지만 그런 상대가 설마 지금 이렇게—.

"잘 왔어요. 어때요? 이곳도 엔드레시아 쪽 레스토랑처럼 제가 오너를 맡은 가게예요."

"안녕? 취향이 제법 고상해. 오다가 복도에 걸린 그림 봤어."

"제 기억과 말에만 의존해 그리도록 한 작품이에요. 어려운 부탁이었는데 그럴 가치는 있었죠?"

"그림의 배경은 이 가게였어. 그렇다는 말은, 언젠가 다 같이 여기 모일 날을 기원하는 작품인가?"

그날, 별생각 없이 말을 건 사람과 마음이 맞아 같은 팀에 들어갔다.

그리고 무슨 인연인지 이 세계에서 한 명의 인간으로 만났다.

그게 어쩐지 신기하고 묘하게 감동적이고…… 그리고 앞일을 생각하면 쓸쓸했다.

방금 본 그림 때문일까? 이렇게나 가슴이 옥죌 줄은 몰랐다.

안내받은 방에는 오잉크가 조용히 서 있었다.

평소 입은 제복이나 남성스러운 예복이 아닌 롱드레스를 입고서.

깔끔하게 묶은 머리에서는 은은한 금빛 헤어핀이 빛났다.

드레스는 조명 때문에 무슨 색인지 알아보기 어려웠다. 오렌지색 같기도 하고 흰색 같기도 했다. 다만, 몹시 아름다웠다. 매끄럽게 움직이는 옷은 액체처럼 보일 지경이었다.

"센스 있게 칭찬이라도 해 볼까? 오잉크, 예뻐."

"솔직하게 칭찬하지 못하는 부끄럼쟁이가 애써 짜낸 말, 잘 들었어요."

"훗, 알면 됐어. 나는 어때? 꽤 멋지지?"

"네, 정말 잘 어울려요. 저는 솔직하게 남을 칭찬할 줄 알거든요."

서로 비아냥거리는 양 농담을 주고받았다.

이런 대화를 할 수 있는 사람이 내게는 그녀밖에 없었다.

이 현명하고 사려 깊은, 나만큼이나 나라는 인간을 잘 아는 그녀밖에 없었다.

조용히 걸어가서 오잉크가 앉을 의자를 소리 없이 뺐다.

"고마워요."

"앉기 직전에 확 뺄 거라고는 생각 안 해?"

"당신은 이런 곳에서 장난치는 사람이 아니잖아요."

"흐흐, 그래?"

오잉크가 앉는 것을 확인하고 나도 자리에 앉았다.

테이블 맞은편에 앉은 오잉크가 어딘지 모르게 아름다워 보이는 것은 이곳의 분위기 때문일까.

아니면 지금부터 말할 내용 때문일까.

마음을 가다듬고 오잉크를 보자…… 불현듯 기시감이 스쳤다.

그리고 그 정체가 바로 떠올랐다. 맞아, 그러고 보니 그랬지.

"그립다. 아직 반년밖에 안 지났는데."

"저도요. 저랑 재회한 날도 이렇게 둘이서 식사하러 왔죠?"

"그랬지. 그때와는 내 입장이 많이 변했지만."

"아뇨. 직위나 주변 환경이 달라져도 당신은 언제나 한결같은 사람이에요."

문득 오잉크의 어조가 변했다. 강한 의지가 느껴지는 목소리로…….

마치 내게 앞으로도 변하지 말라고 말하는 것 같았고, 그것이 왠지 그녀가 벌써 날 떠나보낼 준비를 마친 것처럼 들렸다.

그래…… 그렇고말고. 나는 언제든 한결같다. 오만하게 내 갈 길만 간다.

적이라면 누구든 제거하고, 내 사람에게는 한없이 물러 터졌고, 그리고—.

"나는 언제나 변하지 않아. 네 제일가는 『친구』고 동료야."

"……네, 그렇죠. 당신은 제 제일가는 『친구』예요. 하지만—."

……알아. 순서가 달랐다면, 나도 분명히 그랬겠지.

그녀가 하려는 말은 분명히…….

그녀의 눈동자를 바라봤다. 말을 잇지 못하고 입술을 떠는 그녀의 눈동자를.

왠지 촉촉해 보이는 검붉은 눈동자. 나를 보는 시선. 그것이 무슨 말을 하려고 하는지 여실히 말해줬다.

"—친구 이상의 관계는 될 수 없나요? 평생의 반려가 될 생각은 없나요?"

"……내가 말하기는 그런데, 좀 분위기 있게 포장할 순 없어?"

"어쩔 수가 없네요. 사실 이 마음이 자연스럽게 사라지기를 기다리려고 했어요. 하지만 아마 그런 날은 오지 않았겠죠. 분명히 저는 당신을 영원히 사랑할 거예요."

"……왜 변명이 더 고백 같지. 창피하게."

알고 있었다. 재회하고 그 밤을 함께 보냈을 때부터.

『나를 찾는 것이 가장 큰 목적』이라고 말하면 아무리 나라도 눈치챌 수밖에 없다. 그렇지만 우직하게 마음을 숨기고 일정 거리를 두던 너는 마음이 변할 때까지 이 관계를 유지하리라 생각했다.

게임 시절에는 그냥 친구로 대했다.

여기로 오고 나서는 그 성격과 말투까지, 모든 점이 마음에 들었다.

그래도 너와 재회했을 때 이미 내 마음은—.

"……타이밍이, 절망적으로 안 좋았어, 오잉크."

"제 생각도 그래요. 지금도 만약 다른 시기에 당신에게 마음을 전했다면 어땠을까, 시뮬레이션해 봤지만…… 아마 당신이 류에 앞에 나타난 순간, 운명은 정해졌다는 결론이 나오네요."

"……만약 게임 시절에 너와 현실에서 만났더라면. 이렇게 말을 나눴더라면. 결과가 달랐을지도 모르지."

"후후, 그러게요. 저도 당신을 꼬실 자신이 있어요."

능청스럽게 말하는 그 표정 아래에서 어떤 감정이 휘몰아치고 있을까.

체념에 가까울까, 아니면 격정을 억지로 억누르고 있을까.

"오잉크…… 미안해. 나는 여기서 멈출 수 없어."

"알아요. 당신은 절대로 변하지 않는 사람이니까. 이건 제가 앞으로 나아가기 위해 필요한 일이에요. 이 기회를 놓치면 이제 제가 뭐라고 하든 마음 한쪽에도 두지 않을 테니까요."

"잘 아네. 하필 헤어지기 직전에 마음에 커다란 말뚝을 박아? 너도 정말 귀찮은 여자야."

"후후…… 두 사람을 꼭 행복하게 해주세요. 저는 욕심이 많아서 독점할 수 없으면 근처에 두지 못해요. 차라리 없애 버리고 싶으니까."

사실은 나도 한 사람만 사랑하기를 바랐다.

그래도 레이스의 존재가 나에게 너무 커져 버려서 류에 한 명만을 사랑하기 어려워지고 말았다.

얼굴에 철판을 깔고 나는 두 사람 모두 내 가족으로 끌어안자고 결심했다.

그리고 그 감정은 언젠가 내 마음을 채우고 타인이 들어올 여지조차 남기지 않으리라.

애석하게도 나는 이런 방면으로는 누구보다 융통성이 없다는 자각이 있다.

그리고 아직 틈이 있을 때, 오잉크는 자신을 비집어 넣으려고 한다.

안 되는 줄 알면서 미련도 후회도 없이 앞으로 나아가기 위해서.

"이 이야기는 잠시 그만두죠. 곧 음식이 나올 거예요."

"……그래, 그러자."

테이블로 나온 요리를 맛보며 조용히 담소를 나눴다.

「이건 어디서 나는 재료인가?」, 「이 레시피를 알아내려고 매일 가게에 들렀다」.

「정성이 많이 들어갔다」, 「대단하다, 내가 모르는 요리다」, 「놀랐다」.

겉으로만 그런 게 아니었다. 진심으로 즐겁다고 생각하며 그녀와의 식사를 이어갔다.

식후 와인을 한 모금 마시고 조용히 여운에 잠겼다. 나는 지금까지 계속 생각했다. 전하려던 생각을 말로 바꾸기 위해 머리를 굴렸다.

"……아, 이 시간이 언제까지고 이어지면 좋을 텐데. 갑자기 그런 말이 떠오르네요."

"평범하네. 너답지 않게. 하지만 나도 그래."

담소를 나누던 표정이 순식간에 떨어져 나가고 그런 말이 흘러나왔다.

우리 모두 알고 있었다. 이 잔이 비면 이 즐거운 시간이—지금까지의 관계가 끝난다는 것을.

"오잉크…… 고마워."

"……! ……뭐가요?"

오잉크를 향한 감정이 모두 응축된 한마디였다.

그래도 이건 직접 말로 해야만 한다. 나는 처음으로 타인이게 내 마음을 직설적으로 전하기로 결의했다.

"찾아줘서 고마워. 포기하지 않아서 고마워. 이 세계에 있어 줘서, 고마워."

"……고맙다는 말뿐이네요."

그야 당연하지. 고마운 마음이 그만큼 쌓였으니까.

항상 장난이나 치며 어물쩍 넘어갔지만 나는 언제나 네가 고마웠다.

"항상 도와줘서 고마워. 힘이 되어줘서 고마워. ……날 좋아해줘서 고마워. 말해줘서, 고마워."

말이 목으로 밀려 올라와 멈추지 않았다. 멈출 수 없었다. 오잉크를 향한 감사가 넘쳐흘렀다.

정말로 고맙고 이루 말할 수 없이 영광이었다.

30년이나 나를 생각해주고 이런 막되어 먹은 나를 찾아줘서.

눈앞이 흐려졌다. 조금이라도 눈을 움직이면 흘러넘칠 것 같았다.

"왜 당신이 울어요? 울고 싶은 건, 차인 저라고요."

"가만히 감사나 받아. 나는 평생 너한테 고마워할 거야. 그걸로, 참아줘."

"……당신의 마음 일부를, 앞으로도 제가 독점할 수 있다면…… 좋아요. 그게 제가 얻은 성과겠죠. 당신의 일부분을 저도 겨우 빼앗았네요."

"……그래. 빼앗는 건 내 전문이었는데 보란 듯이 빼앗겼어. 내 가장 친한 친구고 가장 큰 은인은 앞으로도 쭉 오잉크, 너야."

틀림없이 오잉크가 바란 결말은 아니겠지만…….

그래도 나는 그녀에게 내 뜻을 밝혔다.

오잉크와의 관계는 이것으로 끝.

앞으로는 은인이자 최고의 친구로 생각하며 살아가자.

언제까지나…… 영원히, 설령 떨어지게 되더라도, 너를 계속 생각하겠다.

§ § §

운명의 밤이 지나고 우리는 상업 구역에 있는 운하에서 배를 타기로 했다.

육로보다 빨리 항구 도시로 가는 이 배는 당연히 수확제가 끝난 이 시기에 사람으로 미어터진다. 하지만 오잉크가 마지막 선물인지 귀족용 배를 마련해줬다.

문제는 이 배는 유람선이라서 먼바다까지는 나가지 않는다는 것이다. 다시 말해 항구 도시에서 배를 찾아야 한다는 뜻인데…… 옆 대륙으로 가는 배쯤이야 얼마든지 있겠지.

"오잉크가 마중 나오지 못해서 아쉬워……. 역시 일이 바쁜가 봐."

"그러게요……. 오잉크 씨의 행동으로 이 대륙의 미래가 결정되니까 이해는 돼요."

"맞아. 그래서 마지막 배웅 대신 배편을 준비해줬겠지."

배가 부두에서 떨어지고 기적 소리가 고막을 압박했다.

우리는 멀어지는 도시를 조용히 바라봤다. 아직 대륙을 떠나지는 않았지만 이 출항이 진짜 이별을 의미한다는 것을 나도, 그리고 류에도 레이스도 알기 때문이겠지.

그때, 부두에서 달려오는 사람이 눈에 들어왔다.

"하필이면 배웅 나온 게 너냐! 도손!"

"바라는 게 많아! 나는 카이 씨가 뭐 하는 사람인지 몰라! 또 오라고! 하고 싶은 얘기가 많으니까! 나, 길드 교도관으로 뽑혔어!"

"진짜?! 야, 출세했네! 앞으로 생활은 안정적이겠어!"

"그래! 그쪽도 잘 지내! 내년에도 꼭 와!"

상상과는 조금 다른 이별이었지만, 이것도 괜찮다고 생각하며 피식 웃었다.

"후후, 카이 군, 친구가 생겼네?"

"그러게요. 후후, 내년에도 꼭 와야겠어요."

"그러자. 선물도 잔뜩 사 들고."

그렇게 나는 이 세계에 와서 방문한 두 번째 대륙의 중추를 떠났다.

지금까지 정말로 고마웠어. 도시 중앙에 있을 그녀에게 마음을 보내고 우리는 다시 여행길에 올랐다.

1장 하얀 마녀와 검은 재앙

잔잔한 바다 위로 즐겁게 낚싯대를 드리운 류에와 레이스를 구경했다.

이곳은 운하가 아닌 바다. 우리는 무사히 대륙으로 떠나는 배편을 찾았다.

사실…… 정확하게 따지면 우리가 찾은 건 아니지만.

"검은 오빠는 낚시 안 햄? 같이 하믄 마이 잡힌다햄."

"응? 난 잠깐 쉬려고. 책 읽는 중이라서."

나에게 말을 건 사람은 놀랍게도 태양 소녀였다. 무엇을 숨기랴. 우리가 무사히 이 배에 탈 수 있었던 것은 다 이 아이 덕분이었다.

도시를 나온 뒤, 항구 도시에 도착한 우리는 서디스 대륙으로 넘어가는 일반적인 객선이 없다는 사실을 알게 됐다. 그래서 화물선에라도 얻어 탈 수 없겠냐고 부탁했지만 좋은 대답은 듣지 못했다.

거기에도 나름의 까닭이 있는데, 서디스 대륙에 상륙하려면 결계를 넘어야 하며 정해진 인원 이상이 넘어가면 무조건 들킨다는 이유였다.

무단으로 객선을 운영하면 처벌받으니까 괜한 물의를 빚기 싫으면 보름 후에 오는 정기선을 타라고 말했다.

그렇다고 포기할 수도 없어서 여기저기로 알아보고 다니는데, 류에가 어디선가 주워 온…… 아니, 데리고 온 것이 이 소녀였다. 그리고 소녀는 이미 대륙을 건널 방법을 찾았다는 것이 아닌가? 그것도 더더욱 예상하지 못한 인물의 도움을 받았다.

"정말로…… 아이 혼자 다니는 게 가여워서 같이 가려고 했어. 그런데 「친구도 같이 가도 돼?」라고 물어서 허락한 거야."

"그리고 그 꼬마 숙녀분의 친구들이 저희죠. 정말 큰 은혜를 입었습니다."

"어휴…… 사실 나는 만나기 싫었어. 무슨 낯으로 너희를 만나겠어?"

태양 소녀에 이어서 한숨 섞인 말을 건넨 사람은 다름 아닌 비오였다.

원래 서디스 대륙에서 건너온 그녀는 당연히 돌아갈 수단도 가지고 있었다.

우리는 서디스에서 경호원으로 고용되었다는 비오에게 애원하여 어렵게 배에 얻어 탔다. 그나저나 그쪽 대륙에서 명성 자자한 사람의 말은 잘 들으시는군요, 선장님? 마지못해 들어주는 분위기였지만.

"무슨 낯으로 보냐니? 뭐 때문에?"

"지기도 했고, **그때** 아무것도 못 했잖아. 정신이 드니까 언니가 피투성이로 쓰러져 있고 나는 옴짝달싹 못 하고 실려 나왔어. 그리고 겨우 움직일 수 있게 되니까 이미 전부 수습된 뒤라서 자괴감 때문에 죽고 싶더라."

비오는 자조적으로 중얼거리며 배 난간으로 뛰어올랐다.

전에도 생각했지만 그녀는 자존심이 강했다. 아니지, 이 말에는 어폐가 있나?

그것은 『긍지』였다. 아마 자신의 행동에 걸맞은 힘을 보여 주고, 한 번 뱉은 말은 반드시 지키면서 계속해서 결과를 남겼겠지. 자신을 벼랑 끝으로 몰아세우는 방식으로…….

그렇기에 자신이 마지막으로 보인 행동, 그리고 그 결과를 창피하게 여기는 것이리라.

"침울한 상황에 미안하지만, 그런 고민은 전부 털어 버리고 이 오빠한테 서디스 대륙에 관해 알려주지 않을래? 풍습이나 특징, 뭐 그런 거."

"나는 진짜 기분 꿀꿀한데, 오빠는 넉살도 좋네?"

그야 자책하는 사람을 보면 기분을 풀어주고 싶잖아?

비오에게 서디스 대륙의 별난 풍습이나 주의할 점, 특히 백발 엘프에 관한 이야기를 자세하게 물었다.

"배에 탈 때도 말했지만, 언니는 염색하는 게 좋아. 여기 선원 중에도 서디스 쪽 엘프가 많으니까. 안 좋은 꼴 보기 전에 금색으로 물들이는 걸 추천할게."

"그 정도야……? 전에 『마녀의 주전부리』라는 요리의 유래를 말해줬잖아. 모든 사람이 흰머리를 싫어하는 건 아니지 않아?"

"그건 그 이야기가 서즈가르드 왕국이 아니라 세류 공화국 쪽 마을에서 전해지니까. 이상하게 들리겠지만, 서즈가르드 쪽에서는 거의 100퍼센트 박해받아."

"100퍼센트…… 왜 그렇게까지? 구체적으로 무슨 사건을 일으킨 것도 아니잖아?"

"적어도 나는 몰라. 그래도 수백 년이나 이어진 풍습이야. 왜 그러나 몰라. 내가 그 나라를 별로 안 좋아하는 건 그런 이유 없는 풍습 때문일 거야."

그 말을 듣고 다시 한 번 주위를 돌아봤다. 엘프 선원들이 때때로 재수 없는 것이라도 보는 것처럼 그녀…… 류에를 바라보는 것이 보였다.

호기심 어린 시선이 아니었다. 거기에 담긴 명확한 혐오감은 누가 봐도 느낄 수 있을 정도였다. 그렇다면 시선의 대상인 본인도 당연히…….

"……알았어. 류에한테도 말해 둘게. 그래도 판단은 본인한테 맡길 거야."

"응. 그래도 언니는 강하잖아? 힘이 일정 수준으로 강해지면 그런 악의나 시선에도 무덤덤해져."

"흐음, 그래?"

『정신력』 능력치의 효과인가?

하긴, 이 세계가 아니더라도 지위나 권력, 힘을 가진 인간이 보통 사람과 다른 가치관, 강한 마음을 가지지.

류에는 내 시선을 알아차렸는지 나를 돌아봤다.

"카이 군~! 같이 낚시하자~!"

"조금 있다가~."

천진난만한 목소리로 나를 부르는 류에에게 대답했다. 지금까지 나와 비오 사이에 감돌던 심각한 분위기는 이미 어디론가 사라지고 없었다.

"오빠네 일행은 참 사이도 좋아. 특히 언니가 오빠한테 엄청 어리광 부리잖아."

"하하하, 그럴지도 모르지. 아, 그래도 예전에는 안 이랬어."

"그래? 그건 상상이 안 되는데. 언니가 오빠 이름을 부를 때는 다른 사람을 부를 때와는 목소리부터 다르다니까?"

비오는 마치 못된 장난이라도 떠오른 것처럼 히죽거렸다.

"언니는 다른 남자를 무슨무슨 『군』이라고 부르잖아? 그런데 오빠 이름을 부를 때만 조금 달콤하게? 뭔가 애교 부리는 느낌이라고 해야 하나? 오빠는 안 느껴져? 사랑받아서 좋겠네~."

"떽, 어른을 놀리면 못 써. 정 그러면 너도 카이 군이라고 부를래?"

“음…… 이제 와서 바꿔 부르기도 좀 그래. 오빠는 오빠지.”

난간에서 다시 뛰어내린 비오는 배 안으로 돌아가려고 했다.

그러다가 마지막에 한 번 나를 돌아봤지만…… 조금 전까지 능청스럽던 표정은 어디로 가고 뭔가 경고라도 하려는 것 같았다.

“마지막으로 하나만. 방금 나처럼 아무리 강해도 견딜 수 없는 일이 있어. 눈에는 안 보여도 그런 악감정은 반드시 어딘가에 쌓이는 법이야.”

“뭐, 그거야 그렇겠지.”

“그렇다면…… 저 언니는 어떻게 저렇게 순수할 수 있을까? 언니의 악감정은 어디로 갔을까? ……앞으로 힘든 여행이 될 거야. 잘 지켜봐. 나는 오빠만큼이나 저 언니들도 마음에 들었으니까.”

마지막 말을 남기고 비오는 배 안으로 사라졌다. ……악감정? 류에한테?

지금 그녀에게 쏟아지는 악의와 같은 감정들. 분명히 강자라면 콧방귀나 뀌고 무시할 것들이다. 실제로 류에는 미인대회에 나갔을 때도 괜찮아 보였다.

하지만…… 과연 앞으로도 그럴까? 나에게는 류에가 그렇게 『강인한 마음을 가진 인물』로 보이지 않았다. 내 눈에는 어디에나 있는 여자로만 보였다.

“……그러니까 나도 눈을 떼지 않도록 주의해야겠지.”

§ § §

비오의 충고 때문은 아니지만, 나도 함께 낚시를 하러 류에와 레이스 곁으로 다가갔다. 그런데 아니나 다를까 한 마리도 낚지 못한 류에가 삐친 것처럼 앉아서『자! 어차피 안 잡히겠지만, 내 낚싯대 빌려줄게!』라며 묘하게 퀄리티 높은 수제 낚싯대를 넘겨줬다. 너, 이런 거 정말 못 하는구나?

"지켜봐 주세요, 카이 씨. 반드시 참치를 낚을 테니까요!"

"아니, 아무리 그래도 참치는 힘들지 않을까? 낚싯대도 실도 못 버틸 텐데."

"그, 그런가요……? 방금 잡은 물고기를 미끼로 썼는데……."

"기껏 잡은 물고기를 미끼로 쓰는 건 너무 낭비야! 나는 찢어진 다시마 같은 거밖에 안 낚였는데! 이거 봐!"

류에는 그렇게 말하며 검은 파편을 보여주고는 바다로 홱 던졌다.

류에야 늘 이렇지만, 레이스는 레이스대로 제법 재미있었다. 진심으로 참치를 낚을 생각이었는지 가느다란 낚싯대와 미끼로 썼을 작은 물고기를 불만스레 바라보고 있었다.

……일단 희망이라도 줘 볼까?

"맛있는 참치는 찬 바다에 있다고 들었지만, 여기에도 맛이 비슷한 고기는 있을지도 몰라. 청새치라고, 비교적 따뜻한 바다에 사는 커다란 고기야."

"그, 그런 고기가 있나요? 그럼 저는 그걸 잡을게요!"

"하하하……. 류에, 혹시 모르니까 레이스의 낚시 도구에 강화 마법을 걸어줄래?"

"마법을 써야 할 정도로 커? 아무리 그래도 그건 못 낚지 않을까……."

"……레이스의 꿈을 망가뜨리고 싶지 않아. 그러니까 부탁할게."

우리는 만전의 준비를 끝냈다며 의기양양하게 낚시를 재개하는 레이스를 따뜻하게 지켜봤다.

그래도 기왕 먼 바다까지 나왔겠다, 나도 낚시나 해 볼까? 레이스는 아니지만 대물을 노리고 대형 루어를 던져 보자. 미리 강화해 둔 도구를 준비하고 던지—.

"꺄아아아아아아아아아아!"

그때, 바로 옆에서 레이스가 비명을 질렀다.

깜짝 놀라 돌아보자 배 난간 아래로 힘껏 당겨진 낚싯대에 레이스가 딸려갈 것 같았다. 류에가 레이스를 붙잡으려고 황급히 일어났다.

"레이스, 왜 그래!"

"파, 팔이…… 팔꿈치 관절을 다쳤나 봐요……."

"설마…… 바늘이 어디에 걸렸나? 배 속도는 느리지만, 역시 위험하군. 일단 그만두자."

"카, 카이 군…… 레이스의 낚싯대가 좌우로 엄청 흔들려!"

집념인지 우연인지, 레이스의 낚싯대가 난간 홈에 끼어 고정됐는데 낚싯대 끝이 격렬하게 좌우로 움직였다. 이건…….

"……뭔가 물었어! 류에, 레이스를 치료해. 나는 이걸 붙잡고 있을게."

"알았어! 레이스, 팔은 어때? 통증은 가셨어?"

"아, 네……. 큰 물고기인가 보죠?"

한숨 돌린 레이스가 내가 잡은 낚싯대를 힘을 보태어 함께 잡아당겼다.

어느새 류에도 낚싯대가 부러지지 않게 마술을 썼고 우리 몸에도 회복 마법을 발동해 보조했다.

"해, 햄은?! 햄은 뭐 햄?!"

"위험하니까 뒤로 물러나서 응원해!"

설마 우리의 능력치로도 릴을 감을 수 없다니…….

그대로 도망치지 말라고 기도하며 수십 분을 씨름했고, 하필 이때 배가 속도를 올리기 시작했다. 아차, 벌써 그럴 시간인가?

이제는 배의 추진력에 고기의 힘이 빠지길 빌면서 꿋꿋이 무게를 버티는데 차츰 낚싯대의 저항이 약해지는 기분이 들었다. 그리고—.

"우와…… 저걸 갑판까지 끌어올릴 수는 없겠어……. 선원한테 큰 갈고리가 없나 물어보고 올게."

마침내 그 거구를 선체 옆까지 끌어당기는 데 성공했다.

우리는 소형 보트와 닻을 올리는 갈고리를 빌려서 물고기에게 다가갔다. 그리고 격렬하게 날뛰는 놈의 입에 갈고리를 건 뒤 혼신의 힘을 다해 단숨에 끌어올렸다.

……왜 저번에 싸운 칠성보다 낚시가 더 힘든 거야?

그 상상을 초월하는 크기가 수면 위로 드러날수록 옆에 있는 레이스가 흥분해서 「참치예요, 참치」라고 종알댔다.

이렇게 정신을 못 차릴 정도로 좋아할 줄은 몰랐는데…… 내가 너무 쉽게 생각했군.

“이 생선은 뭐야! 이건 그냥 몬스터잖아! 내 두 배는 돼!”

갑판까지 무사히 올라온 『청새치』를 보고 선원들까지도 모여들었다. 바다 사나이라면 관심이 안 생길 수가 없겠지.

이때만큼은 류에의 머리색을 신경 쓸 여유도 없는지 놀라움과 감탄 섞인 시선이 나와 레이스, 그리고 청새치 옆에 누운 류에에게 쏟아졌다. ……굉장해, 길이가 진짜 류에의 두 배는 되잖아.

§ § §

“허허…… 아주 귀한 구경을 했군. 처음 댁들을 봤을 때는 솔직히 괜한 화근을 불러들인 게 아닌가 걱정했는데…… 설마 바다의 신을 낚을 줄은 몰랐어.”

"……그런가요? 아무튼 공간을 내주셔서 감사합니다. 대신 약소하지만 생선을 좀 나눠드릴게요. 그리고 이 뿔을 사겠다고 하셨죠?"

그 뒤 찾아온 선장에게 갑판 한쪽에서 생선을 손질할 허가를 받은 나는 뿔이라고 불리는 뾰족한 주둥이와 생선 살 약 10킬로그램을 선장에게 건네줬다.

이 물고기의 이름은 『글라디우스』. 개중에서도 이 크기는 『노블 글라디우스』라고 해서 바다의 신이라고 불리는 아주 귀한 고기라고 했다.

선장은 생선을 통째로 사들이고 싶다고 말했지만 레이스가 뒤에서 울먹거리는 터라 정중히 거절했다. 대신 이 녀석을 잡았다는 증거이자 존재의 증명이라고 할 수 있는, 칼처럼 날카로운 뿔을 팔았다. 그것도 어마어마한 가격으로…….

"거래는 성사됐지만, 그 엘프 아가씨는 어쩔 생각인가? 항구에 도착하면 틀림없이 소란이 빚어질 거야. 일단 비오 씨 일행이라고 하면 눈감아 주겠지만, 혹시 모르잖아."

"……그래서 무슨 말이 하고 싶으신 거죠?"

"선원들 사이에서도 불만이 나오고 있어. 염색하든가, 아니면 항구가 보일 쯤 쪽배로 옮겨 타. 미안하군, 우리도 신뢰가 걸린 문제라서."

"……알겠습니다. 상담할 테니까 오늘은 이만 가보겠습니다."

그리고 나는 선장에게 호출받은 방에서 나와 대물을 건져

들뜬 일행에게로 돌아갔다.

이야기는 밤에 해도 되겠지. 이 즐거운 분위기에 찬물을 끼얹고 싶지는 않다.

갑판으로 나온 나는 거대한 생선 블록 하나를 어떻게 할지 상담하는 세 사람…… 아니, 어느샌가 비오까지 합류한 네 사람 곁으로 다가갔다.

"아니! 왜 이런 재밌는 일을 나만 쏙 빼놓고 해!"

"그렇게 의미심장한 말을 남기고 떠났는데 다시 부르기 어색하잖아? 고기 나눠줄 테니까 기분 풀어. 지금 고민할 문제는 이걸 어떻게 먹느냐야."

"저, 저는 이 지방이 많은 부분을 먹어 보고 싶어요……. 추천하는 조리법이 있다면……."

"나는 와인에 어울리는 부위가 좋겠어."

"햄은 먹을 수 있으면 다 좋다햄. 모든 식사에 감사한다햄."

좋아, 좋아. 그럼 일단 사치스럽게 비싼 부위들 위주로 먹어 볼까?

내가 아는 청새치는 참치에 비해 살이 부드럽지만 이 물고기는 탄력도 지방도 참치와 비교해 손색이 없다. 그렇다면 겉을 살짝 구운 대뱃살 꼬치구이나 얇게 썰어 마리네를 해도 괜찮겠지.

그 후 지구에 있을 때는 생각도 하지 못한 사치스러운 런치를 모두와 나눠 먹었다.

으음…… 오버하는 건지는 모르겠지만, 이것만으로도 이 세상에 오길 잘했다는 생각이 든다. 불길만 살짝 가한 참치가 이토록 맛있는 줄 미처 몰랐군.

"……세상에 이런 맛이! 낚시…… 정말 멋진 문화예요!"

"초심자의 행운치고도 너무 운이 좋았어. 그래도 정말 맛있네."

"마리네라고 했나? 이거 맛있는걸……. 입안에서 녹는 생선은 처음이야."

"햄은 구운 꼬리가 좋다햄. 씹는 맛이 있다햄."

"나도 꼬리 스테이크가 마음에 들었어. 간이 딱 적당해."

그렇게 수다를 떨면서 맛을 음미하나, 양이 워낙 많아서 먹어도 먹어도 끝이 없었다.

한 블록만으로 이 양이다. 당분간 생선은 질리도록 먹을 수 있겠다.

"맞아, 선원들한테도 나눠주고 올게!"

"앗, 류에!"

내가 말릴 틈도 없이 류에가 튀김이 담긴 접시를 들고 선원들에게로 뛰어갔다.

서둘러 쫓아가자 마침 류에가 선원 한 명에게 접시를 내미는 참이었다.

그러나 무슨 대화가 오간 뒤, 류에는 접시를 도로 들고 돌아왔다.

기분 탓인지 아쉬워 보였다. 요리를 받아주지 않은 것일까?

"……류에?"

"음, 아까워. 이미 식사를 했으니까 다음에 달래."

심한 말을 듣지는 않았을까? 나의 걱정을 불식하려는 것처럼 류에는 밝게 말했다.

"그럼 어쩔 수 없지. 이건 내일 타르타르소스라도 듬뿍 뿌려서 먹자."

"아, 그거 좋은 생각이야! 튀김에는 역시 타르타르소스지."

비오와의 대화 때문에 내가 좀 예민했던 건지도 모르겠다.

류에는 평소대로였다. 그 얼굴에서 그늘이나 그림자는 찾아볼 수 없었다.

그렇지만…… 오늘 밤에라도 염색 얘기는 미리 하자.

§ § §

밤. 원래 화물선인 이 배에는 개인 객실 같은 세련된 공간은 없었다. 대신 화물을 싣는 큰 방 하나를 쓰는데, 그곳에 탁자 두 개를 붙여 다섯 명이 식사할 공간을 확보했다.

"그나저나 저녁 식사를 나눠줄 줄은 몰랐어."

"제법 여유가 있나 보지. 나를 고용할 정도니까."

"그랬군요. 그런데 배 위에서는 평소에 어떤 식사를 하나요?"

"우리가 낚시할 때 보니까 배 앞쪽에서 고기잡이도 하더라고."

"맞아, 맞아. 이 배는 어선으로도 쓰이는 모양이야. 조금 기대돼."

잠시 후, 선원 한 명이 저녁 식사가 실린 서빙 카트를 끌고 왔다.

우리가 가지러 가야 한다고 생각한 나는 예상치 못한 서비스에 살짝 놀랐다.

식사는 새우나 게를 쪄서 부이야베스와 비슷한 향이 감도는 해물 전골 요리와 빵이었다. 손이 많이 가는 요리는 아니지만, 얼핏 보기에도 푸짐한 해산물은 진한 바다 풍미가 기대됐다.

선원은 자리에 앉은 우리 앞에 한 사람씩 요리를 차려주고, 다 먹은 뒤에는 식기를 밖에 내달라고만 말하고 떠났다.

음…… 설마 상까지 차려줄 줄이야.

"우와, 게가 들었어! 나, 게 좋아하는데."

"그러고 보니 비오는 길드에서도 게살 볶음밥을 자주 시켰지?"

"앗, 햄! 이건 내 거야."

"햄은 이 흰 동글배이 싫다햄. 흰 언니 거랑 바꿔줘햄."

"오징어를 못 먹어? 그럼 어쩔 수 없지……."

우리는 훈훈한 잡담을 나누며 해산물이 듬뿍 든 저녁 식사를 맛봤다.

하지만 한쪽에서는 우드득, 빠드득, 이상한 소리가 들렸다.

"이거 마시따햄……. 쪼깨 딴딴해도 햄이 좋아하는 맛이 다햄."

"국물 내려고 넣은 껍데기잖아……. 그런 거 먹어도 괜찮아?"

"괜찮다햄. 이 정도는 평범햄."

수북한 껍데기를 맛있게 갉아먹는 태양 소녀를 보고 일동의 눈이 동그래졌다.

그렇게 저녁 식사가 끝날 즈음, 잠깐 바깥 공기를 쐬고 싶다며 류에가 갑판으로 나갔다.

마침 좋은 기회라서 나는 머리에 관한 이야기를 하러 류에를 쫓았다. 하지만 갑판에 류에가 보이지 않아 선미 쪽으로 돌아갔다.

예상대로 류에는 그곳에서 배 난간에 기대어 앉아 있었다.

뱃멀미…… 속이라도 울렁거리나? 서둘러 류에에게 다가가니 발소리를 들은 류에가 퍼뜩 고개를 들었다. 하지만 곧 난처한 표정을 짓고는 다시 얼굴을 손바닥으로 가렸다.

"……류에, 왜 그래?"

"아니, 별일 아니야. 그냥 과식해서 속이 안 좋아서 그래."

마치 변명하는 어린아이처럼 류에는 부자연스럽도록 태연하게 말했다.

류에 옆에 나란히 앉은 나는 그 얼굴을 감싸서 가슴으로 끌어당겼다.

"……별일 아니기는. 내가 네 변화를 모를 리 없잖아?"

"그래……. 알고는 있었지만, 역시 그런 감정을 내보이면 싫어도 옛날 일이 떠올라. 괴롭지는 않지만, 조금 충격이었어."

감싸 안은 팔에 말없이 힘을 넣었다. 실수했다. 배에 타기 전에 염색했더라면 이런 일은 없었을 텐데. 그런 문화가 있는 줄 뻔히 알면서…….

"류에, 이제 와서 늦었는지도 모르지만…… 염색하자."

"응, 그럴래. 대륙에 도착하기 전에 물들여야겠어. 레이스한테 물어볼게."

"……미안, 류에. 여행에서 즐거운 추억만 남기고 싶었는데."

내 말을 듣고 갑자기 말이 없어진 류에가 천천히 가렸던 얼굴을 들었다.

달빛을 받고 푸르게 빛나는 눈동자로 똑바로 내 얼굴을 들여다보는 류에가 아련히 웃었다.

"후후, 정말로 난 행복한 사람이야. 있지, 카이 **군**. 만약 내가 힘들어서 견디지 못하게 되면, 그때는 지금처럼 안아줄 수 있을까? 지금 굉장히 마음이 편해."

"어…… 그래, 물론이지. 부족하면 머리도 마구마구 쓰다듬어줄게."

"후후, 그래? ……그렇다면 마음이 놓이네."

한순간 그녀의 옛 모습이 머리를 스쳤다. 어깨에 힘을 넣고 어딘지 모르게 긴장한 것 같은…… 아직 여행을 떠나기 전, 나의 선생님으로 함께 지내던 때의 그녀가 보였다.

그래…… 끌어안아 줄게. 몇 번이든, 네가 안심하고 여행을 계속할 수 있도록.

§ § §

다음 날. 이른 아침부터 류에는 레이스에게 부탁해 머리를 물들였다.

이전까지 레이스가 했던 것처럼 마술이 사용된 약품은 단순한 염색약과 달리 씻어도 물이 빠지지 않는다고 했다. 반면, 마력이 활성화되면 일시적으로 약품의 효력이 약해지므로 주의가 필요한 듯했다.

듣고 보니 레이스가 그랜드 마더로 활동하던 윙레스트에서는 그녀가 직접 무력을 행사했다는 이야기를 듣지 못했다.

한편, 머리를 물들인 본인은 지금—.

"후훗, 어때, 카이 군! 제법 어울리지? 금발이야, 금발."

"오, 인상이 많이 바뀌긴 했지만 어울려."

어젯밤의 침울한 모습은 어디로 갔는지 자기 머리를 손가락으로 만지며 신나게 떠들고 있었다.

"이야, 언니, 잘 어울리네. 이러면 이목도 안 모을 테니까 오늘은 나랑 같이 운동하자. 배에만 있자니 몸이 뻐근해."

"운동……? 오늘은 반드시 한 마리 낚겠다고 다짐했는데."

그렇게 어제보다 제법 편안해진 마음으로 바다 여행을 만끽할 수 있게 됐다.

류에가 머리를 물들여서 그런지 어제보다 노골적인 시선을 사는 일은 줄었다. 이제 선원들은 무관심을 가장하고 평소대로 업무에만 집중했다.

하지만 역시 진짜 머리색을 알기 때문일까? 가급적 거리를 두려는 것이 느껴졌다.

문득 오늘도 그 도감을 읽고 싶어졌다. 하지만 어젯밤에 읽다가 깜빡하고 아이템 박스에 넣지 않아 방으로 가지러 갔다.

방 앞에는 아침 식사에 쓴 식기가 아직 카트에 실린 채로 놓여 있었다. 이따가 직접 가져다줄까 생각하며 실내로 들어갔다. 예상대로 도감은 내 침대 옆에 널브러져 있었다.

도감을 한 손에 들고 방을 나오려던 때였다. 밖에서 이야기 소리가 들렸다.

"헷, 오늘도 껍데기가 하나도 없어. 마녀는 먹을 것도 구분 못 하나?"

"하하, 너 또 그랬냐? 적당히 해, 그래도 비오 누님이랑 아는 사이야."

"나도 알아. 어제 보란 듯이 요리를 자랑하러 온 보복이야."

"아, 그 노블? 그렇게 부러우면 먹지 그랬어?"

"하하하, 내가 미쳤냐? 마녀가 손댄 음식을 누가 먹어?"

바다 한가운데다. 근처에 사람도 없다. 찢어 죽여서 바다에 뿌려 버릴까.

문을 조용히 열어 카트를 밀고 떠나는 선원 2인조를 향해 나는—.

"껌정 오빠, 그르지 마라햄."

"……?! 햄, 여기서 뭐 해?"

"지금 껌정 오빠가 나쁜 짓 할라구 했다햄. 그라믄 안 된다햄. 일에는 다 정도라는 게 있다는 걸 햄은 이번 여행에서 배웠다햄."

소녀는 마치 내 속마음을 들여다본 것처럼 말했다. 한순간 머리를 스친 검은, 너무나도 검은 생각이 안개처럼 흩어졌다. ……맞다, 나는 지금 저 두 사람에게 죗값을 치르게 하려고 했다.

"장난은 장난으로 갚는 게 햄의 방식이다햄. 저 둘은 이따가 게 집게로 엉덩이에 새 구멍을 뚫구, 밀걸레에 걸려 계단에서 떨어지게 한다햄."

"아니, 그것도 좀 너무한 거 같은데."

"흰 언니 밥은 오늘두 햄이 대신 먹었다햄. 기니까 괜찮다햄. 껌정 오빠가 나쁜 짓 할 필요 없다햄."

그 말을 듣고 떠올랐다. 어젯밤 식사와, 밥을 먹자마자 방을 나간 류에를…….

류에는 그 의도를 깨닫고 혼자서…….

"……너는 그런 걸 먹고도 괜찮아?"

"햄한테는 맛있다햄. 이 이로 못 부수는 건 없다햄."

그러면서 자랑스레 이를 내어 보이며 웃었다.

나도 모르는 사이 이 아이에게 아주 큰 빚을 지고 말았나 보다.

소녀는 사라진 선원들을 따라 혼자 잽싸게 달려갔다.

괜찮을까? 왠지 저 아이라면 어떤 고난도 이겨 낼 것 같지만…….

그나저나 상상 이상이었다. 혐오, 박해 수준이 아니라 저들은 백발 엘프를 인간 취급조차 하지 않았다.

비정상이다. 이건 옛날 류에가 받던 차별보다 심한 것 아닌가……?

"나라 자체가 문제인가……? 이런 풍습을 의도적으로 남겼나……?"

모르겠다. 하지만 내가 조사할 사항이 하나 더 늘어난 것만은 확실했다.

그렇게 음울한 기분을 품고 갑판으로 돌아오자 마침 비오와 류에가 본격적인 대련을 벌이고 있었다.

갑판을 종횡무진 누비며 눈에 보이지 않는 속도로 연격을 가하는 비오.

비오의 맹공을 부러진 대걸레 자루로 정확하게 받아넘기는 류에.

훈련이라고 생각하기 어려운 격렬한 공방이 사람들의 눈

길을 사로잡았다.

"하아아아아아아아아아압!"

"다 보여! 욥욥!"

기합과 함께 비오가 전력으로 돌진하지만, 류에는 걸레자루로 싱겁게 받아넘기고 물 흐르는 듯한 올려치기로 시합을 마무리했다.

……이렇게 보면 정말로 백병전에도 강하다고 다시 한 번 실감한다.

"언니, 너무 강해……. 그거 그냥 나무 막대지? 어떻게 버티는 거람……."

"후훗, 마술이 아닌 공격이라면 얼마든지 되받아칠 수 있어. 날 이기려면 천 년은 멀었어!"

"으으…… 분하지만 차원이 달라……."

아, 참고로 지금 말한 『천년』은 비유가 아니라 사실이라고 생각합니다. 나이만 따져도.

"앗, 오빠, 어디 갔었어? 오빠가 없어서 언니한테 덤볐다가 대판 깨졌잖아."

"마침 없어서 살았군. 어때? 우리 류에는 대단하지?"

"격투술만 썼다고는 해도 이렇게 압도적이면 화도 안 나. 그야말로 검술의 극의를 본 거 같아."

"그래그래, 더 칭찬해. 아주 기분이 좋구나."

"왜 오빠가 자랑이야? 그래도…… 뭐, 의도대로 되기는 했네."

그러더니 비오는 주위를 돌아봤다.

갑판에서는 방금 대련을 지켜봤을 선원들이 허둥지둥 일을 하러 돌아가는 모습이 드문드문 보였다. ……이게 목적이었나.

"고마워, 비오. 어쩐지 좀 미안한데, 너를 구경거리로 만든 거 같아서."

"됐어, 됐어. 이제 언니한테 허튼짓하는 멍청이도 없을 거야."

비오는 그러면서 낚시를 즐기는 레이스에게로 갔다.

아무래도 비오 나름대로 류에를 신경 써준 모양이었다.

나는 걸레 자루를 빙글빙글 돌리며 묘기를 부리는 류에에게 다가갔다.

"갑자기 대련하자고 해서 깜짝 놀랐어. 역시 저 아이는 강해. 한 방 한 방에 실린 살기가 진짜야. 나도 모르게 힘 조절을 잊게 돼."

발랄하게 웃으며 말하는 모습을 보고야 내 마음의 근심도 겨우 걷혔다.

그래, 류에를 지키고 싶은 사람은 나뿐만이 아니다.

내가 혼자 끌어안을 필요도 없거니와 류에가 겁에 질릴 필요도 없다.

앞으로도 우리가 류에를 지키면 문제없다. 나는 이때— 그렇게 생각했다.

§ § §

바다에 나오고 열흘째. 오늘 마침내 바다 여행의 끝이 보였다. 나는 아침을 다 먹고 치우려던 차에 비오와 함께 선장실로 호출됐다.

어제 서즈가르드 왕국 영해로 무사히 진입했는데, 무슨 예상치 못한 사태라도 일어났나 하고 긴장한 채로 선장의 말을 기다렸다.

"표정 풀어. 어제 결계에서 자네들이 걸린 건 아니니까. 비오 씨가 가진 자유 입항증이 있으면 걱정 안 해도 돼."

"그런가요? 그럼 무슨 일인데 우리만 부르셨죠?"

원래 결계를 지날 때 생체 반응을 판별하지만 비오는 완전히 프리패스에 번거로운 입항 수속도 건너뛸 수 있었다.

심지어 결계를 지날 때도 그녀 곁에 있으면 아무 제재가 없었다.

이 결계를 관리하는 최고 책임자에게 직접 권한을 받았기 때문이라고 했다.

"방금 서디스 항구에서 통신이 들어왔어. 지금 도시에 나라의 높으신 분이 와 계신다고 해. 우리 화물에는 왕도로 가는 물건도 있으니까 어쩌면 시찰일지도 몰라. 그러니까 만약을 위해 너희는 화물 상자에 숨어 있어 줬으면 해."

"그렇군요……. 그렇다면 협력해야죠. 우리 모두 들어가면 되나요?"

"응? 나는 안 숨어도 되잖아? 위쪽 사람한테 손가락질당할 이유도 없고, 일단 이것도 정식 의뢰니까."

"누님 친구들인데 말도 없이 쑤셔 넣을 수도 없잖아. 형씨, 미안하게 됐수다."

"무리하게 올라탄 입장인데요, 뭘. 미안하실 것 없습니다."

선장도 비오에게는 경의를 표하는 것 같았다.

비오가 유명한 것은 익히 들었지만 내 생각보다 훨씬 대단한 인물인가?

아무튼 오늘 점심 전에는 육지에 도착한다. 바로 방으로 돌아가 이야기를 전해야겠다.

방으로 돌아가는 길에 화물실로 가는 계단 앞에서 비오가 멈춰 섰다.

우리는 아이템 박스를 가져서 쓸 일이 없지만 비오는 자기 짐이 화물실에 있다고 했다. 듣기로는 수확제 기간에 식량을 대량으로 사들인 모양이었다.

"나는 짐을 확인하고 곧장 갑판에서 대기할 테니까 오빠랑은 여기서 헤어져야겠어. 화물 속에 숨으려면 빨리 들어가는 편이 나을 거니까."

"그것도 그런가? 생각보다 오랜 인연이었지. 정말 고마웠어."

"그러게. 덕분에 엄청 유익한 수행이 됐어. 오빠네가 왕국에 무슨 볼일이 있는지는 몰라도 일 다 보면 공화국에 와."

"다 끝나면 놀러 갈게. 자유 기사단이었나? 거기 물으면 돼?"

"음, 아마도? 한곳에 오래 머물지 않으니까 그게 나을 거야."

여행은 언제나 만남과 이별의 반복. 하지만 이 인연은 앞으로도 이어질 거라고 예상하며 나는 계단을 내려가는 그녀의 뒤에서 고개를 숙였다. 또 만나자, 비오.

방으로 돌아오자 류에와 레이스가 방을 청소하며 하선 준비에 한창이었다. 작업을 도우며 방금 선장에게 들은 이야기를 두 사람에게도 그대로 전했다.

"확실히 위험은 피하는 편이 좋겠죠. ……좁은 곳은 괜찮으세요?"

"나는 괜찮아. 류에랑 레이스야말로 괜찮아? 아마 어두컴컴할 텐데."

"걱정하지 마. 그보다…… 햄은 어떡하지? 어린애한테는 힘들지 않을까?"

"아, 그 애라면 처음부터 비오의 동행으로 탔으니까 같이 내릴 거야. 그 애랑도 여기서 헤어져야지."

"그래……. 그 조그만 애 혼자서 괜찮을까? 걱정이야."

"그러게 말이에요. 지금까지도 혼자 여행했다고는 들었지만……."

"그 애가 왜 여행하는지는 모르지만, 비오도 같이 있으니까 괜찮을 거야. 게다가 무슨 까닭인지 이상하게 다부지더라."

위태로운 상황도 몇 번 있었지만, 이제는 스스로 밥값도 벌게 됐다.

그 아이는 지금도 주방에서 설거지를 돕는다고 들었다. 정말로 야무질 따름이다.

"그럼 방 정리도 끝났겠다, 우리도 화물실로 갈까?"

화물실에 발을 들이자 꽉 막힌 구조인지 선원들의 말소리나 온갖 소리가 울리는 것이 마치 콘서트홀에 있는 기분이었다.

우리가 온 것을 본 선원 하나가 곧바로 선장을 데리고 돌아왔다.

"시끄러워서 미안하군. 화물 상자는 모두 꽉 차 있지만, 사람이 들어갈 공간을 어떻게든 확보했어. 말 안 해도 알겠지만, 안쪽 물건에는 손대지 말아줘."

알겠다며 고개를 끄덕인 우리는 어떤 두 화물 상자 앞으로 안내받았다. 하나는 일반적인 커다란 나무 상자고 어떤 상회 이름이 박혀 있었다.

그리고 다른 하나는 더 크고 화려한 상자였다. 목제지만 세밀한 조각과 큰 엠블럼이 양각으로 새겨져 상자만 해도 꽤 비싸 보였다.

"이쪽 일반 상자에는 두 명, 여기 커다란 곳에는 한 명이야. 공간을 생각하면 아가씨들은 작은 쪽으로, 형씨는 큰

쪽으로 들어가는 게 좋을 거야."

"우웩…… 이 상자, 약 냄새가 독해……."

"염색물과 관련된 물품인가 보네요. 냄새는 나지만 인체에 무해할 거예요."

"내 쪽에는…… 미술품이 보이는군……. 절대 만지면 안 되겠어."

우리는 각자 화물 속에 숨어들었고 곧 어둠 속에 갇혔다.

폐소 공포증이나 암소 공포증이 있는 사람에게는 이런 고문도 없을 것이다.

그런 곳에서 옴짝달싹 못 하느라 서서히 오감이 예민해지는 착각에 빠질 무렵, 배의 속도가 느려진 듯한, 혹은 아예 멈춘 듯한 느낌이 들었다.

예정으로는 화물을 내린 뒤 몰래 열어서 빼준다고 했는데…….

"손전등 같은 마법이나 마도구를 준비할 걸 그랬…… 이크."

화물이 기울고 작지 않은 흔들림과 함께 무언가에 실린 것을 느꼈다. 그리고 바퀴가 구르는 진동 후, 다시 흔들림. 아무래도 배에서 내려온 것 같았다.

우리가 정말 아슬아슬하게 화물에 숨었나 보다.

"그래도 다행이야. 생각보다 빨리 해방되겠어."

바깥 상황을 살피고 싶어서 나 자신에게 [오감 강화]를 부여했다.

검을 장비하지 않아도 하나만이라면 【커스 기프트】의 힘으로 어빌리티 효과를 누리는 것은 제법 편리했다. 기회가 나면 다른 활용법도 연구해 봐야지.

귀에 신경을 집중하고 상자에 귀를 대고 바깥 소리를 들었다.

다른 상자를 옮기는 소리에 섞여 파도 소리, 새소리와 사람의 육성이 들렸다.

그런 그때, 쇳소리 섞인 발소리가 우르르 몰려왔다. 이건 갑옷을 입은 집단인가?

항구에 어울리지 않는 발소리에 관심이 쏠린 사이 생각지도 못한 말이 귀에 들어왔다.

"비오 님. 모시러 왔습니다."

"아, 응. 수고했어. 왜 그렇게 중무장을 했어?"

"그럴 만한 일이 있습니다."

그 집단 중 한 명으로 생각되는 남성이 비오와 대화하는 소리였다.

어딘지 모르게 딱딱하고 빠릿빠릿한 말투는 군인 같은 인상을 줬다.

그 후, 비오가 한숨 쉬는 소리와 선장에게 작별 인사를 하는 소리가 들렸다.

비오와는 여기서 이별이군. 한 번 더 제대로 인사하고 싶었는데.

약간의 미안함과 아쉬움을 느끼는데 다시 다른 사람의 목소리가 어둠 속에 울렸다.

그것은 사람을 업신여기는 듯한, 모욕적인 어감이 담긴—.

"어머, 패배한 잡견…… 당신은 잡묘라고 해야 하나? 우연이네."

"……『시리스』. 뭐야? 난 딱히 너한테 진 기억은 없는데?"

"그게 그거지. 우리나라 사람에게 졌으니까 너는 패배자야. **다리아** 님의 자비로 살아남은 주제에 어디서 자존심을 세워? 여기가 공화국인 줄 알아?"

"누가 할 소리. 이 도시에는 다리아가 없어. 널 지켜줄 사람이 아무도 없다고. 여기서 한번 싸워 봐? 나는 상관없어. 이래 봬도 나름대로 실력에 자신이 있으니까."

일촉즉발이군……. 관계가 상당히 험악해 보인다.

서로의 목소리에는 『상대를 밟아 버리고 싶다』는 감정이 고스란히 묻어났다.

그 신경전에 나도 모르게 마른침을 꿀꺽 삼키고 말았다.

자고로 남자란 여자들의 싸움 앞에 살짝 겁먹게 마련이라고요.

"흥, 여전히 못 싸워 안달이네. 누가 짐승 핏줄 아니랄까 봐."

"혈통밖에 내세울 게 없는 인간이 뭐래."

"어머, 잘 아네? 우리는 무엇보다 이 핏줄을 중시해. 브라이트의 혈통을 경시하는 인간은 그 누구라도 용서 안 해."

"아, 그러셔? 나는 이해를 못 하겠어. 하긴, 말해 봤자 무슨 소용이야. 난 갈래. 여기 있으면 그 진한 피 냄새가 밸 거 같아."

"내가 할 말이야. 짐승 냄새 풍기지 말고 어디 산속에나 박혀 있어."

그러더니 수많은 발소리가 멀어져 갔다. 아마 비오와 마중 나온 이들이 떠나는 소리겠지. ……단순한 마중치고는 분위기가 심상치 않지만.

발소리가 멀어져 가던 때, 다시 비오의 커다란 목소리가 나에게 전해졌다.

"아 참. 친애하는 친구들한테 할 말이 있어. 즐거웠어! 또 만나~!"

"무슨 소리야? 꽥꽥 소리 지르지 말아 줄래?"

"알았어, 알았어. 안녕~."

……열심히 숨죽이고 있는데 들키면 어쩌려고 저러냐.

그래도 일부러 들으라고 소리치는 말에 그만 입꼬리가 올라가고 말았다.

그래. 나도 즐거웠어, 비오. 꼭 다시 만나자.

그렇게 마음속으로 답하며 나는 어둠 속에서 눈을 감았다.

조금 감성적으로 분위기를 잡는데 다시 방금 그 목소리가 들렸다.

상자 바로 밖에 비오가 『시리스』라고 부르던 여자가 있는 것 같았다.

“선장, 이 상자는 뭐야? 장식이 꽤 화려한걸?”

“그건 왕도로 갈 헌상품입니다.”

“아하, 헌상품……. 정확한 품목은?”

“옆 대륙에서 상회가 사들인 각국의 미술품과 수도 명산품인 마도구입니다.”

“흥. 그 찬탈자의 나라? 지금 대표는 휴먼 여자였지, 아마? 옛날에 주제도 모르고 다리아 님께 대들었던.”

“아…… 그랬나요?”

오잉크 얘기겠지. 하지만 다리아에게 대들었다는 건 무슨 말일까?

나는 결국 오잉크가 두 사람과 만났던 이야기를 듣지 못했다.

물론 물어보기는 했지만…… 자세한 이야기는 들려주지 않았다.

다만, 그때 오잉크는 혁명을 일으킨 직후여서 협력을 요청했다고 한다.

하지만 원하는 대답은 듣지 못했다고 했다. 그야 나라의 요직에 있으면 함부로 타국의 싸움에, 그것도 혁명에 가담할 수는 없었겠지.

“지금 생각해도 웃겨. 다리아 님에게 꼴사납게 매달리던 그 꼬락서니. 내가 직접 이 항구까지 연행했지. 그걸 옆 나라에서는 다리아 님과 똑같이 『성녀』라고 부른다니 기가 막혀서 원.”

……브라이트라는 것만으로 미워하기에는 충분하건만.

운도 없지. 하필이면 내 옆에서 우리 꿀돼지를 욕하다니.

바로 며칠 전에 그 녀석을 내 생애 최고의 은인이라고, 친구라고 인정한 내 옆에서 그딴 소리를 해?

네 이름, 기억했다. 『반드시 비참하게 만들 인간 리스트』 제1호 등록자다.

마음속으로 그렇게 결심한 순간, 이 여자가 생각지도 못한 소리를 입에 담았다.

“지금부터 검문할 거야. 이상한 물건이 있으면 헌상할 수 없으니까.”

“기, 기다리십시오! 이건 어용 상회의 물건입니다. 그걸 무단으로…….”

“무단이라고? 너, 내가 누군지 잊었어?”

내가 숨어 있는 줄 아는 선장이 어떻게든 말리려고 목소리를 키웠다.

하지만 이 여자의 권력이 대단한지 결국 선장은 물러났다.

큰일 났다, 큰일 났다. 숨을 수 있을 만한 물건은…… 없다. 어쩌지? 뭔가 방법이 없나?

어둠 속에서 손을 더듬어 물품을 확인하는데 뭔가 딱딱

한 것이 손에 닿았다.

확인하려고 만져 보자 둥그스름한 덩어리 두 개가…….

딱딱……하지만, 이건 틀림없이— 여성의 유방.

"나체상…… 젠장, 이 상황을 모면할 방법이『생각나 버렸어』."

이거밖에, 뾰족한 수가 없겠지…….

§ § §

"으…… 코가 망가질 거 같았어."

"밀폐된 곳은 정말 힘드네요……."

겨우 화물에서 해방된 우리는 카이 씨와 합류하려고 선원을 따라갔다.

"그러고 보니 아까 비오 목소리가 들렸지? 제대로 인사하고 싶었어."

"저도 아쉬워요. 덕분에 배도 얻어 탔는데 말이에요."

"카이 군이 볼일을 다 보면 꼭 공화국에 가자."

류에는 명랑하게 말했다. 그래도 나는 그『카이 씨의 볼일』에 지레 불안이 앞섰다. 카이 씨…… 당신은 무엇을 바라나요?

아니, 사실은 저도 알아요. 저절로 알게 돼요. 당신이 어떤 사람인지, 무엇을 바라는지. 쭉 곁에서 봐 왔으니까.

나는 지금 옆에 있는 사랑하는 가족을 위해서라면 그것이

옳다고 맹목적으로 인정하고 말리라.

『복수』라는 이름의 죄를, 그것을 저지르려는 그를 긍정하고 말리라.

"—스? 레이스? 괜찮아?"

"아, 네. 왜요? 뭐라고 하셨죠?"

"선원이 무슨 문제가 생긴 거 같다고 여기 있어 달래."

"문제요?"

화물 사이로 이리저리 이동하던 선원이 어느샌가 멈춰서 있었다.

대체 무슨 일이냐고 물어보니 그는 몹시 당황한 기색으로 앞쪽을 가리켰다.

"망했다……. 나라 관리가 화물을 열어 보라고 해……."

"저건…… 카이 씨가 들어간 화물이죠?"

"아, 정말이네? 솔직하게 사과해야 하나? 숨어서 놀고 있었다고."

"저분은 그런 농담이 통할 위인이 아니야……. 죄인은 즉결 처분한다는 말도 있어."

그런 무서운 사람에게 들키면 선장님과 카이 씨가 위험하다.

어떻게든 해 보고 싶어도 무작정 끼어들 수도 없고……. 류에게로 눈을 돌리자 그녀도 안절부절못하며 손을 앞으로 뻗고 똑같이 나를 바라보고 있었다.

그러는 사이 마침내 화물 상자가 해체되고 안에 있던 미술품들이 태양 아래 모습을 드러냈다…….

만약 다툼이 벌어지면 우리도 뛰어들 수밖에 없겠지.

주먹을 꽉 쥐고 침을 삼키면서 사건이 벌어지기를 숨죽여 기다렸다.

"조, 조금만 더 가까이 가자, 레이스! 바로 뛰어나갈 수 있게."

살금살금 다가가면서도 나는 화물 안에서 눈을 떼지 않았다.

그림 뒤와 피아노 아래, 어딘가에 숨어 있을 카이 씨를 찾았다. 그래도 그의 모습은 보이지 않았다.

다행이라고 생각하는 반면, 의문도 떠올랐다. 그 사람은 어디로 가 버린 것일까?

바로 그때였다. 화물을 검사하던 엘프 여성이 입을 뗐다.

"멋져! 어쩜 이리도 정교할까……. 선장, 이 상품의 출처를 말해."

"네, 넷! 어이, 누가 화물 납품서 좀 가져와!"

카이 씨가 아닌 다른 곳에 정신이 팔린 그녀의 모습을 보고 안도의 한숨을 쉬었다.

그리고 무엇을 봤기에 그토록 흥분했는지 궁금하여 나도 그쪽으로 눈을 돌렸다.

그곳에는 유백색 나체상이 놓여 있었다. 그리고—.

"……어? 응? 으응?"

내, 내 눈이 어떻게 된 걸까?

여자 나체상에 손을 얹은, 아름다운 수정처럼 빛나는 저 남자 나체상.

그것이 나에게는…… 카이 씨처럼 보였다.

틀림없다, 저 몸은……. 설마 그런 것까지 가능하단 말인가요?!

아, 안 돼. 아무리 투명해도 보여! 아아, 안 돼!

"레이스, 레이스! 저거, 카이 군이야……. 투명 카이 군이야!"

"제, 제 마안으로도 확인했어요……. 확실해요, 저건…… 우으."

아, 보면 안 되는데…… 안 되는데!

몰라보게 달라진 모습을 만천하에 드러낸 그를 흥분한 머리로 바라보던 그때.

코앞에서 그를 관찰하던 여성이 그 투명한 몸에 손을—.

가슴팍을 쓸어내리고 복근의 기복을 훑은 손가락은…… 계속해서 더 아래로—.

……만지지 마. 우리 카이 씨를 만지지 마.

"꺄, 꺄악! 재, 어딜 만지는 거야?!"

"죽일게요. 류에, 제가 나갈 테니까 엄호를 부탁해요."

"어어?! 안 돼, 레이스! 기다려 봐, 기다리라니까!"

이거 놔요, 말리지 말라고요!

§ § §

【커스 기프트】 발동: 대상자 카이본 [결정화] 부여

『충격 실화! 살아 있는 조각상이 된 남자!』. B급 오컬트 특집에나 나올 만한 제목이 떠오르지만 공교롭게도 그게 딱 지금 내 상태다.

나무를 숨기려면 숲에, 책을 숨기려면 책장에, 쓰레기는 쓰레기통에.

그리고 미술품 속에 숨으려면 내가 미술품이 된다.

그렇다. 나는 옷을 벗고 나 자신에게 [결정화]를 부여해서 수정 조각상으로 변한 것이다.

물론 이것은 내 인생 세 손가락에 들 흑역사가 될 것이다.

아무리 투명한 무기물로 변해도 말이죠…… 감각은 있다고요.

어떻게 된 까닭인지 눈도 제대로 보인다. 내리쬐는 햇빛의 따뜻함도 이 구멍이 뚫릴 듯한 뜨거운 시선들도 다 느껴진다.

"왜 이렇게 굼떠? 제작자가 누구고, 어떻게 구했는지 빨리 말해."

"자, 잠깐만 기다려주십시오."

시리스, 설마 벌써 대면할 줄은 몰랐다.

화물 밖에서 기다리던 시리스는 짙은 금발과 진녹색 눈동자를 가진 묘령의 엘프였다. 어딘지 모르게 레일라를 닮았지만 조금 기가 센 인상을 풍겼다.

이 거만한 여자를 지금 당장 바다에 던져 버리면 얼마나 속이 시원할까.

그리고 아까부터 남의 소중한 곳을 더듬는 이 손가락을 제발 좀 꺾어 버리고 싶다.

작작 좀 만집시다. 아무리 그래도 그 아래는 안 돼.

"하아…… 이 얼굴, 휴먼이 모델인 점이 마음에 안 들지만 멋진 남자야. 마치 당장에라도 흘러내릴 것 같은 장발…… 어떤 색을 상상하며 만들었을까? 혹시 실제 모델이 된 인간이 있나? 후후, 조사해 볼까."

그만 하라니까. 손길이 징그럽다고. 나도 참는 데 한계가 있어.

갑자기 지금 느끼는 시선 말고도 나를 녹일 것처럼 뜨거운 시선이 느껴졌다.

몸은 움직일 수 없지만 간신히 눈알을 돌려 그 시선을 좇았다.

그 순간, 심장이 얼어붙고 열 폭주를 일으키던 뇌가 급속히 식었다.

……레이스다! 레이스가 믿어지지 않게 분노한 얼굴로 이쪽을 본다! 앗, 류에가 레이스의 팔을 필사적으로 붙잡고 말리고 있다! 아아, 이 오빠는 이미 더러워졌어. 장가가긴

틀렸어!

"오, 오래 기다리셨습니다! 이 여성 나체상은 세컨더리아 대륙의 예술 도시 『스피어 가든』에서 건너온 작품입니다. 안타깝지만 제작자까지는 저희도 잘……. 그리고 짝을 이루는 수정 조각상은 납품서에도 이름이 없군요. 아마 그쪽 상인이 점수를 따려고 끼워 넣은 게 아닐까요?"

"……그래? 역시 세컨더리아 대륙이었어. 그나저나…… 납품서에 안 적혀 있단 말이지?"

그 보고를 듣고 겨우 시리스가 떨어졌다.

그리고 선장과 말을 몇 마디 나눈 뒤 다시 화물 상자가 조립되었다.

어둠 속에서도 아직 안심할 수 없어서 나는 계속 조각상인 척 귀만 쫑긋 세웠다.

"이 화물을 영빈관으로 가져가. 지금 **그분**이 시찰하러 와 계셔. 왕도로 호위할 때 내가 같이 운반해 갈게. 그리고 수정상은 출처가 불분명하다고 그랬지?"

"그, 그렇긴 한데…… 아마 다른 나체상과 같을 텐데요……."

"아니. 정확한 정보가 없는 물건을 헌상한다는 건 말도 안 되는 소리야. 내가 보관할게."

곧 화물이 어디에 연결되고 바퀴가 구르는 진동이 전해졌다.

아니, 잠깐만. 이대로 가면 여기서 나갈 수가 없잖아…….

하지만…… 옮겨진 다음에 사라질 방법은 얼마든지 있겠

지? 미술품 도난쯤은 흔한 일이다. 그래, 일단은 그 영빈관인지 어딘지까지 실려가 보자.

"류에랑 레이스도 분명히 움직이겠지만…… 메일이 닿는 범위에는 없겠지."

괜찮다. 아마 영빈관은 이 도시 어딘가에 있다. 합류는 어렵지 않겠지.

그렇게 나는 잠시 더 살아 있는 미술품으로 지내게 됐다.

§ § §

"어떡해! 카이 군이 잡혀갔어! 지금 당장 쫓아가자!"

"그래야죠……. 도착지만이라도 알아내야겠어요."

"……응? 레이스, 의외로 냉정하네? 조금 전까지 그렇게 화를 내더니."

"그건 수정 조각이지 카이 씨가 아니에요. 그러니까 카이 씨의 몸은 아직 더럽혀지지 않았어요. 하지만 분명히 마음은 상처받았을 테니까 제가 나중에 달래주―."

안 돼! 레이스가 아직 착란 중이야! 지금은 내가 정신 똑바로 차려야 해!

우선 카이 군은 내가 쫓아가겠다고 제안했다.

그래도 정말로 의외지만 레이스는 살짝 화난 기색이면서도 냉정해 보였다.

“방금 영빈관이라는 말이 들렸으니까 당황할 필요는 없어요. 카이 씨라면 자력으로 탈출하기도 쉬울 테고요…….”

“아…… 생각해 보니 그것도 그런가. 그럼 어떻게 할까? 여기서 기다려?”

“아뇨. 혹시 모르니까 제가 장소를 확인하고 올게요. 류에는…… 먼저 거점으로 쓸 숙소를 찾아주실래요? 해결되면 다시 여기서 합류해요.”

“알았어. 레이스도 장소만 알아내고 바로 돌아와야 한다? 혼자 잠입하거나 하면 안 된다?”

“후후, 물론이죠. 하지만 만약 저 여성이 카이 씨에게 이상한 수작을 부린다면…….”

“……건물 안까지 살펴볼 생각은 아니지? 장소만 알아보는 거다?”

언제나 냉정하고 믿음직한 레이스가 살짝 제정신이 아니어서 일말의 불안을 느끼지만 일단은 추적을 맡기고 나도 이 도시를 탐색하러 나섰다.

기온 때문인지 세미피나르 대륙에 상륙했을 적보다 바다 냄새가 진하게 느껴졌다.

이곳은 아마 나와 악연으로 묶인 땅일 것이다. 그런 실감은 들지 않지만…….

그래도 왠지 마음이 울렁이는 듯한 이상한 기분을 껴안은 채 나는 혼자 숙소를 찾으러 항구에서 큰길로 걸어 나갔다.

처음 오는 대륙, 처음 오는 도시. 하지만 평소처럼 마음이 들뜨지 않는 것은 왜일까.

이곳이 나에게 특별한 대륙이라서? 아니면 지금 내가 혼자라서 그럴까?

"아, 찾았다. 항구에 숙소를 잡기는 처음이지만, 음식이 맛있을 거 같아."

숙소를 찾은 나는 3인 1박이라고 전하고 나중에 일행과 함께 오겠다며 돈을 먼저 지불한 뒤 도로 항구로 돌아왔다. 이제는 레이스를 기다리기만 하면 된다.

항구 한쪽에 있는 벤치에 앉은 나는 바다를 바라보면서 살며시 한숨 쉬었다.

딱히 우울한 것은 아니지만 이 광경을 혼자 보고 있자니 자연스레 흘러나왔다.

"대륙을 넘어왔구나. 참 멀리도 왔어……."

"누나 다른 대륙에서 왔어?! 우와! 엘프인데?!"

스스로 할머니 같은 말을 했다고 생각하던 차에 누가 그 말을 듣고 반응했다.

옆을 보니 동네 아이들로 보이는 조그마한 엘프 남자애 두 명이 있었다.

"후훗, 그래. 누나는 엔드레시아 대륙에서 왔어."

"엔드레시아 대륙이 어디야? 옆에는 세미피나르랑 세컨더리아인데."

"세미피나르 대륙 너머에 있어. 여기서 엄청나게 먼 곳."

초롱초롱한 눈망울로 바깥 이야기를 더 들려 달라고 조르는 아이들이 귀여운 나머지 나는 그만 기분이 좋아 이런저런 이야기를 들려줬다.

"누나는 여기도 여행할 거야?"

"글쎄, 아마 이 대륙도 돌아보지 않을까?"

"정말? 그치만 위험해. 요즘은 혼자 돌아다니면 안 된다고 어른들이 그랬어."

"그래? 그래도 누나는 혼자가 아니니까 괜찮아."

아이들의 말에 따르면 최근 가도에 낯선 마물이 나타나는 터라 집단으로 이동하는 사람이 많다고 한다. 음, 만약 마주치면 처리해 둘까.

그렇게 아이들과 수다에 빠진 사이, 점심이 지났는지 중천에 올랐던 해가 다시 떨어지기 시작했다. 나도 그만 레이스를 찾으러 가기 위해 이야기는 이쯤에서 끊었다.

달려가는 아이들을 지켜본 나는 지나가는 사람에게 영빈관의 위치를 물었다.

그런데 마침 그때, 항구에 마차 한 대가 나타나서는 내 쪽으로 다가왔다.

자세히 보니 고삐를 잡은 사람은— 생각지도 못한 레이스였다.

"늦어서 죄송해요, 류에. 여행에 쓰일 것 같아서 마차를 빌려왔어요."

"오오! 하긴, 마차는 꼭 필요하겠지? 역시 레이스는 준비성이 좋아!"

"후후, 카이 씨를 옮겨간 영빈관도 찾았어요. 여기서 거리가 좀 있지만, 마차라면 금방이에요."

"설마 그걸 타고 쳐들어갈 생각은 아니지……?"

"……아무리 저라도 그렇게는 안 해요. 정말이에요."

숙소도 잡았고 이제는 카이 군을 기다리기만 하면 된다. 우리는 각각 나뉘어 영빈관 근처와 이곳에서 대기하기로 했다.

이번에는 내가 영빈관으로 갔다. 나도 위치를 알고 싶다는 이유에서였다.

듣자 하니 영빈관은 도시 입구 가까운 곳에 있으며 상당히 경비가 엄중하다는 이야기였다.

그러고 보니 항구에서 그 엘프가 『그분이 시찰하러 왔다』라고 했었지?

"만약 카이 군이 탈출할 때 소동이 일어나면 큰일이겠어."

"카이 씨라면 괜찮겠지만…… 마차는 도시 입구에 대기해 놓을까요?"

"아니야, 항구에 있어도 돼. 만약 돌아온다면 여기일 테니까."

레이스가 겨우 평정을 되찾아 안심하고 나도 도시 입구로 갔다.

시각은 어느덧 오후 세 시를 넘었다. 길을 갈수록 햇살은 점차 부드러워졌다.

그리고 내가 도시 입구에 도착할 무렵에는 태양이 은은한 붉은빛으로 변해 있었다.

공기가 후덥지근했다. 이게 이 대륙의 기후라면 옷을 조금 더 얇게 입는 게 좋겠다.

가도 쪽을 보자 산에 오래 살았던 나에게도 낯선 식물이 많이 자라 있었다.

이게 흔히 말하는 『열대 식물』인가? 호기심을 자극받은 나는 가도로 나와 그 수풀 속으로 조금만 들어가 봤다.

짙은 풀 내음 속에서 가까이 있는 식물을 관찰하는데 근처에서 부스럭 소리가 났다.

경계하며 돌아보자 수풀 속에서 좀 전에 얘기하던 두 소년이 나왔다.

"아, 아까 그 누나다! 뭐야, 놀랐잖아!"

"후후후, 미안. 그런데 너희야말로 거기서 뭐 해? 위험한 마물이 나온다고 하지 않았어? 어두워지기 전에 마을로 돌아가 봐."

"우리끼리 그 마물을 찾으려고 탐험하고 있어!"

"맞아, 맞아! 형이랑 같이 찾아서 자유 기사단에 들어갈 거야!"

모험을 하고 싶은 걸까? 마음은 이해하지만, 위험하다고 하니까 어두워지기 전에 돌려보내야겠지. 나는 두 아이를 데리고 왔던 길을 돌아갔다.

"그런데 누나는 괜찮아? 혼자 다니면 위험해."

"혼자가 아니라면서? 혼자 있으면 괴물한테 잡아먹혀."

"후훗, 누나는 엄청나게 강하니까 괴물 같은 건 상대도 안 돼."

"누나, 자유 기사야?! 마법 쓸 수 있어?! 보여줘, 보여줘!"

자유 기사. 비오가 소속한, 모험가 길드와 비슷한 조직이었나?

마법을 보여달라고 하지만, 마력을 활성화하면 머리색이 변할 우려가 있었다. 이걸 어쩌나 하고 머리를 굴렸다. 귀여운 아이들의 소원이니까 가능하면 들어주고 싶은데.

"오늘은 피곤하니까 마법은 못 보여줘. 그 대신—."

적은 마력으로 아이를 기쁘게 하는 방법을 생각한 나는 손에 가볍게 마력을 모았다.

불, 얼음, 번개, 빛, 어둠. 손끝마다 각각 작은 현상을 일으켜 아이들에게 보여줬다.

"후후, 어때? 내 실력쯤 되면 이런 것도 할 수 있어."

"와아! 형, 대단해! 속성이 한 번에 다섯 가지나 나왔어!"

"우와…… 누나, 혹시 마도사야? 멋있어!"

"후후, 대단하지? 좋아, 그럼 그만 돌아갈까? 정말로 어두워지기 전에."

만족했는지 아이들이 이제는 얌전히 내 말을 들어줬다.

이런 식으로 아이에게 마술을 보여주면 여러 추억이 떠오른다.

나라고 딱히 불행한 추억만 있지는 않았다. 이렇게 아이들에게 마술을 알려주던 시대도 분명히 있었으니까. 그래, 괴로운 추억만 있는 것은 아니다.

최근 가라앉기 일쑤였던 기분을 떨쳐내듯 고개를 들어 아이들을 배웅했다.

몇 번이나 나를 돌아보고 크게 손을 흔드는 형제에게 나도 손을 흔들어줬다.

좋아, 곧 해 질 녘이니까 카이 군도 슬슬 빠져나올지 모른다.

그때였다. 순간 부자연스러운 바람이 내 머리카락을 흔들었다.

"으아! 형! 형!"

"아파아아! 아파, 아아악!"

의식을 전투태세로 전환한 순간, 비통하기 그지없는 비명이 귀를 찔렀다.

아이들을 돌아보며 마술로 얼음 가시를 만들고, 비명의 원인을 눈으로 포착한 순간 그 상대에게 있는 힘껏 투척했다.

"바로 구해줄게! 너는 도망쳐! 어서!"

얼음 가시가 저녁 하늘 아래 한 부분만 밤이 된 것 같은 어둠에 꽂혔다.

어둠 속에는 커다란 입만 존재했다. 눈도 코도 없고 윤곽도 알 수 없었다. 동물도 아니고 마물도 아니었다. 그런 기이한 존재가 소년을 입으로 물고 있었다.

전력으로 달리면서 손에 검을 출현시켜 그대로 입을 향해 내리쳤다.

그러자 무는 힘이 약해졌는지 입이 살짝 벌어진 찰나에 소년을 잡아당겼다.

그리고 축축한 감촉과 함께 나온 소년을 끌어안고 훌쩍 물러났다.

"아흐…… 사려, 즈어……."

"세상에…… 어떻게 이런……."

땅에 눕힌 소년의 처참한 모습에 나도 모르게 말이 튀어나왔다.

몸이 거의 녹아 버렸다. 이렇게 순식간에 사람을 녹이는 마물은 듣도 보도 못했다.

"『힐링 서클』. 조금만, 조금만 기다려줘!"

마력을 대량으로 실은 검을 땅에 꽂고 그곳을 기점으로 치유의 영역을 생성했다.

마음 같아서는 지금 당장 대규모 회복 마도를 써주고 싶지만, 그 전에 저 녀석을—.

"……단순한 마물은, 아니야."

나를 경계하는지, 그 그림자는 가만히 서서 검은 몸을 꿈틀대며 침을 흘렸다.

독특한 기척이었다. 마물과는 다른, 부자연스러운 마력 흐름.

마치 엉기성기 엮은 실을 억지로 형태를 만들어 굳힌 듯한, 생물이라는 명분만 가까스로 유지하는 듯한 느낌……. 모른다, 나는 이런 상대와 싸운 적이 없다.

"뭐든 상관없어. 여기서 해치우—."

다시 이 녀석을 해치우려고 살상 능력이 높은 마법을 발동하려던 그때였다.

수많은 발소리가 들렸다. 다른 아이가 도움을 요청한 게 분명하다!

"다들, 이 괴물의 침을 조심—."

그 원군에게 적의 특징을 전하려고 했다. 그런데—.

"세미엘의 고아다! 하얀 마녀가 재앙을 끌고 왔다!"

"저쪽에 애가 잡혀 있어!"

"어?"

그 순간, 차가운 무언가가 심장을 찌른 기분이 들었다.

등줄기에 얼음이라도 닿은 양 오싹한 오한이 온몸으로 퍼졌다.

아…… 맞아, 머리색! 방금 마법으로 원래대로 돌아갔어—.

"잠깐, 아니야! 지금 저 애를 구하려고— 큭!"

이번에는 기분이 아니라 실제로 뜨거운 무언가가 볼을 스쳤다.

그 순간, 가만히 서 있던 괴물이 나를 무시하고 도시 사람들을 덮치기 시작했다.

안 돼! 서둘러야 해!

"『아이스 스피너』!"

회전하는 얼음 칼날을 쏴서 괴물의 발을 잘라 버렸다. 그 사이 표적이 된 인간은 가까스로 돌진을 피할 수 있었다.

그래도 이번에는 머리 위에서 붉게 타오르는 돌이 날아들었다. 나를 노리고 정확하게.

"지금이다! 아이를 되찾아!"

"……왜 이러는 거야. 대체, 왜……."

상처가 아직 덜 아문 소년을 끌어안은 사람이 내 옆을 달려갔다.

……그래, 그렇단 말이지. 나는 그 사람을 향해 마법을 쐈다.

하다못해 조금이라도 더 치료가 빨라지도록 회복 마법을…….

하지만 그건 누군가의 마법에 막혀 버렸다.

"아니야. 그건 그냥 회복 마법이야……."

어느새 괴물은 사라지고 없었다. 사람들이 몰려와서 놀라 도망친 것일까?

지칠 대로 지친 머리로 그런 생각을 하던 도중, 이글거리는 불길이 나에게 쏟아졌다.

다들 무척 무서운 눈으로 날 노려본다. 어둑한 땅거미 속에서 사람들의 눈동자가 형형히도 빛났다.

……그래. 역시 그렇구나. 여기 있으면 안 된다. 당장 도망쳐야 한다.

달려가며 검을 회수하고 숲으로 도망쳤다.

뒤에서 고함이 들렸다. 그래도 이제는 돌아볼 여유가 없었다.

그래, 없었다. 더는…… 『나』에게 그런 마음의 여유가, 어디에도…….

§ § §

어둠 속에서 주변 소리와 몸으로 전해지는 진동으로 지금 상황을 유추했다.

아마 영빈관에 도착한 모양이었다. 소요 시간을 생각하면 그리 먼 거리는 아닐 것 같았다. 실제 이동 속도를 모르니까 추측일 뿐이지만 적어도 류에와 레이스랑 합류하기 어려운 곳은 아니었다.

"……여기는 창고인가? 인기척이 없어……. 희미하게 목소리는 들리지만……."

다른 방에서 들리는 소리일까? 강화된 청력을 이용해도 선명하게는 들리지 않았다.

『—아 님은 아직 바다에 계신가? 그렇다면 이 틈에—.』

『괜찮을까요? 만약 폐하—.』

『상관없어. 그걸 내 방으로—.』

아마도 그 여자, 시리스의 목소리 같은데…… 어째 내용이 미술품 횡령…… 다시 말해 나를 빼돌리려는 속셈 같았다. 아니, 당신 뭘 믿고 이러는 거야?

곧 다시 누가 다가오는 발소리가 들려서 서둘러 원래대로 포즈를 잡았다. 그러자 화물이 해체되고 시리스의 부하로 보이는 기사들이 나를 들어 짐차에 실었다.

"와…… 이거 정말 걸작이네. 꼭 살아 있는 거 같아……."

"잡담은 삼가. 시리스 님도 너무하지. 하필 이런 도둑질을……."

"그래요? 하지만 전 그 마음 이해해요. 조각상이라도 이렇게 멋진 남자는 잘 없어요."

"……그러게. 정말로 멋진 남자는 왜 모두 내 손이 안 닿는 곳에 있는 거람."

부하 기사(독신 여성)의 거시기한 신세 한탄을 들으며 실려 갔다.

아니, 이러려던 게 아닌데…… 죄송합니다. 절대 훔쳐 들을 생각은 없었어요.

나는 곧 어느 방에 장식됐다. 영빈관이라서 그런지 굉장히 화려한 인테리어를 자랑하는 방이지만 부자연스러울 만큼 그림이나 조각이 늘어선 광경을 보고 이곳이 『전용 방』이란 사실을 알아차렸다. 즉…… 이곳은 그 여자의 컬렉션 룸이란 말이다.

"드디어 왔네. 물러가 봐. 오늘은 그만 들어가 봐도 돼."

부하를 내보낸 시리스가 날카로운 표정을 누그러뜨리고 걸어왔다.

안 좋은 예감밖에 들지 않았다. 예를 들면 미소녀 피규어를 끈적한 눈으로 바라보는 인간 같달까…… 순수한 미를 감상하는 인간과는 뭔가 다른, 불순한 감정이 숨어 있는 듯한…….

"하아…… 정말 멋진 남자야. 조각이라 휴먼과 달리 나이도 안 먹고."

그만 하세요. 만지는 감촉은 저한테 다 전해진다고요.

"아차, 오늘 올릴 보고서부터 먼저 정리해야지……."

간발의 차였다. 닿으면 안 될 곳에 닿기 직전, 이 발정 난 엘프가 이성을 되찾았다.

책상으로 가서 열심히 서류를 들여다보는 사이 나는 주변을 살폈다.

창문은 다른 조각상으로 막혔다. 그렇다면 입구의 문으로 나가는 수밖에…….

그녀가 다른 곳으로 이동했을 때를 노려 몰래 빠져나가는 것 말고는 방법이 없었다.

종종 나를 힐끔거리며 작업하는 시리스를 관찰했다.

눈부신 황금색 머리에 진녹색 눈동자. 색을 속이던 레일라와 똑같았다. 브라이트 일족의 공통된 특징이겠지. 그러고 보니 이크스 씨와 스펠 씨도 똑같았나?

역시 브라이트의 피를 이으면 눈과 머리색이 같다고 봐도 될 것이다.

그런 그때, 시리스가 나직한 한숨을 쉬며 일어났다.

그대로 방을 나가는 것을 확인하고 나도 살금살금 걸어 방 밖을 살폈다.

사람이 있는 곳에서 발가벗고 있는 것도 여간 스트레스 쌓이는 일이 아니다. 나도 옷 좀 입자.

인기척을 살피고 방 밖으로 나왔다. 그리고 경비가 없는지 확인한 뒤 밖으로 나가려고 조용히 계단을 내려갔다. 하지만 지금 나는 단단한 결정. 발소리가 쿵쿵 크게도 울렸다.

그 소리를 들었는지, 누가 다가오는 소리가 들려 나는 허겁지겁 원래대로 포즈를 잡았다.

"……! 이게 왜 여기에?! 누구야! 누가 감히 내 물건에 손을 대!"

왠지 잠옷으로 갈아입은 시리스가 나타나서 주위로 바락바락 소리쳤다.

……왠지 이미지랑 다르네. 웬 하늘하늘한 네글리제야.

"큭! 침입자인가……. 일찍 돌려보낸 게 실수였어. 도망칠 생각은 버려!"

"귓가에 대고 소리치지 좀 마. 귀 따가워."

"응……? 어…… 뭐야……."

왠지 나를 끌어안고 주위를 위협하는 시리스에게 내가 참지 못하고 한마디 했다.

그러자 나에게 매달렸던 팔에서 순간 힘이 빠지더니—.

"……아이고, 떨어졌네. 이 여자도 의외로 새가슴이었나 봐."

진심으로 놀랐는지 정신을 잃고 쓰러진 시리스가 계단에서 굴러떨어졌다.

§ § §

복수, 아니, 살짝 골탕 먹이고 싶던 상대의 추태를 보고 만족한 나는 몰래 영빈관에서 빠져나왔다. 그리고 보이지 않는 곳으로 가서 옷을 입고 [결정화]를 해제했다.

참고로 시리스는 그 하늘하늘한 잠옷을 입은 채 현관 홀 한가운데 눕혀 놨다. 운이 좋으면 직장 사람들에게 의외의 일면을 보여줄 수 있으리라 믿는다.

"빨리 합류해야겠어. 항구로 돌아가 볼까?"

영빈관은 도시 입구 근처에 있는지 바다와는 조금 떨어져 있었다.

일단 바다 쪽으로 가려는데…… 뭔가 분위기가 이상했다. 길거리에 살기등등한 사람들이 오갔다. 마치 싸움이라도 시작된 것처럼, 흉흉한 기류가 떠돌고 있었다.

어디서 큰 싸움이라도 벌어졌나? 여기 오래 있으면 안 될 것 같다.

그렇게 인파 사이를 누비며 항구에 도착했을 때는 해도 완전히 저물어 있었다. 항구는 조명 마도구의 불빛을 받으며 작업하는 선원들로 넘쳐났다.

아무래도 우리가 타고 온 배는 이미 출항한 모양인데…….

“카이 씨! 다행이다, 무사히 돌아오셨군요!”

“레이스! 휴, 아직 여기 있었구나.”

“네. 영빈관 근처와 여기로 나뉘어서 카이 씨가 돌아오길 기다렸어요.”

“그랬어? 미안해. 생각보다 애먹었어. 그럼 류에는 영빈관 쪽에 있나……. 날 못 봤나 보네.”

“그럼 바로 가요. 이미 마차는 준비해 뒀어요. 따라오세요.”

역시 레이스는 준비성이 좋다. 레이스와 함께 마부석에 올라 방금 온 길을 돌아갔다.

하지만 걸어올 때와 달리 좁은 길을 지날 수 없어서 길이 조금 혼잡한 탓에 좀처럼 속도가 나지 않았다.

“그러고 보니 아까 도시 입구 쪽에서 무슨 일이 난 거 같더라고. 그거 때문인지도 몰라.”

“그런 일이……. 어쩐지 분위기가 이상하네요. 사고라도 난 걸까요?”

곧 포기하고 돌아오는 사람이나 무슨 사정을 아는지 허둥지둥 다른 길로 빠지는 사람이 나오면서 우리 마차는 겨우 도시 입구까지 올 수 있었다. 하지만—.

"거기 마차, 멈추세요. 가도로 나가는 겁니까?"

"네. 친구와 근처에서 만나기로 했는데 너무 혼잡해서요. 일단 마차만 밖에 세워 두려고요."

자경단 같은 사람들인가? 사복 차림의 남성들이 우리에게 멈추라고 지시했다.

그들은 내 대답을 듣고 서로 눈빛을 교환하더니 진지한 표정으로 사정을 설명했다.

"지금은 나가면 위험합니다. 방금 부근에서 그림자 마물이 나타났어요. 이미 자유 기사 몇 명에게 피해를 끼친 위험한 마물입니다."

"그뿐만이 아냐! 내가 봤어, 흰머리 엘프야. 마녀가 그 마물을 부리고 있었어! 재앙을 몰고 온 거야! 세미엘의 고아가!"

그 직후, 나는 고삐를 꽉 쥐고 남자들을 치어 버릴 기세로 도시를 뛰쳐나갔다.

예감이 순식간에 확신으로 변했다. 최악의 시나리오와 함께.

"……레이스, 고삐 잡아줘. 내가 돌아보고 올게."

"……설마, 류에라고 생각하세요……?"

"류에가 이 근처에 있었지? 거기에 만약 위험한 마물이 나타났다면?"

"……류에라면 틀림없이 싸우겠죠."

"내 실수야. 내가 더 빨리 빠져나왔으면……."

배에서 절실하게 깨닫지 않았는가. 이 대륙, 이 나라의 인간이 얼마나 비정상인지는…….

만약 그런 위험한 마물 근처에 백발로 변한 류에가 있었다면 어떻게 될까.

뻔하지…… 방금 남자들의 말이 전부 말해주지 않았나.

"젠장…… 우물쭈물하던 내가 바보였지."

검에 부여한 [소나]의 힘으로 주변을 살피며 밤의 가도를 내달렸다.

만약 류에가 진심으로 도망치면 이 마차의 속도로는 쫓아가지 못할 가능성도 있었다. 우리 신예기 인간의 능력은 그 정도로 상식을 초월한 것이기에.

……류에의 마음을 생각하면 분명히 훨씬 멀리 갔을 것이다.

발견되지 않게, 사람들이 무서워하지 않게, 자신이 상처입지 않게.

"……나무가 많아서 다행이야."

야외에서는 큰 효력을 발휘하지 못하는 [소나]지만, 숲처럼 울창하게 자란 나무들 덕에 마력 파장이 반사되어 맵을 보다 선명하게 표시해줬다.

하지만 그래도 류에로 보이는 반응은 없었다. 간혹 마물 같은 반응이 잡힐 뿐이었다.

"레이스, 그쪽에는 뭐 특이한 점 없어?"

"아직은요. 하지만 류에가 몸을 숨긴다면…… 아무래도 숲이겠죠."

"젠장…… 왜 내가 곁에 없을 때 이런 일이……."

"그렇게 말하면 저도 마찬가지예요. 류에와 함께 있어야 했는데……. 이 대륙은 빈말로도 류에에게 좋지 않아요……. 그런데 저는 단독행동을 선택했어요."

숲은 가도를 따라서 이어졌다. 류에는 분명 여기 어딘가에 있으리라, 포기하지 않고 연거푸 마력 파장을 쏘며 전진했다. 그리고 마침내—.

"……마력이 흐트러졌어. 가까운 곳에 큰 술식이 펼쳐져 있는 거 같아."

"알겠어요. 마차 세울게요."

류에는 아마 이 숲 속에 있다. 감질나게 걸어갈 수 없어서 나는 등에 날개를 달고 높이 도약해 기류를 타고 활공했다.

공중에서 다시 마력 파장을 쏘자 아래로 펼쳐진 숲 일부가 부자연스럽게 일렁거리는 것이 보였다.

그곳으로 내려가 눈에 보이지 않는 뭔가를 찢어 버리듯 몸을 비집어 넣었다.

"빛 마도『미라지 캐슬』……. 역시 류에는 여기 있어."

진지 형성 마도. 아마도 완전히 몸을 숨기기 위해 썼을 그 술식 속에서 마침내 나무 아래 웅크려 앉은 류에를 발견했다.

발소리에 겁먹은 것처럼 몸을 파르르 떤 류에를 보자 심장이 비명을 질렀다.

조심스럽게 다가가자 당장에라도 사라질 것처럼 약한 목소리로 류에가 애원하듯 중얼거렸다.

"더는 못 참겠어……. 날 보는 그 시선들, 못 버티겠어."

연약한 목소리.

떨리는 목소리.

살며시 류에의 뒤에 무릎 꿇고 끌어안았다.

"류에, 여기에는 아무도 없어, 아무도……."

"없어…… 없어……? 또 전부 사라지는 거야?"

"내가 있잖아. 레이스도 있고. 괜찮아, 너를 괴롭히는 사람이 없을 뿐이야."

어쩜 이리도— 나는 멍청할 수 있는가.

류에는 팔에 안겨 약하게 떨었다. 멍청하다, 나란 놈은 멍청해도 너무 멍청하다.

결과가 어떻게 되건 항상 옆에 있어 줬어야 했다.

나라가 상대든 뭐든, 소동이 일어나든 뭐든 무슨 상관인가? 남에게 피해가 가건 말건 내 알 바 아니다.

전부, 전부 쓸어버렸어야 했다. 이런 일이 벌어질 바에야 나라를 통째로.

그렇게 결의한 순간, 품에 안긴 류에의 떨림이 심해졌다.

괜찮아, 내가 여기 있어. 여기에는 우리와 류에밖에 없어.

류에가 몸을 꼼지락대며 팔 안에서 뒤로 돌아 얼굴을 내게 보여줬다.

희미하게 붉어진 눈두덩으로 힘없고 부드럽게 나를 바라보며 속삭였다.

“더는 힘들어……. 미안…… 잠깐만 쉴게.”

“그래, 이대로 잠깐 눈을 붙여. 나는 일어날 때까지 여기 있을 테니까.”

“응……. 그럼 다시 기운 차리면…… 또 같이 모험하자…….”

조용한 숨소리를 내며 잠든 류에를 끌어안은 채로 하늘을 올려다봤다.

……미안하다, 다리아, 슌. 내가 우선할 사람은 여기 있는 사랑하는 사람이야.

만약 다음에 무슨 일이 벌어지면 그때는…… 오로지 그녀만을 생각해 움직일 거다.

그게 설령 너희와…… 이 나라와 적대하는 길이라고 해도…….

§ § §

『한 번 더 말할게. 류에, 나와 함께 세계를 돌아보지 않을래?』

『물론이지. 이제는 나를 혼자 두지 말아줘.』

나는 구원받았다. 앞으로 조금씩 내 얼어붙은 마음은 녹아 가겠지.

이 차갑게 식은 마음이 녹으면 분명히 이 인생을 진심으로 즐길 수 있겠지.

더는 참지 않고 내가 나답게, 내 마음대로 행동할 수 있겠지.

무기력하게 체념의 밑바닥으로 가라앉았던 나의 마음이 마침내 해방된다.

하루하루를 즐기자. 기다리는 모험을, 그와의 여행을, 나는 맘껏 구가할 것이다.

'괜찮을까? 나만 이렇게 즐거워도…… 정말로?'

후후…… 괜찮아. 나는 언제든 곁에 있어. 나는 나. 언제나 함께 있어.

너는 이미 충분히 괴로워했으니까. 그러니까…… 가자, 바깥세상으로.

조짐은 있었다. 그때였던가, 내가 오랜만에 『나』와 말을 나눈 것은.

'연설이래. 어떻게 할래? 서디스 쪽 엘프도 있고 조금 무섭지 않아?'

'……그래도 여기서 내가 꺾이면…… 카이 군이 무리할지도 몰라.'

어쩔 수 없지. 그럼 내가 편지에 원고를 적어 놓을 테니까 그걸 읽어.

'응, 고마워!'

후후, 좀 비겁한 거 아니야?

'나, 나는 나야! 하나도 안 비겁해.'

그리고 최근 며칠 사이 『나』의 마음은 몹시 불안정해졌다.

그것은 분명 나쁜 징조였다. 앞으로 분명히 또 『나』는 망가진다.

그러니까 나는 카이 군에게 부탁했다. 『있지, 카이 군. 만약 내가 힘들어서 견디지 못하게 되면, 그때는 지금처럼 안아줄 수 있을까?』라고.

나는 언제나 곁에 있었다.

그 고독을, 슬픔을 『내』가 다 수용하지 못할 때를 위해서.

『나』의 불안을 덜어주기 위해서.

한때 사람을 의심하고, 즐거움을 잊고, 그저 사람들을 위해 검을 휘두를 뿐인 존재가 된 나의 마음을 지키기 위해서, 언제나 곁에 있어 준 『나』의 은혜에 보답하기 위해서…….

그래도 또 『나』의 마음이 얼어붙는다면, 견딜 수 없다면—.

『더는 힘들어……. 미안…… 잠깐만 쉴게.』

'알았어. 나한테 맡기고 잠깐 잠들어.'

『응……. 그럼 다시 기운 차리면…… 또 같이 모험하자…….』

'물론이지. 분명 내 마음은 또 구원받을 거라고 믿으니까.'

2장 인도의 황금과 은둔자의 마을

"카이 씨, 류에는— 잠들었나 보네요."

달려온 레이스의 목소리를 듣고 분해서 미쳐 버릴 것 같던 머리가 다시 냉정해졌다.

"……그래. 아마 심한 말을 들은 거 같아. 지금은 지쳐서 쉬고 있어."

팔에 힘이 들어가지 않게 감정을 다스렸다.

새근새근 잠든 류에가 깨지 않도록, 이 격정이 폭발해 나오지 않도록…….

하지만 나보다 먼저 레이스의 인내심이 한계에 다다랐다.

"왜 카이 씨의 친구들은 이런 풍습을 방치하는 건가요?! 류에도 그분들과 친구라고 하셨잖아요!"

레이스가 웬일로 분노를 표출했다.

분해서 눈물이 고이고 당장에라도 류에를 끌어안고 싶다고 애원하듯 다가왔다.

그래, 그 말이 맞다. 나도 쭉 이해할 수 없었다.

왜 요직에 앉은 두 사람이 이런 차별적인 풍습을 방치하는가.

아니, 설령 이유가 있다고 해도 지구에서 자란 두 사람이 그것을 인정하다니…….

생각의 바다에 잠길 뻔한 그때, 품에 안은 류에가 움직였다.

"……괜찮아, 레이스. 그렇게 화낼 필요 없어."

"아…… 죄송해요. 제가 깨웠나요?"

"류에, 그냥 더 자. 마차까지 옮겨줄게."

팔에 안은 류에가 몸을 틀더니 나를 쳐다봤다.

그 표정을 본 나는 왠지 덜컥 놀라고 말았다.

……뭔가 달랐다. 조금 전까지 힘없고 상처 입은 그녀가 맞는지 의심스러웠다.

하지만 묘하게 그리운, 그런 분위기.

"카이 **군**, 이제 괜찮아. 마차는 숲 밖에 있지? 같이 갈까?"

그 미세한 차이가 묵은 추억을 들춰냈다.

그리움과 닮은 마음이 피어올라 나는 그만 그녀의 몸을 한 번 더 강하게 끌어안았다.

"앗, 잠깐, 내려줘. 이제 괜찮다고 했지?"

"……류에."

"응. 왜 그래? 갑자기."

류에다. 틀림없이 류에다. 하지만 왠지 그리운 류에다.

"류에. 나는 이 정도는 금방 알아."

"뭐가? 영차…… 봐, 내 다리로 설 수 있지?"

안다. 알 수 있었다. 그래도 왜…….

그렇지만 그녀는 『쉰다』라고 말했다. 그렇다면…… 나는 이 말을 『그녀』에게 해야겠지.

"류에…… 오랜만이야."

"……생뚱맞긴. 나는 항상 옆에 있었잖아, 카이 군."

그래…… 그랬군. 너는 항상 곁에 있었구나.

§ § §

"류에. 나는 대충 눈치챘어. 알려줘, 어떻게 된 건지."

"나도 카이 군을 속일 수 있을 거라고 생각 안 해. 나는 마음을 분단할 수 있어."

그녀는 오랜만에 학생에게 가르치는 것처럼 나에게 이야기했다.

나는 그것이 그리운 반면, 분하고 슬프기도 했다.

왜냐하면…… 그렇게 될 만한 일을 과거에 겪었다는 뜻이니까.

류에의 이야기를 간추리면 이랬다.

오로지 사람들을 위해 검을 휘둘러 지키고도 온전히 받아들여지지 못한 그녀는 차츰 인간적인 감정을 감추게 되었다.

그리고 남은 것은 의무감과 적을 해치운다는 의지뿐.

『심적 스트레스에서 도망치기 위해 희생용 인격을 만든다』

라는 이야기는 들은 적이 있다.

하지만 류에는 그것과는 달랐다. 마음을 완전히 통제하여 감정을 분리시켰다.

괴로운 일과 책무를 전담하는 자신이 있다. 그리고 뭔가를 즐기고 소중히 여기는 마음을 가끔 풀어주며 마음이 완전히 식어 버리지 않도록 균형을 유지했다.

하지만, 그래도 천 년은 너무 길었다.

그 고독을 버티는 동안 언제인가부터 구분된 마음을 전환하는 스위치가 고장나서 서로 다른 인격으로 독립하고 말았다.

하지만 류에의 말에 따르면 인격은 바꾸는 것이 아니라 서서히 덧씌워지는 느낌에 가깝다고 했다.

다시 말해 『선생님』이었던 그녀가 여행 중에 서서히 평소의 천진난만한 류에로 변화했다는 것이었다. 그러므로 그녀는 언제나 우리와 함께 있었다. 한발 뒤로 물러나서 우리를 쭉 지켜보는 심정으로 류에 속에 섞여 있었다.

류에가 가끔 보이는 어른스러운 모습과 흥미로운 것을 발견했을 때의 푸르고 깊이 있는 눈동자는 지금 눈앞에 있는 그녀의 영향이리라.

하지만 지금 다시 그 『선생님』의 면모가 겉으로 나와 있다. 그 말인즉—.

"내게 옛 동포와 그들의 자손은 역시 특별해. 무의식중에 이런저런 생각이 들어. 솔직한 마음으로 전부 포용하기는 어려워."
"그럼 이 대륙에 있으면 류에의 마음은 계속 불안정하다…… 이건가?"
"그럴지도. 지금 느끼는 불안이나 불만이 해소된다면 또 모르지만……."
눈앞에서 그녀는 다소 자조적으로 말했다. 그 불안과 불만이 대체 무엇인가.
역시 이 대륙에 사는 엘프가 마음에 걸리는 걸까?
그거야 당연하지. 미울 것이다. 복수하고 싶을 것이다. 따지고 싶을 것이다.
하지만 내 예상에 반하여 그녀가 입에 담은 불만이란—.
"나는 있지, 카이 군. 너한테도 불만이 있어."
"……나?"
"그래. 첫째로, 너는 왜 나한테 상담을 안 하지? 네가 무슨 생각을 하는지는 나도 레이스도 대충 알아. 그건 우리 세 명이 함께 이야기하고 생각할 문제 아닌가?"
"그건……."
직설적인 추궁. 이건 나의 이기적이고 일방적인 기대였다. 두 사람이라면 내가 무슨 생각을 하는지 알면서도 못 본 척 해주지 않을까, 라는 기대.
레이스는 대게 나를 지지해준다.
그리고 류에도 내가 뭘 하려고 하면 어이없어하면서도 긍정하거나 순진하게 부추긴다. 내가 그런 두 사람의 호의를 이용하고 있다고, 그녀는 말하는 것이다.

"카이 군. 너는 나를 위해서 브라이트 일족에게 무슨 짓을 할 생각이야?"

"그건……."

핵심을 파고들었다. 내 바람을 이룬 끝에 기다릴지도 모르는 결말.

"추궁하고 싶어. 왜 아직 류에를 박해하는 풍습이 남아 있는지. 누가 그걸 퍼뜨렸고 인정했는지. 그리고, 사과를 받아 내고 싶어. 너를 배신한 것을."

"다행이네. 나는 일단 전부 죽이고 보지 않을까 걱정했어."

"……미안, 솔직히 그 생각도 했어. 대답 여하에 따라서는 지금도 그럴 생각이고."

솔직하게 말하겠다. 나는 비정상이다. 분노가 일정 선을 넘는 순간, 감정이 이성과 상식을 침범해 끝없이 팽창한다. 보통 사람이 안 할 짓도 아무렇지 않게 저지른다.

도덕심을 전부 버리고 지금 자신이 끌어안은 것도 전부 버리고 돌진한다.

그건 이미 인간이 아니다. 그냥 괴물이다. 정신 나간 폭력의 화신이다.

하지만 나는 그것을 자각하면서도 필요하다면 기꺼이 그 길을 선택하려고 한다.

그래도 나의 그런 광증을 다른 사람에게 털어놓기는—.

"……너는 심성이 착한 사람이야. 너무 착해서 그렇게 된 거지. 그래도 그러지 마. 그건 너한테 상처가 될 거야. 그리고 무엇보다 내가 그걸 안 바라."

그녀가 평소보다 날카로운 표정을 조금 펴고 내게 손을 내밀었다.

그러고는 내가 평소에 그러듯 머리를 살며시 쓰다듬었다.

"『착하지』라고 하면 되나? 나는 이 크고 재주 많고 가끔은 무서운, 네 마법 같은 손으로 쓰다듬어주는 게 정말 좋아."

"……이러지 마, 나도 참기 어려워."

"나와 레이스가 보지 않으면 너는 바로 결단하겠지. 나는 그걸 어렴풋이 느끼고 있어서 그 도시에서 도망친 거야. 그 상황을 보면 너는 분명히 망가져."

평소보다도 어른스러운 그 푸른 눈동자가 계속해서 내 마음속을 파헤쳤다.

타이른다. 내가 마치 말귀를 못 알아듣는 어린애인 양.

그래도 그것이 왠지 편안해서…… 납득할 것만 같았다.

비겁하다. 천 살도 넘은 어른이 진심으로 타이르면 들을 수밖에 없지 않은가.

"너는 착한 마음을 보여주는 사람이 손에 꼽을 정도야. 그러니까 그 소수를 위해 미친 듯이 날뛰어. 그날 네가 혼자 용신에게 도전한 것처럼 또 혼자 가려고 해. 설령 세상일이 네가 바라는 대로 되지 않아도 앞뒤 가리지 않고 날뛰면 안 돼. 그러려고 우리가 곁에 있는 거야."

만약 사죄를 받아 내지 못한다면—.

만약 자기네 조상의 만행을 모른 척하고 인정조차 하지 않는다면—.

이 역겨운 악습을 끊는 데 협력해주지 않는다면—.

그래도 너는 이 분노를 참으라고 말하는가.

지금 나를 설득하는 너도 그 피해의 산물, 과거의 유산이면서…….

고독을 견디지 못하고 끝내 떨어져 나온 마음이면서…….

"내 마음은 내가 고쳐. 이건 분명히 네가 생각하는 방법으로는 안 나을 거야."

"나는 복수로 풀리는 일도 있다고 생각해. 그래도 하지 말라고?"

"누가 뭘 해줘 봤자…… 안 돼. 내가 내 발로 거기에, 내 해답에 도달해야 해. 그러니까 조금만 내 마음대로 하게 해줘."

내 머리에 얹었던 손을 물린 그녀가 이번에는 검지를 세워 마치 자기 생각의 흐름을 비유하는 것처럼 빙글빙글 돌렸다.

그 행동이 어쩐지 평소의 류에 같아서 그녀가 지금도 그곳에 있다는 느낌을 줬다. 그 천진난만하게 세상을 즐기는 그녀가—.

마음속의 벽을 넘어 류에의 인간미가 섞여든 것처럼 느꼈다.

그래서…… 그녀는 처음부터 조금 맹하고…… 따스했던 걸까.

우리가 처음 만난 그날, 숲 속에서 망설임 없이 나를 집으로 초대해준 일을 떠올렸다.

그 행복하고도 신비한 관계로 지낸 1년간의 추억.

……그래. 내가 만약 잘못된 길로 빠지면, 류에와 레이스만이 아니다.

그 첫 1년, 지금 내 앞에서 어른스러운 표정을 지은 그녀와 함께 보낸 시간까지도 망쳐 버릴지 모른다고, 나는 이제야 겨우 깨달았다.

그녀가 태어난 이유. 그렇게 되어 버린 이유를 내 독선으로 전부 마무리 짓는다.

류에라면 분명히 그런 일을 바랄 리 없었다. 지금 그녀도, 평소의 그녀도…….

"좋아, 결정했어. 카이 군, 나를 이 나라 임금님에게로 데려가 줘. 내 입으로 말하고 싶어. 하지만…… 거기까지 가는 길에 피를 흘리지 말아줘."

"희생도 싸움도 없이 이 나라의 왕에게……. 말만 들어도 어렵겠는데."

"후후. 여기는 이미 오잉크의 영향력도 미치지 않는 땅이야. 정말로 우리가 우리 힘만으로 도달해야만 해. 나를 데리고 가려면 굉장히 어려울 거야."

이 바람은 틀림없이 나를 속박하기 위한 것. 감정과 힘이

미쳐 날뛰지 않도록 막기 위한 것.

"알았어. 그 소원, 내가 이뤄줄게. 피를 흘리지 않고 너를 왕에게로 데리고 갈게."

이 바람은 틀림없이 그녀의 마음을 구제할 길로, 바라던 결말로 이어진다.

그렇다면 지금은 그것을 이루겠다. 지금 품은 분노도 증오도 제어해 보이겠다.

사실은 나도 안다. 이 풍습도, 과거의 배신도, 원흉이 따로 있다는 사실을…….

그 원흉을 발견하는 것이야말로 내 역할이며 이 분노는 단순한 자기만족이란 사실을…….

"자, 가자, 카이 군. 레이스가 걱정스럽게 우리를 보잖아."

레이스는 조금 거리를 두고 불안하게 우리를 불안하게 바라보고 있었다.

아마 자기가 들어도 될 이야기인지 자신이 없어서겠지.

"레이스한테도 설명해 둘게. 그동안 마차를 몰아줄 수 있겠어?"

"그래, 물론이지. 레이스를 안심시켜줘."

그리고 우리는 여행을 재개했다. 밤의 어둠 속에서 살그머니 도망치는 기분으로…….

§ § §

"레이스, 내 옆으로 와. 거기서 자면 얼굴에 자국 생겨. 나한테 더 붙어."

"네, 네…… 이상하게 긴장되네요."

"후후, 나는 나야. 그냥 머리가 좀 굳었다고 생각하면 돼."

객차 안에서 들리는 대화를 보아 대강 이야기가 끝난 것 같았다.

아직 조금 어색하지만 곧 레이스도 익숙해지겠지.

언동이 살짝 변하기는 했어도 다정하면서 강한 본질에는 아무런 변화가 없으니까.

하지만 이대로 밤새 마차를 몰고 싶어도 운송용 마물이 버티지 못한다.

동트기 전에 어디서 쉴 수 있으면 좋으련만…….

"길 양쪽은 가도 가도 숲뿐이군……. 밤에 들어가기는 위험하겠어."

내게는 마력을 감지하는 능력도 없고 레이스처럼 실용적인 마안도 없다.

하지만…… 왠지 이 밤길을 달리기만 해도 으스스하고 소름 끼치는, 형용하기 어려운 감각이 피부를 쓰다듬는 느낌이었다.

마물이 힘들어할지 모르지만, 더 밝아질 때까지 버티는

편이 좋을 듯했다.

하품이 나오지 않게 입을 꽉 다문 나는 다시 정신을 가다듬고 고삐를 틀어쥐었다.

밤이 도망가듯 하늘가로 빛이 돌아오고 있었다.

마차 속도를 늦추며 시각을 확인하자 오전 네 시 전이었다.

주변을 돌아봤다. 여명 아래, 나무들 사이로 숲 너머의 경치가 보였다.

제법 멀리 왔는지 빽빽하던 나무도 많이 줄었다.

그런데 객차에서 자고 있었을 류에가 창을 열고 말을 걸었다.

"밤새 달렸나 봐? 너무 무리하지 말고 그만 쉬어."

"류에, 잘 잤어? 밤중에 대책도 없이 이 숲길에 멈춰 서기는 싫었어."

"흠…… 잘 생각했어. 아까부터 생각했지만, 이 대륙은 마력 흐름이 이질적이야. 아마 칠성 봉인이 대륙 전체에 영향을 끼치는 거겠지."

"그 말은…… 마물이 나오기 쉽다는 뜻이야? 그거 귀찮겠어."

"마물이 못 다가오게 마도구를 쓰면 괜찮을 거야. 내가 있던 숲에 비하면 귀여운 수준이지."

"하하하…… 확실히 그 숲과 비교하면 어디서 야영하든 거기서 거기겠지."

그립다. 그러고 보면 그 숲의 마물은…… 솔직히 다른 곳과는 차원이 달랐다. 고전하지는 않았어도 나와 류에가 협력하지 않으면 귀찮다고 느낄 정도였으니까.

"저쪽에 숲으로 들어가는 오솔길이 보여. 저기에 야영할 만한 곳이 있나 찾아볼게."

"응, 알았어. 나는 조금만 더 레이스의 베개가 되어줄래."

아무래도 무릎베개를 해주고 있는 모양이었다. 벌써 언니 노릇이 몸에 배었다.

그렇게 오솔길로 꺾어 들어가 나무가 적은 곳에 마차를 세우고 때 아닌 야영 준비에 들어갔다.

"그럼 나는 주변을 돌면서 결계 마도구를 설치하고 올게. 레이스도 따라와. 아직 졸리겠지만, 걷다 보면 잠도 깰 거야."

"네……. 죄송해요, 저만 세상모르고 잠들었네요……."

"익숙하지 않은 바다 여행이 계속됐으니까 그럴 만도 해."

류에는 눈이 게슴츠레한 레이스를 데리고 와서 의욕적으로 제안했다.

목소리가 묘하게 상기됐다. 역시 이 상황이 즐겁기 때문이겠지.

아니면 레이스에게 좋은 모습을 보이려고 벼르는 것인가?

평소의 류에를 연상케 하는 언동이 기묘한 안심감을 줬다.

그렇게 생각한 찰나, 이슬이 내린 탓인지 류에가 말 그대로 꽈당, 하고 넘어졌다. 우와. 만화처럼 다이내믹하게 미끄러지는 모습에 나도 모르게 감탄하고 말았다.

"……이런 식으로 넘어질지도 모르니까 레이스도 조심해서 따라와."

"아, 네…… 후후."

류에 누나, 귀까지 새빨개졌잖아요.

혼자 남은 나는 주변을 돌아다니며 텐트 치기 좋은 곳을 찾았다.

풀밭도 좋지만 흔적이 남기 쉽다. 류에를 추적하러 여기까지 올 것 같지는 않지만, 주의해서 나쁠 것은 없다.

"후…… 피를 흘리지 않고 왕을 만나라고? 약속은 했다만, 이걸 어떻게 한다……."

걸으면서 혼잣말을 꿍얼댔다. 일단 몇 가지 방법을 머리로 시험해 봤다.

가장 먼저 떠오른 것은 다리아나 슌에게 기대하는 것. 아마 쉽지는 않겠지만 나라의 중역과 연결된다는 점에서는 가장 빠른 지름길이다.

그 밖에도 다른 대의명분을 얻는 방법도 있다. 만약 지금이 전쟁 중이라면 무훈이라도 쌓아서 직접 중역으로 올라갈 수도 있을 것이다. 내 힘이 있다면 쉬운 일이다. 하지만 지금은 평화로운 시대.

류에를 데리고 잠입하는 방법도 있지만, 경비에 슌과 다리아가 연관되어 있다면 무혈입성은 어려울지도 모른다. 다툼은 최대한 피해야 한다.

애초에 나도 이 나라와 적대하고 싶은 것은 아니다. 상황이 틀어지면 주저하지 않겠지만 친구 두 명이 속한 나라와 싸우고 싶지는 않다.

"뭐가 됐든 지금은 정보가 너무 없어. 이 나라의 자세한 사정을 몰라. 우선은 정보 수집부터 해야겠지. 백발과 그림자 마물. 브라이트의 역사와 국가의 기원…… 풀어야 할 숙제가 산더미군."

골몰하며 걷다가 가도 부근까지 와 버렸다. 그만 돌아가자.

으음, 가능하면 흙바닥이나 낙엽이 많은 곳이…….

그때, 내 생각에 제동을 거는 것처럼 말 달리는 소리 같은 것이 들렸다.

뭐지? 누구지? 나는 긴장하며 소리가 난 방향을 응시했다.

내 눈에 들어온 것은 말을 닮은 마물과 거기에 올라탄 엘프 여성이었다.

머리색은…… 짙은 금발. 그리고 눈동자는— 짙은, 무척 짙은 녹색.

혀를 차고 어떻게 할지 생각했다. 저건 누구지? 왜 여기로 왔지?

하지만 더 생각할 시간은 없었다. 그녀가 나를 눈치챈 것 같았다.

"아아~! 사, 사람이다! 지금 뛰어내릴 거니까 받아주시면 안 될까요!"

"뭐?! 잠깐, 으악!"

난데없는 다이빙. 관성이 한껏 실린 몸뚱이가 맹속도로 날아왔다.

간신히 받아내기는 했으나 기세에 떠밀려 넘어져서 내가 밑에 깔리고 말았다.

이 코트에 부여한 [충격 내성]을 뚫었어?

내가 아니었으면 받은 사람까지 크게 다쳤을 거다.

나 원, 대체 어쩌자고 이딴 짓을…….

"사, 살았다……. 고맙습니다, 바로 회복 마법을 쓸게요."

"필요 없어. 넌 뭐야?"

엘프 여성은 나를 깔아뭉갠 채 마법을 발동하려고 했다.

그녀를 밀어내려고 하나…… 아, 망했다. 놀랍도록 말랑한 곳에 손이 닿았다.

마침내 나도 럭키 변태라는 주인공 특유의 능력을 손에 넣고 말았나?

……상대방이 브라이트 일족이라는 의혹이 있지 않았다면 행운이었겠지.

"카이 씨, 지금 돌아왔어요. 방금 무시무시한 속도로 마물이 달려가— 카이 씨?"

"흠, 카이 군, 그건 무슨 상황이야? 나도 눈살이 찌푸려지는데."

"갑자기 덮쳤어. 나 좀 구해줘."

"네?! 잠깐만 기다— 아아~!"

일단 의심되면…… 처단한다! 브라이트일 가능성이 있다면 용서하지 않아요.

§ § §

"이, 이건 너무하잖아요……. 제발 내려주세요, 이거 좀 풀어줘요."

"갑자기 나타나서 잘못하면 사람이 죽을 힘으로 들이박은 정체 모를 인간을 그냥 풀어 둘 리가 있나?"

"억울해요……. 실제로 당신도 말짱하잖아요? 무슨 과장을 그렇게나……."

"그건 내가 특별히 강하고 이 옷의 성능이 뛰어나서 그렇지. 일단 그쪽 사정부터 설명해. 듣고 풀어주든가 말든가 할 테니까."

우리 집 두 아가씨가 일사천리로 이 엘프를 붙잡아 나무에 매달았는데…… 레이스 누님, 귀갑 묶기 같은 건 어디서 배우셨습니까?

그리고 류에 씨도, 검을 들이대기는 아직 이르지 않을까요?

"자, 자유 기사단 소속 아마미예요. 조사 지령을 받고 이 인근 숲을 조사할 예정이었는데 갑자기 기수(騎獸)가 말을 안 들어서……."

"……무슨 조사?"

아마미라는 엘프가 묶인 상태로 설명했다.

조사…… 설마 류에를 찾으러? 그렇다면 여기서—.

"사실 어제저녁에 어떤 도시에 검은 그림자 마물이 나타났어요. 그때 백발 엘프도 목격됐다고 해서 마을로 알아보러— 앗!"

류에와 레이스에게 눈짓했다. 어떻게 해야 할까. 여기서 처리해야 할까?

아니, 피는 흘리지 말라고 했으니까 폭력을 쓸 수는 없는데—.

"당신은 숲을 조사한다고 했는데 방금 『마을』에 간다고 했죠?"

"……무, 묵비하겠습니다."

레이스가 추궁했지만 아마미는 답변을 거부했다.

그러자 지금까지 말이 없던 류에가 목에 칼을 댔다.

피를 흘리지 말라고 한 사람은 그녀였다. 그렇다면 단순한 위협이라고 생각했지만—.

그 눈빛과 날 선 감정이 앞으로 벌어질 참극을 예감케 했다.

내 등이 오싹해질 정도의 살기. 눈에는 보이지 않지만 피부로 와 닿는 위압감……. 이것이 『감정을 배제한 전사』로 살아온 류에의 일면이겠지.

“사정이 있어서 우리는 정보가 필요해. 우리에게 해를 끼친 이상 그만한 대가를 받아야겠어. 정보를 넘기거나 전부 잃거나, 하나만 골라.”

“아아~! 누구 없어요~?! 살려줘요~!”

……뭔가 엄청나게 맥 빠지고 긴장감 없는 비명을 지르는 사람이었다.

척 보기에는 늠름한 검사인데. 응? 그러고 보니 그런 사람이 우리 쪽에도 있었던 것 같은 기분이…….

지금은 똑 부러지지만, 긴장감이 없다는 점에서는 류에도 둘째가라면 서럽지.

그나저나 제법 끈질기군. 이 살기 앞에서도 입을 열지 않다니.

“말 못 해요, 절대로!”

“류에, 이제 됐어. 내가 해결할게.”

이런 타입은 직접적인 협박이 아니라 안쪽에서 흔들어야 한다.

나는 바로 검을 꺼내서 어빌리티를 세팅했다.

우선 [상세 감정]을 넣고 그녀의 정보를 파악했다.

【Name】 아마미 다리아 허밋

【종족】 엘프

【직업】 검호(37), 사냥꾼(44)

【레벨】117
【칭호】노력가
　　　모두의 누나
　　　검성에 달한 자
【스킬】검술, 궁술, 투검술, 회복 마법, 부대 편성
　　　요리, 간이 조합, 기승, 험로 돌파, 불운, 불굴

과연 자유 기사다. 마물이 활보하는 대륙에서 모험가 같은 일을 하는 이유가 있었다.

……생각 이상으로 강하군, 이 아가씨. 하지만 그보다 신경 쓰이는 점은―.

"너, 브라이트 일족이 아니었어?"

"아아…… 또 오해받았어. 아마 할아버지나 할머니 중에 그쪽 핏줄이 있을 거예요. 저는 격세 유전? 이라고 들었어요."

"격세 유전……?"

흠, 브라이트가 아니라면 대우를 다시 생각해 봐야겠다.

다른 건 몰라도 저 몸을 파고드는 밧줄 때문에 눈을 둘 곳이 없었다.

……참 훌륭한 물건을 가지셨군요. ……아무튼 죄송합니다, 아마미 씨.

"아야야…… 아무튼 저는 말 안 해요."

"그거 말인데― 나한테서 뭔가 숨기려고 해도 소용없어,

허밋 씨."

아직 포박은 풀지 않았지만 그녀를 나무에서 내렸다.

우선은 지금 얻은 정보로 흔들어 볼까.

하지만 아무래도 나는 그녀의 역린을 건드린 모양이었다.

그녀는 포박된 밧줄을 억지로 뜯은 뒤 허리춤의 검으로 손을 뻗었고—.

"……정체가 뭐냐. 왜 그 이름을 꺼냈지?"

"그게 본성이야? 그래도 일단 검은 넣어 둬. 우리 쪽 아가씨들도 신경이 예민하거든."

아마 신예기의 검술『게일 피어서』겠지.

순식간에 거리를 좁히고 날린 일격이 내 이마에 닿기 직전 멈춰 있었다.

검술은 검술이라도 게임 시절 기술을 쓰는 인간은 극히 드물다.

스테이터스에서도 보였지만 역시 이 사람도 보통은 아닌 듯했다.

"상대방의 생각을 희미하게 읽을 수 있지. 어지간히 민감한 화제인가 본데."

"……위험한 힘이군. 여기서 처리해야 하나."

"……해 봐."

검이 내 이마에 닿았다.

분명히 강하다. 하지만 그건 어디까지나 일반적인 범주에서 봤을 때 그렇다는 이야기다.

이마는 깨지기 쉽고 피도 나기 쉬운 곳. 하지만 그것을 들이밀어 그녀의 검을 밀어냈다.

따끔거리지도 않았다. 그녀가 뻗었던 팔이 조금씩 꺾였다.

"한 번 더 말한다. 해 봐."

"뭐…… 뭐야, 이게……."

"이대로 머리 깊숙한 곳까지 보일지, 내 질문에 답할지, 둘 중 하나야."

날카로운 눈초리가 경악과 공포로 덧칠되어 갔다.

그리고 내 말을 믿었는지, 아니면 포기했는지 그녀는 검을 거뒀다.

"큿…… 죽여라. 생각을 읽힐 바에야 차라리 죽고—."

"세상에…… 둘 다 지금 하는 소리 들었어?!"

자, 여러분 주목. 지금 이 엘프 여검사가 말했습니다.

지금까지 성기사 류에와 나오 군의 동료인 스텔리아 양, 그리고 아캄의 딸인 지니아도 말하지 않은 그 대사를 마침내 했다고요!

"『죽여라』라고 했지? 흠, 꽤 간이 큰걸."

"저기…… 카이 씨?"

어이쿠, 큿죽여를 라이브로 듣고 좀 흥분해 버렸다.

하지만 아마미는 여전히 나를 노려보고 있었다.

눈빛을 맞추자 그녀는 허둥지둥 눈을 돌리고 양손으로 자기 눈을 가리려고 했다.

……아마 눈을 보고 생각을 읽는다고 생각하나 본데.

뭐지, 상당히 긴박한 상황일 텐데 묘하게 진지해질 수 없다.

아, 이번에는 눈뿐 아니라 자기 옷을 뒤집어 머리까지 숨겼다. 머리 감추고 배꼽 내놓기. 배가 다 보인다. 군살 없는 허리와 복근이 참으로 아름답습니다.

"……저기요, 카이 씨. 솔직히 불쌍해서 더 못 보겠어요……."

"그, 그래……. 그 아마미 씨, 한 번 더 이야기를 들려줄래?"

"그렇게 생각을 읽어내려고! 크, 내가 자해할 용기도 없을 줄—."

"응, 칼은 압수할게. 그러지 말고 이야기를 들어."

나이스 류에. 일단 그녀를 앉히고 대화를 계속하기로 했다.

우선 그녀는 그 『마을』이라는 존재를 필사적으로 숨기려고 했다.

조사 내용보다 마을 자체를 숨기려는 듯한 언동이었다.

그리고 그녀의 이름에 포함된 『허밋』의 의미는 『은둔자』.

혹시—.

"그렇군…… 네가 그 마을 출신인가? 그럼 조사하러 왔다는 말은—."

"역시 머릿속을 들여다봤군……."

"아니, 내가 알아낸 건 이름뿐이야. 나머지는 전부 추리지, 추리."

"…………어?"

"이보세요, 바로 머릿속을 들여다볼 수 있으면 처음부터 그렇게 했어."

그녀는 『백발』과 『마물』을 조사한다고 했었다.

하지만 스스로 『마을』이라고 말한 순간의 반응과 그것을 숨기려는 것을 보면…… 설마.

"설마, 그 마을에 백발 엘프가 살아……?"

"아아~! 역시 머릿속을 들여다봤어~!"

아, 성격이 돌아왔다.

§ § §

"그러니까 본격적인 조사가 시작되기 전에 마을에 가서 사건과 관련됐는지 알아보고 싶었다?"

"아마도 자기 마을이 조사당할까 봐 서둘렀던 거겠죠."

"흠, 너는 착한 아이구나. 분명히 마을 사람들이 그런 사건을 일으킬 리 없다고 믿으니까 빨리 사실을 확인하려고 한 거지?"

"아아~! 세 사람이 전부 내 머릿속을 들여다봐~!"

아니, 추리라니까.

아예 포기했는지 험악한 분위기가 사라진 아마미는 바닥에 주저앉아 위축되었다.

아니, 그러니까 머리 숨기지 말라고. 이번에는 등이 보인다니까? 새하얀 속살이 보인다니까?

그나저나 백발 엘프가 사는 마을이라……. 너무 운이 좋은 거 아닌가.

거기에 가면 백발의 의미와 대륙의 역사를 알 수 있지 않을까?

"일단 그 반응으로 여러 사실을 알았는데…… 아마미 씨."

"왜요? 이제 더 할 말 없어요!"

"우리도 그 마을로 데려가 주면 안 될까?"

"당연히 안 되죠! 무슨 속셈이에요? 우리는 조용히 살아갈 뿐인데 왜 평화를 부수려고 하나요!"

당연한 반응이었다. 그녀에게 우리는 비밀을 파헤치려는 정체불명의 힘을 가진 수상한 3인조다. 하지만 내 생각을 미리 읽었는지, 류에가 한 발 앞으로 나왔다.

무슨 짓을 할지 몰라 긴장하는 아마미 앞에 무릎 꿇고 눈높이를 맞췄다.

그리고 마력을 활성화하자 류에의 머리가 정수리부터 희게 변해 갔다.

"나는 다른 대륙에서 와서 이 대륙 풍습에는 어두워. 혹시 나와 같은 사람이 있다면 이야기를 듣고 싶어. 부탁할 수 없을까?"

"말도 안 돼……. 이렇게 희다니……. 괜찮아? 몸이 무겁거나 하진 않아? 회복 마법 걸어줄까?"

"음? 이 머리색을 타고나면 몸이 약한가?"

반응이 극적으로 달라졌다.

의구심이 담긴 아마미의 눈동자가 급격히 걱정스러운 눈빛으로 변했다.

회복 마법…… 설마 알비노처럼 자외선에 약하기라도 한 걸까?

하지만 적어도 류에는 건강했다. 지금까지 그런 기색을 내비친 적은 없었다.

한편, 아마미는 당황하며 자신의 짐을 뒤적이더니 작은 병을 꺼냈다.

"내가 만든 포션이야. 맛은 별로라도 피로는 풀려."

"괜한 걱정을 끼쳤나 보네. 나는 괜찮아. 그건 마을 사람에게 나눠줘."

"으, 응……. 정말로 괜찮아? 몸이 안 좋으면 바로 알려줘야 해."

아마미에 대한 카이본의 호감도가 10 올랐다!

류에의 머리색 덕분에 아마미의 태도가 부드러워지기는 했지만, 과연 그 마을로 안내해줄까? 아무래도 평범한 마을은 아닌 것 같은데.

그녀에게 다시 한 번 묻자 몹시 고민하며 입을 다물어 버렸다.

그녀가 마을 책임자도 아니니까 안이하게 결정할 수는 없으리라.

하지만 이건 다시없을 기회였다. 적어도 류에만이라도 데리고 가주면 고맙겠는데…….

"저는 기수가 도망쳐서 난처한 상황이에요. 지금부터 제가 말하는 지점까지 태워주시면 마을 책임자에게 허가를 얻을 수 있는지 물어볼게요."

"흠, 이 상황에서도 챙길 건 챙기는군. 아마미 씨도 은근히 계산이 빨라."

"여기 보지 마실래요? 또 생각 읽힐라."

"너무하네. 아, 울고 싶다."

"아, 미안. 거짓말. 장난이니까 울지 마."

애가 어쩜 이리 순진할까.

"흠. 나는 태워줘도 된다고 생각해. 그 마을 근처까지 가면 내가 직접 찾아낼 수도 있을 거야."

"아…… 안 돼요. 그런 꼼수는 없는 걸로 해요."

"농담이야. 백발이 어떤 취급을 받는지는 나도 대충 알아. 신중해지는 마음도 이해해."

"여행에 익숙해 보이고 우리보다 이곳 지리도 훨씬 잘 알겠죠. 운전을 가끔 교대해준다면 저도 동행에 찬성이에요."

"물론 그 정도는 할게요. 기수는 빠르기는 한데 엉덩이가 아파서…….”

우선 그 장소까지 그녀를 태워주는 것으로 가닥이 잡혔다.

……그나저나 꽤나 박력 넘치는 히프 양이다. 가슴 님도 훌륭하시다.

지금이야 『엘프에게 죽음을. 자비는 없다』라는 마음가짐이지만 원래는 엘프 아가씨를 좋아했다. 나름 일가견이 있다고 생각한다.

개인적인 이미지는 엘프 = 슬렌더지만…… 이건 이것대로 좋다.

“결정됐으면 바로 일을 시작할까? 서두르는 중에 미안하지만, 우리도 강행군으로 피로가 쌓였거든. 오늘은 여기서 일찍 쉴 거야.”

“괜찮아요. 저도 점심 전에는 휴식할 생각이었으니까. 다만…… 이런 말 하기는 그런데, 제 야영 도구는 방금 기수에 실려 있어서…… 그 가능하면 도구를 빌려주셨으면…….”

“후후. 그럼 노숙하셔야겠네요, 아마미 씨.”

“네?! 죄송합니다, 부탁합니다. 모포 한 장이라도 좋으니까 제발 빌려주세요…….”

“농담이에요. 같이 가요, 아마미 씨.”

레이스 누님, 혹시 나를 깔아뭉갠 걸 아직 마음에 두고 계십니까?

아니면 이 괴롭히고 싶어지는 성격에 반응했나?

그러는 한편, 한쪽에서는 류에가 고민스러운 표정을 짓고 있었다. 아직 의심하는 걸까?

"류에, 무슨 걱정돼?"

소리 죽여 류에에게 말을 걸었다. 류에만 눈치챈 이상한 점이라도 있나 싶어서.

"……저 눈동자와 머리, 틀림없이 브라이트의 피가 흐른다고 생각했는데, 저 사람을 보고 깨달은 점이 있어. 그걸 생각하고 있었어."

"격세 유전 비슷한 거라고 생각하는데, 아니야?"

"조상의 특징이 후대에 나타나는 건 드문 일이 아니야. 다만—."

류에의 목소리에 분노인지 불쾌감인지 모를 감정이 묻어나 나는 그만 침을 꿀꺽 삼켰다.

"전에 스펠과 이크스 씨를 만났을 때도 생각했지만…… 브라이트의 피를 이으면 가슴이랑 키가 커지거나 몸매가 좋아지는 걸까?"

……진지하기 짝이 없는 얼굴로 쓸데없는 고민을 했군요.

세상 진지한 표정으로 대체 무슨 소리를 하는 거야, 이 아가씨는…….

§ § §

“결계 마도구는 잘 설치하고 왔어?”

“네. 평소보다 넓게 깔았어요. 이 대륙에서는 설치가 잘 안 되더라구요.”

“마력 흐름이 안정된 곳을 찾느라 예정보다 넓어졌어.”

“그랬어? 텐트는 안쪽에 칠 테니까 마차는 여기 두고 갈까?”

“그, 그러면 누가 훔쳐 가지는 않을까요? 제가 마차를 지키는 게……”

“아, 그런 걱정은 안 해도 돼. 봐.”

류에가 마차를 향해 손바닥을 내밀자 손에서 빛이 흘러나와 마차로 쏟아졌다.

그러자 투명한…… 아니, 『투명해지는』 페인트를 뒤집어쓴 것처럼 마차가 사라졌다.

견인하는 마물은 금방 다시 나타났지만.

“생물이 아니면 이렇게 숨길 수 있어. 아마미, 너는 이 마물을 끌고 와줄래? 얘는 야영지로 데리고 가자.”

“……우와, 처음 봤어……. 마도사예요?”

“그래.”

나도 아마미와 같은 생각을 했다.

한 동작으로 물체에 광학 위장을 씌우다니…… 이것을 만약 살아 있는 인간에게도 쓸 수 있다면 어떤 곳에든 잠입할 수 있지 않을까?

뭐, 그건 불가능하다고 지금 본인 입으로 말했다.

수풀을 헤집고 나아가자 풀이 거의 자라지 않은 흙바닥이 나왔다.

갑자기 조건에 딱 맞는 장소가 나타나서 의문도 들지만, 여기로 할까?

"아마 옛날에 여기서 불 마법을 쓴 사람이 있나 보네요. 흙이 불타서 단단해졌고 가까운 나무에 그때의 흔적인지 약간 탄 자국이 남아 있어요."

"오…… 아마미 씨, 대단한데? 눈썰미가 좋아."

"이래 봬도 자유 기사예요. 야외, 특히 삼림 지대 전투에 특화했죠."

"그렇게 보여. 마물과 선두를 맡겼는데 망설이지 않고 척척 나가네."

"믿음직하네요. 앞으로도 숲에서 야영할 기회가 많을 텐데 도움이 되겠어요."

"……그렇게 말하면 오히려 부담되는데…… 최선을 다할게요."

아마미는 쑥스럽게 말하며 재빨리 마물을 근처 나무에 묶고 방해되는 잔가지를 칼로 치면서 야영지를 정리했다. 정말 부지런하게 일하는 아가씨였다.

그동안 나도 정돈된 공간에 텐트와 야영 도구를 설치했다.

"후우. 좋아, 텐트가 완성됐으니까 나는 잠깐 쉬어도 될까?"

"응? 아, 이 대륙은 결계 설치가 어렵다고 했지. 지쳤어?"

"응. 금방 회복되겠지만, 누우면 회복도 빨라지겠지."

그러면서 류에는 그리운 하늘색 로브를 꺼냈다.

나와 처음 만났을 때 입었던 마력 회복 속도를 높여준다는 그 로브였다.

은근히 촉감도 좋았던 것으로 기억한다. 류에가 소매로 팔을 넣은 순간 지은 황홀한 표정을 나는 놓치지 않았다.

"그럼 나는 적당한 요깃거리라도 만들게. 다 되면 깨울 테니까 쉬어."

"그래. 고마워, 카이 군. 그럼…… 오늘은 빵을 먹고 싶은 기분이야."

"아! 제가 도울게요. 사실 제가 요리를 할 줄 알거든요!"

그런데 아마미가 자신만만하게 제안했다. 『여기서 내가 더 도움이 된다고 어필해야지』라는 마음이 표정에 그대로 드러났다.

괜찮아, 안 그래도 마차는 태워줄 거야. 같이 데려가 줄게.

조리 준비를 하는데 레이스가 옆으로 다가왔다. 아무래도 도우미 포지션을 사수하려는 필사적 몸부림 같았다. 어른스럽지 못한 누님도 귀엽다.

"빵을 잘라줄래? 두께는 4센티미터 정도로."

"이 빵, 폭신폭신하네요……. 세미피나르에서 샀나요?"

"응. 갓 구운 빵을 수납했으니까 아직 따끈해."

레이스에게 빵을 잘라 달라고 부탁하고 나는 안에 넣을 재료를 준비했다.

이번에는 변칙적인 핫 샌드위치. 두꺼운 빵에 칼을 넣어 주머니 모양으로 만들고, 재료를 채워 입구를 막는다. 그리고 꾹꾹 누르며 양쪽을 노릇노릇하게 구우면 완성.

그러려면 내용물은 작게 자를수록 먹기 쉬울 것이다.

그렇게 생각대로 조리하는 도중 문득 주위를 돌아봤다.

돕겠다고 나서던 아마미는 뭘 하는지 찾아봤는데…… 흠, 할 일이 없다고 깨달았는지 구석에서 뭔가를 조물조물하고 있었다.

왠지 애수가 감도는 뒷모습이었다. 걱정하지 마, 나중에 일거리 줄 테니까.

"저 사람이 마음에 걸리세요?"

"상황이 상황이니까. 본인에게는 미안하지만, 최대한 주의해야지."

"후후, 그래요? 저는 또 저 사람이 귀여워서 보는 줄 알았죠."

"하하하, 귀여운 사람이기는 해."

"……왠지 조금 그립네요. 이크스와 스펠을 닮아서."

"……듣고 보니 인상이 비슷하네."

"네. 눈동자 색도, 머리색도."

……그 자매도 브라이트의 혈통이었다.

물어도 될까, 그 두 사람에 관해.

레이스는 우리와 함께 가기로 결심했다. 그래도 많은 아이의 어머니였던 과거를 버리지는 않았다. 그렇다면 사랑하는 딸의 과거를 캐내려는 행동은…….

"……괜찮아요, 물어보셔도."

내 침묵에 담긴 의미를 짐작했는지, 레이스가 나지막하게 말을 흘렸다.

"미안, 레이스. 들려줘."

"네……. 그 둘과 만난 건 제가 처음 가게를 열기 전이었어요."

아직 세미피나르 대륙의 혁명 전쟁이 일어나기 전의 일이다.

자기 가게를 가지려고 분주히 돌아다니던 시기, 레이스는 어느 목재 가게에서 그 두 사람과 만났다.

만족스럽게 먹지도 못했는지 아직 어린데도 야윈 몸으로 일하고 있었다.

누나인 이크스 씨는 비범한 재능으로 마법을 구사해 대량의 목재를 가공했다.

하지만 동생인 스펠 양에게는 그런 재능이 없어서 야단만 맞고 있었다.

종업원에게 구박 박는 스펠 양을 목격한 레이스는 가게를 열려고 모으던 돈을 들이밀었다.

"이 아이는 제가 데려갈게요."

레이스는 그렇게 말하고 그녀를 데리고 나왔다고 한다.

하지만 그 사실을 들은 이크스 씨가 훗날 레이스를 습격했다.

자기 동생을 빼앗은 원수에게서 가족을 되찾기 위해…….

“그러면 스펠 씨가 설득해서 이크스 씨도?”

“네. 가게 주인을 협박해서 도망쳐 나왔대요. 원래 난파선을 타고 떠내려 왔는데 그 잔해를 주우러 온 가게 주인이 발견해서 그대로…….”

“……그렇다면 역시 이 대륙에서 무슨 사정이 있어서 도망친 거네?”

상상보다도 참담한 두 사람의 과거에 놀라며 뒷이야기를 재촉했다.

“이크스가 「그곳에 있으면 안 됐다」라고 말했어요. 당시에 저는 브라이트라는 가명(家名)이 무슨 의미를 가지는지 몰랐지만, 뭔가 중대한 사정이 있었겠죠.”

“가문에 분란이라도 있었나? 대체 그때 무슨 일이 있었으면…….”

이크스 씨가 자세하게 이야기하지 않은 것은 그만한 일이 있었기 때문인가, 아니면 제대로 이해하지 못했기 때문인가…… 아이 같지 않은 실력을 포함해 뭔가 뒷사정이 있을 듯했다.

그러고 보니 그녀의 미들네임에 『다리아』가 들어가 있었다. 그것은 『다리아가 눈뜬 해에 태어난 아이』가 가지는 이름이라고 했다.

지금 내 친구는 뭘 하고 있을까? 수확제에 방문했다고 들었으니까 지금도 잠들지 않고 이쪽에서 활동하고 있을 텐데…….

궁금한 점이 꼬리에 꼬리를 물었다. 하지만 그 전에—.

"왜 네가 울어?"

"이야긔가 들려허…… 다행이에여. 조흔 분이 거둬줘서……."

아마미가 조리대 반대쪽에서 눈물을 훔치고 있었다. 남의 이야기를 훔쳐 듣다니, 수상한 녀석. 이렇게 해주마.

"아아~! 안 돼, 주먹 돌리기 하지 마요!"

"그나저나 뭔가요, 아마미 씨. 그 손에 든 건……."

"아아~. 아, 이건 식후 차로 마시려고요. 위장 운동을 촉진해줘요."

"오호라, 좋은걸? 근처에 자란 식물로 만드는 건가? 그럼 고맙게 잘 마실게."

"감사합니다. 곧 요리도 완성되니까 류에를 깨우고 와주세요."

아마미가 텐트로 간 순간, 아이템 박스에 찻잎을 넣고 정보를 조사했다.

사실 이렇게 사람을 의심하고 싶지 않지만……. 미안해, 아마미 씨.

『아마미의 차』
『서디스 대륙에 자생하는 여러 약초와 향초를 조합한 차.』
『위장 운동이 활발해지고 피로를 해소한다.』
『그 외 근육통, 타박상 치유를 촉진하는 귀중한 약초도 섞여 있다.』
『제작자의 속죄하고픈 마음이 담긴 듯하다.』

……죄책감으로 죽고 싶어졌다!
역시 들이박았던 일을 아직 미안해 하잖아!
이제 됐다. 이애는 착한 아이다. 틀림없다.
이런 아이를 의심하게 하다니, 아무튼 브라이트 일족 탓이다!

§ § §

"안녕~ 나, 한 시간 정도 잤어?"
"류에, 일어났어? 아마 그 정도 잤을 거야."
맞은편 자리에 류에가 앉고 그 옆에 아마미가 앉아 바로 방금 끓인 차를 건넸다.
순간 류에가 나에게 눈길을 주고 나는 말없이 긍정의 표시로 고개를 끄덕였다.

그것을 확인한 뒤 류에는 천천히 차를 입으로 가져갔다.

괜찮아, 정말로 착한 애니까. 요즘 세상에 흔치 않은 순진한 애니까.

언뜻 보기에는 굉장히 야한 몸이지만…….

"레이스, 아파."

"아, 죄송해요. 왠지 갑자기 다리가……."

죄송합니다, 누님. 발은 밟지 마세요.

"그럼 먹을까? 요청대로 빵, 핫 샌드위치를 만들었어."

"고마워, 카이 군. 나는 이런 바삭바삭한 식감을 좋아해."

"혹시, 저도 먹어도 되나요?"

"네, 물론이죠. 많이 있으니까 양껏 드세요."

"아아~, 이게 얼마 만에 먹는 따뜻한 식사야……. 고맙습니다, 고맙습니다."

세 사람은 샌드위치를 맛있게 베어 물었다. 그 만족스러운 표정이 내가 마음을 잃지 않게 해준다.

괜찮다. 나는 나 자신을 잃지 않는다. 설령 최악의 결말을 맞이하더라도 두 사람이 있는 한…….

『정말로 뭐든 만들 수 있어서 부러워. 역시 프로는 프로야.』

『당연하지. 내가 누구인 줄 알고. 적어도 밥걱정은 하지마. 내가—.』

불현듯 누군가와 나눴던 대화가 머리를 스쳤다. 이건…… 언제 적 기억이지?

누구와 했던 대화였더라……. 이때도 분명 같은 생각을 했었다.

류에……인가. 요리를 못하는 그녀를 위해 내가 매일 요리를 만들겠다고 결심한 때……?

……아니다. 이건 류에가 아니다. 이건 누구지?

"아아~! 맛있어! 안에 든 이건 뭐예요?"

머릿속이 출구 없는 미로에 빠지기 직전, 나를 붙잡는 목소리에 퍼뜩 정신을 차렸다.

아마미가 핫 샌드위치의 내용물을 묻는 소리였다.

"그건 채소와 다진 고기에 여러 향신료를 넣고 볶은 키마카레라는 요리야."

"처음 먹는 음식이네요. 요리를 잘하시나 보네요. 그……."

"하고 싶은 말씀이라도 있나요, 아마미 씨?"

"카이 씨……라고 부르시던데…… 이름이 맞나요?"

""""……아.""""

세 사람의 목소리가 겹쳤다. 일방적으로 이름은 알아서 자기소개를 깜빡하고 넘어갔다.

류에와 레이스도 나와 마찬가지로 무안하게 웃었다. 그럼 좀 새삼스럽기는 하지만…….

"이제 막 이 대륙으로 건너온 카이본이야. 이름은 부르고 싶은 대로 불러."

"나도 같이 넘어온 류에야. 이름이 짧으니까 부르기 쉽지?"

"저도예요. 레이스라고 해요. 만나서 반가워요."

"이미 아시겠지만, 저는 아마미 허밋이에요. 보통 허밋이라는 이름은 피하니까 그 점만 주의해주세요."

"하긴, 함부로 부르면 칼을 들이대니까. 어우, 무서워라."

"……죄송해요."

"아니, 진짜 침울해하지는 말고."

……만약 [상세 감정]에 자신도 모르는 정보가 표시된다면.

그녀의 미들 네임에는『다리아』가 붙어 있었다. 확인해 볼까.

"미들네임은 없어? 이 대륙 엘프에게는 많이들 있다고 들었는데."

"아뇨, 없어요. 굳이 따지면 허밋이 미들네임이겠죠. 일반적으로 이름 뒤에 출신지에서 유래한 이름, 마지막에 자기 집안이나 부족 이름이 붙으니까요. 제 경우는 고아라서 뒤에 붙을 이름이 없는 거예요."

그녀는 자신의 미들네임에『다리아』가 붙는다는 사실을 몰랐다.

역시 본인이 모르는 정보도 [상세 감정]이 밝혀주는 모양이었다.

"그 밖에도 태어난 해에 위인에게 이름을 받는 경우도 있죠. 유명한 예로, 성녀 다리아 님이 눈뜬 해에 태어난 양가의 아이는『다리아』가 붙어요."

"그 성녀님이 눈을 떴다는 건 구체적으로 무슨 의미야?"

이거다. 이게 궁금했다.

왜 잠들 필요가 있는가? 듣자 하니 수십 년이나 잠들었다고 하지 않는가.

……대체 무슨 이유가 있어서?

오잉크도 그 이유까지는 모른다고 했었는데…….

“그건 몰라요. 다만, 다리아 님이 눈을 뜨면 나라를 지키는 결계 수리부터 칠성 봉인 술식 조정, 그 외에도 다양한 마술과 기술을 알려주세요.”

“그렇군……. 그 성녀님이란 분도 참 부지런하군.”

일반인에게 알리지 않고 정보를 숨기고 있다……고 봐야 할까?

이건 본인에게 직접 물을 수밖에 없겠지.

“흠. 아마미, 너는 그 다리아 님을 만난 적 있어?”

그러자 이야기를 듣던 류에가 물었다.

호기심이 아니라 떠보는 듯한 말이었다. 왠지 모를 긴장감에 침이 꿀꺽 넘어갔다.

“한 번 왕도에서 뵌 적은 있어요. 정말 멀리서지만.”

“그래? 알려줘서 고마워.”

……류에는 뭘 알고 싶었던 걸까?

§ § §

다음 날 아침. 텐트에서 기어 나오자 아마미가 벌써 출발 준비를 하고 있었다.

"아마미, 잘 잤어? 아침 일찍부터 부지런하네."

"안녕, 카이본? 야영 흔적을 남기면 마물이 모일지도 몰라. 결계를 해제한 뒤도 생각해서 채소 껍질이나 부스러기를 땅에 묻는 중이야."

어제 한솥밥을 먹고 이런저런 대화를 나눈 덕분에 그녀의 태도도 제법 부드러워졌다. 그리고 거리감을 줄이자는 취지에서 우리는 서로를 편하게 부르기로 했다.

마을이 어디에 있는지는 모르지만, 당분간 함께 여행할 사이니까 어색한 관계는 빨리 벗어던지는 편이 낫다. 나는 바로 아마미를 도우려고 땅에 구멍을 팠다.

여기에 재도 묻을 예정이지만 타고 남은 장작은 한곳에 모으기만 했다.

왜냐하면 우리에게는 재생사 레이스가 있으니까.

어젯밤 아마미에게 그 사실을 알려주자 레이스에게 존경의 눈빛을 보내기 시작했다.

재생사인 다리아의 영향인지 이 대륙에서는 재생사의 사회적 지위가 꽤 높은 듯했다.

사실 거기에도 이유가 있었다. 이 대륙에는…… 칠성이 무려 두 마리나 봉인됐기 때문이었다.

다시 말해 다른 대륙보다 훨씬 대지의 힘을 많이 소비한다는 뜻이다.

하지만 이 대륙은 충분히 자연의 혜택을 누리고 있으며, 대륙 전체에 숲이 펼쳐졌다고 했다.

엔드레시아는 그렇게나 환경이 혹독했는데 이 차이는 무엇인가?

그런 우리의 의문에 아마미가 은근히 자랑스러운 눈치로 대답했다.

『다리아 님이 재생술을 이용한 거대한 술식을 대륙 전체에 깔아두셨어요. 봉인에서 흘러나온 마력을 대지로 환원하는 거죠.』

……그 이야기를 들은 직후, 류에가 무척 괴로운 표정을 짓는 것을 보고 말았다.

그렇다. 존재했던 것이다. 류에가 그랬던 것처럼 누군가를 희생하지 않아도 되는, 그것도 두 마리를 동시에 봉인하고 지력 소비도 최소한으로 억제하는 완벽한 봉인 방법이.

그리고 봉인 뒤에 이 『서즈가르드』가 건국됐다.

봉인과 건국을 동시에 이룬 다리아는 성녀로서 지금도 추앙되고 사랑받는다.

그 사실이 같은 봉인의 주인공인 류에에게는…… 잔혹하리만큼 눈부시겠지.

"아마미, 나는 류에와 레이스를 깨우고 올게. 그 둘은 아침에 잘 못 일어나."

"응, 알았어. 그럼 나는 어제 마차를 둔 곳에 마물을 끌고 갈게."

나는 다시 텐트로 들어가 모포를 돌돌 말고 있는 레이스를 흔들었다.

그리고 류에는 잠버릇이 나쁜 레이스에게 모포를 빼앗길까 봐 침낭에 들어가 있었다.

얼굴만 쏙 내놓은 모습이 참 귀엽다.

"레이스, 일어날래? 이제 출발할 준비 해야지."

"우으…… 몸이 말을 안 들어요."

"포기하지 말고 일어나세요. 자, 포옹."

장난으로 내가 양손을 펼쳐 보이자 자석이라도 있는 것처럼 레이스가 몸을 일으켰다.

영악해. 그런 아이는 꽉 안아줘야지.

"자, 일어났지? 그럼 다음은 류에군."

"30초만, 30초만 더……."

"안 돼."

레이스를 놓고 이번에는 류에를 흔들었다.

침낭에 들어간 탓에 조금만 흔들어도 뒹굴 굴렀다.

그러자 엎드린 채로 눈을 뜬 류에가—.

"침낭은 위험해. 어떡하지, 못 움직이겠어."

“아차, 미안. 영차.”

“카이 군, 안녕.”

“……안녕.”

침낭에서 얼굴만 내놓고 늠름한 표정을 짓는 것은 반칙 아닙니까.

본인 딴에는 진지하겠지만…… 굉장히 우스꽝스럽다.

“여기는 밤에도 그다지 춥지 않은가 봐. 땀을 좀 흘렸어.”

“오늘 밤은 모포를 하나 더 꺼낼 테니까 그걸 써.”

“그렇게 할게. 출발하기 전에 땀을 닦을 테니까 텐트 정리를 부탁할게.”

“알았어. 들었지, 레이스? 다시 자지 말고 빨리 밖으로 나가자.”

§ § §

“그나저나 세 명 모두 『수납창』을 가져서 놀랐어.”

“아아, 아이템 박스? 그러고 보니 희귀한 스킬이었지.”

마부석에는 나와 아마미가 앉고, 우리 집 아가씨들은 객차에서 부족한 잠을 채우고 있었다.

익숙하지 않은 바다 여행의 피로가 덜 빠진 탓이리라. 조금만 더 자게 두자.

“우리 마을에서도 한 사람밖에 못 써. 그게 촌장님이야.”

"역시 그런 사람이 한 명 있으면 집단생활이 편해져?"

"비축용 창고로도 쓰이고 유사시에도 대비할 수 있어서 다들 믿고 기대지."

아마미의 안내에 따라 마차를 몰았다.

가도를 이대로 따라가면 어젯밤 야영한 곳 같은 오솔길이 나온다고 했다.

그곳으로 들어가면 쇠퇴한 역참 마을이 있다.

원래 왕도로 가는 사람이 들르는 곳이지만 새로 큰 역참 마을이 생기면서 이용하는 사람이 부쩍 줄어들었다나.

지금은 신참 자유 기사나 초보 행상인처럼 금전적 여유가 없는 사람이 싼값에 피로를 풀기 위한 곳이 되었다.

그런 궁벽한 동네에서 비밀 통로를 지나야 겨우 그 마을로 갈 수 있다.

이미 숨어 산다는 말로도 부족한 비경이었다.

참고로 그 역참 마을까지는 이 마차의 속도로 이틀은 족히 걸린다고 했다.

그런 거리를 홀로, 심지어 기수를 타고 가려고 했단 말인가.

마을 사람들을 어지간히 소중히 여기는 듯했다.

"그러는 카이본은? 역시 여행할 때 짐이 적으니까 편하겠지?"

"그건 그래. 실제로 식사도 야영도 곤란한 적이 없었으니까."

"부러워……. 난 여기저기 파견되는데 짐 운반이 항상 걸림돌이야."

"누구랑 같이 다니지는 않아?"

"왠지 내가 왕족 사람처럼 보여서 안 좋은 사람이 꼬이더라고."

"대충 짐작이 가. 호사가한테 팔릴 뻔하거나 배신당하기라도 했어?"

"너무 적나라하게 말하지 마. 여자한테 그런 소리 하면 안 돼."

이렇게 얘기해 보면 참 편하게 어울리기 좋은 아이다.

그나저나 이 아이도『다리아』란 말이지. 그 마을에는 백발 엘프뿐 아니라 복잡한 사정을 가진 사람이 많이 살지도 모르겠어…….

고삐를 잡은 아마미를 몰래 곁눈질했다.

전방을 똑바로 보는 그 얼굴은 역시 예쁘고 의젓했다.

아름다운 황금색 장발이 바람에 나부끼는 모습은 그녀 말대로 왕족처럼 고귀한 인상을 줬다. 하지만 그뿐 아니라 그 얼굴이 어딘지 모르게 낯익었다.

으음…… 모르겠어. 이크스 씨랑 살짝 닮아서 그런가?

"응? 왜 그래? 얼굴에 뭐 묻었어?"

"아니, 그냥. 여기서 조금만 더 가고 한 번 휴식하자."

목적지인 역참 마을까지 가는 길에는 야영이 가능한 곳이 몇 군데 있다고 했다.

우리는 그중 하나를 목표로 마차를 몰았다.

"훅!"

아마미의 짧은 기합과 함께 공기를 가르는 소리가 날카롭게 귀를 찔렀다.

날아드는 칼끝을 똑같이 검으로 튕겨내는 류에.

메아리처럼 울리는 쇳소리가 서로의 검에 실린 힘을 전해줬다.

튕겨 나가고, 또 튕겨 나가도 자세가 흐트러지지 않고 다각도에서 끊임없이 몰아치는 아마미는 과연 몸을 쓰는 전투에 익숙해 보였다.

"알겠군. 날랜 아이야."

그에 비해 류에는 처음에 검을 나눈 장소에서 한 걸음도 움직이지 않고 그녀의 공격을 흘리고 튕기며 여유마저 보이는 표정으로 아마미의 몸놀림을 관찰하는 듯했다.

"특이하게 싸우네요. 쉴 새 없이 움직이는데도 공격점이 조금도 흔들리지 않아요."

"그러게. 마치 칼이 류에에게 빨려드는 것 같아."

낮은 자세에서 잽싸게 물러나며 옆으로 스텝. 어떤 자세나 행동에서도 항상 공격이 나가고 언제나 류에를 정확하게 노렸다.

평소에 대체 어떤 상황에서 어떤 상대와 싸우는 것일까.

"흠…… 합!"

"으악!"

그때, 지금까지 발을 움직이지 않던 류에가 크게 앞으로 내디디면서 칼을 옆으로 후려 벴다.

그것을 마치 체조 선수처럼 아름다운 백 텀블링으로 회피하는 아마미.

공중에서 도는 와중에 한순간 그녀는 손을 자기 옷 주머니로 가져갔다.

하지만 이내 손을 빼고는 자세를 바로잡았다.

"……정말 감탄스러워."

"뭘 투척하려고 했죠? 훈련이라서 멈췄나 보지만."

그랬다. 이것은 훈련. 휴식 중에 류에가 아마미에게 제안한 것이었다.

가끔씩 사람과 대련하지 않으면 감각이 녹슨다는 이유에서였다.

하지만 류에의 성격으로 봤을 때 다른 이유가 있지 싶었다.

아마도 전투 방식으로 상대방의 정보를 캐려는 속셈이 아닐까…….

"좋아. 여기까지 하자, 아마미."

"아, 알았어. 류에는 강하네. 엄청 강해."

"너도 젊은데 대단해. 보아하니 보조 마법도 안 쓴 것 같은데."

"아아~. 체질상 자기 강화를 못 해. 남들보다 잘 움직이기는 하지만.”

“……어쩐지. 균형 감각도 아주 좋아. 상대하기 굉장히 벅찼어.”

“고전하는 척도 안 했으면서.”

어느새 대련이 끝나 있었다.

아무래도 류에의 평가도 상당히 높은 듯했다. 이번 전투로 뭔가 알아냈을까?

“아마미 씨, 감자 싹을 잘라주세요.”

“응, 먹고 탈이 나면 안 되지.”

그리고 점심시간. 이번에는 레이스와 아마미가 요리를 맡겠다며 나섰다.

두 사람을 멀리서 지켜보던 나는 의자에 앉아 쉬는 류에에게 다가갔다.

무슨 생각을 골똘히 하는지 표정은 복잡해 보였다. 방금 훈련에 대해 생각하나?

“류에, 물어봐도 돼?”

“응? 아, 역시 눈치챘구나.”

대련의 의도를 알고 싶다는 내 생각을 파악한 류에가 조용히 입을 열었다.

“레이스도 그렇지만, 나는 마력 흐름, 파형을 느끼는 게 특기야. 근데 저 애한테서 이상한 기운을 느꼈어. 그래서 전투를 하면 뭔가 변할지도 모른다고 생각했어."

"이상한 기운? 혹시 『자기 강화를 못 한다』는 것과 관련이 있나?"

"결론부터 말하면, 사실 잘 모르겠어. 저 애 안에서 뭔가가 방해하는 느낌도 아니고, 외적 요인이 작용하는 것 같지도 않아. 다만 마력 흐름이 부자연스러워. 저 애, 발꿈치 쪽으로 마력이 빠져나가고 있어."

"……발에 구멍이라도 났나."

"마력은 물질적인 형태에 영향받지 않아. 아마 마력이 흐르는 길 일부가 외부로 나 있는 거야. 선천성인지 후천성인지는 모르겠지만."

내가 이해하기에는 어려웠다. 결국 아마미의 체질적인 문제라는 것뿐일까.

달리 알게 된 점은 없냐고 눈빛으로 물었다.

"그거 말고는, 아무래도 대인전, 살인에 특화한 느낌이야. 아직 젊어 보이는데 상당히 위험한 경험이 많은 거 같아."

"허 참……. 저런 외모니까, 그걸 이용해 안 좋은 일이라도 했을지도 모르지."

"글쎄. 그래도 나쁜 아이는 아니라고 생각하지?"

"그건 틀림없어. 다만 지금 이야기를 듣고 이 나라가 얼마나 병들었는지 느꼈어."

"……카이 군이라면 그 정도는 상상하겠지."

숨어 사는 마을에서 바깥세상으로 나온 은둔자의 이름을 가진 여성.

젊음에 비해 높은 전투력과 살인에 특화했다고 류에가 평가하는 전법.

아마 어딘가에서 이용당하고 있다. 남에게는 말 못 할 더러운 일을 맡고 있다.

그녀가 먹고 살아갈 방법이 그것밖에 없다는 뜻일까…….

"말은 이렇게 했지만, 어차피 전부 상상이야. 우리가 참견할 일은 아니지."

"……그래. 게다가 저 애는 마음이 강해. 저렇게 즐거워 보이잖아."

"아하, 옛날 너랑 닮았다고?"

"맞아. 짧은 시간일지도 모르지만, 조금이라도 즐거운 일상을 보내게 해주고 싶어."

부드럽게 미소 짓는 류에와 함께 그녀들을 돌아봤다.

"아아~! 죄송해요, 죄송해요!"

"정말로 조심하셔야죠. 싹이 남아 있으면 큰일 나니까요."

"아야야야! 아아~! 주먹 돌리기 하지 마요~!"

……두 사람이 즐거워 보여서 다행이야.

§ § §

아마미와 여행한 지 이틀째. 오늘 첫 번째 목적지인 역참 마을에 도착한다고 했지만, 오늘따라 날이 궂어 아침부터 억수 같이 비가 쏟아졌다.

텐트를 때리는 빗소리가 어찌나 강한지 비가 새지 않을까 걱정됐다.

그래서 지금은 텐트에 틀어박혀 있는데…… 부탁한다, 이성아. 조금만 더 힘내자.

미녀 세 명이 밀폐된 공간에서 옷을 갈아입고 있습니다. 죽을 맛입니다.

여러분, 엘프는 좋은 냄새가 나요. 레이스도 왠지 좋은 냄새가 나요!

"으음…… 혹시 장마가 시작됐나."

"응? 이 대륙은 건기와 우기가 아예 나뉘어 있어?"

"맑은 날이 반년, 남은 시기는 반반이야. 대륙 결계 때문에 불안정하거든."

"흠…… 다리아가 깨어났으니까 결계 조정을 해주지 않으려나."

"아, 또 다리아 님을 함부로 불렀지!"

"아, 미안."

이런 식으로 다리아의 인기는 세미피나르의 꿀돼지와 동

급이었다.

……오잉크는 지금쯤 뭘 하고 있을까.

결국 나는 마지막에 그 대륙에 거대한 폭탄을 터뜨리고 왔다.

아마 꿀돼지는 지금도 죽도록 바쁜 날을 보내고 있겠지.

……문득 궁금한 점이 생겼다. 내가 화물에 숨어 있을 때 들은 이야기다.

그때 시리스는『오잉크가 다리아에게 매달렸다』라고 말했다.

매달린다? 오잉크답지 않은 행동이다. 그리고 다리아가 그녀를 내쳤다는 것도 이해되지 않았다. 그 녀석은 도움을 청하는 사람을 그냥 둘 인간이 아니다.

시리스가 이야기를 과장했거나, 아니면…… 무슨 사정이라도 있었겠지.

만약 내가 이 세계에서 류에와 레이스, 오잉크와 만나지 못했다면 아마 내 생에 가장 친한 친구이자 은인은 다리아였을 것이다.

그 녀석을 위해서라면 아무리 더러운 짓이라도 할 정도로 큰 빚이 있다.

생각하고 싶지 않았다. 그 녀석, 다리아와 적대하는 것만은…….

"아아~, 움직이지 마. 베개를 류에한테 뺏겼어. 높이가 딱 좋으니까 가만히 있어."

"……어쩐지 등이 무겁더라. 자꾸 그러면 내가 베개로 쓴다?"

"안 돼."

익숙함을 넘어 오랜 친구인 양 스스럼없는 아마미의 스킨십에 은근히 가슴이 쿵쾅댄다.

그래도 어찌 보면 잘된 일이지. 비가 이렇게 쏟아질 때는 뭐라도 생각하지 않으면 기분이 우울해진다.

"아마미 씨, 이게 무슨 경우죠? 카이 씨를 베개로 쓰다뇨?"

"류에가 내 베개를 빼앗아간 걸 어떡해. 저거 봐, 베개 끌어안고 자잖아."

"……그럼 제 베개를 빌려드릴게요."

"일단 다들 일어나. 아무리 할 일이 없어도 뒹굴거리면 안 되지."

그런 고로 등에 기댄 머리와 함께 일으켜 세우기로 했다.

"으악."

"자, 일어나, 일어나. 빗발이 약해지면 출발하자. 내가 비옷을 입고 마차를 몰게."

아차, 비옷이 위에서 내리는 비는 막아줘도 앞에서 들이치는 비는 못 막지.

하긴 마차를 타고 앞으로 달리는데 비옷이 무슨 소용이야.

입 안으로 비와 마물이 튀기는 진흙이 튀어 침을 뱉었다. 이번이 몇 번째인지도 모르겠다. 아무튼 다시 나는 입을 꾹

다물고 앞을 봤다. 그러나 비가 워낙 퍼부으니 코 호흡만으로는 숨쉬기가 어려워 그만 입을 벌리고 또 처음 상태로 돌아갔다. 왜 출발하니까 비가 더 쏟아지는 거야.

“카이본, 괜찮아? 내가 바꿔준다니까?”

“아니, 방금 교대했잖아. 조금만 더 있다가.”

“그래? 큰 나무가 보이면 속도를 낮춰. 보면 바로 알 거야.”

“오케이, 오케이.”

출발이 제법 늦었지만, 어두워지기 전에는 목적지에 도착할 것 같았다.

처음에는 레이스가 「저는 장비 덕분에 시야가 확보돼요」라며 마부를 자처했지만, 이 빗속에 혼자 밖에 앉혀 놓고 나만 안에 있기는 미안했다.

그러자 이번에는 조금만 더 가면 도착하니까 자기가 맡겠다며 아마미가 나섰지만…….

밖에서 「아아~! 아아~!」 하고 구슬픈 비명이 들려 도중에 교대했다.

“비가 좀 약해졌나?”

얼굴을 때리는 빗방울이 좀 적어진 느낌이었다. 조금 전보다도 가시거리가 넓어졌다.

[오감 강화]를 부여해도 물리적으로 보이지 않는 것까지는 보지 못한다는 제약이 있었으나 비가 약해진 덕분에 먼 경치가 흐릿하게나마 보였다.

시야에 들어온 것은 하늘을 뒤덮을 것 같은 검고 커다란 실루엣이었다.

그 무지막지한 규모에 놀라 비가 들어오는 것도 잊고 입을 쩍 벌리고 말았다.

"소, 속도를 낮춰야지. 아마미, 보여!"

"그럼 갈림길에서 나무가 있는 방향으로만 가면 돼."

이제 길을 잃을 염려는 없겠다. 나는 살짝 긴장했던 몸에서 힘을 뺐다.

그런데 바로 그때, 끊임없이 쏟아지는 빗소리에 섞여 크게 물이 첨벙거리는 소리가 들렸다.

바퀴가 물웅덩이에 빠진 소리는 아니었다. 마치 습지에서 동물이 몸부림친 듯한 소리…….

바로 청력을 집중 강화해 그 소리의 출처를 찾았다.

아니, 잠깐. 우리는 계속 이동하고 있다. 계속 들릴 리가―.

"……뭔가 따라오는군."

오늘까지 지겹도록 옆으로 이어진 숲을 돌아봤다.

나무 사이를 응시한 나는, 소름 끼치는 것을 발견했다.

내 감이 말해줬다. 저건 마물이 아니다. 명백히 비정상적인 존재다.

이 세상에 오고 지금까지 느낀 것은 고양감과 자기 힘에 취한 듯한 가벼운 도취감.

떨리는 이유는 흥분과 분노. 공포로 떤 적은 단 한 번도 없었다. 그런데—.

정체 모를 그것이 나의 정신에 뿌리박힌 상식과 고정관념을 침범하고 감정을 흔들어 댔다. 오랫동안 느끼지 못한 감정, 『공포』가 되살아난다.

"……[상세 감정], 이 거리에서도 되나."

공포를 느끼면서도 그 정체를 확인하려고 그것을 똑바로 시야에 넣었다.

【Name】 죽고 싶어

【종족】 죽고 싶어

【레벨】 죽고 싶어

"큭! 이게 스테이터스야……? 대체 저건 뭐야?"

표시된 메시지의 오싹한 내용에 그만 인상을 찌푸렸다.

마차와 나란히 달리는 그것은 어둑어둑한 나무들 사이에서도 잘 보여…… 아니, 눈길을 끌었다.

인간은 자신과 같은 것에, 그것도 나체에 민감하게 반응하는 법이다.

그것은 삿된 감정이 아니라 『왜 이런 곳에서 옷을 벗고 있는가?』라는 문명과 문화, 지능을 가졌기에 느끼는 거부감, 상식을 가졌기에 느끼는 부자연스러움을 바로 깨닫기 때문이다.

그렇다. 그것에는 그렇게 사람의 눈을 끄는 **부위**가 있었다.

검은 그림자. 꿈틀대는 어둠 같기도, 검은 머리칼이 뭉친 것 같기도 한, 그런 거대한 존재.

그런데 거기서 언뜻언뜻 인간의 팔과 다리, 허리와 둔부, 가면 같은 얼굴이 보였다.

꿈틀댈 때마다 그 어둠 속으로 가라앉았다가 떠오르는 인간의 신체 일부.

마물인가, 하는 의문보다 먼저 이 세상의 존재가 아니라는 감각이 먼저 왔다.

눈에 보이지 않는 증오와 원망. 그리고 저주와 닮은 것도 경험한 적이 있었다.

하지만 그런 것은 정신력 능력치 덕분에 아무렇지도 않았다.

그런데 이것은, 지금 느끼는 이것은 대체 뭐지?

"……아마미, 들려?"

"응? 왜?"

"다른 두 사람도 깨어 있지?"

객차로 말을 걸었다.

"살짝 문제가 발생했어. 경계해줘."

"어? 뭔데, 왜—."

"알았어요. 카이 씨, 상황을 설명해주세요."

아마미의 의문을 가로막고 레이스가 말했다. 분위기가 심상치 않다고 느꼈겠지.

"……아마 류에와 아마미가 말하던 검은 그림자야. 지금 숲에서 나란히 달리고 있어."

"……제 눈으로 정체를 알 수 있나 시험해 볼게요."

내가 말릴 틈도 없이 마안을 가진 레이스가 창으로 얼굴을 내밀어 숲을 봤고—.

"힉! 히…… 아…… 아……."

그 순간, 연약한 비명과 함께 레이스가 객차 안으로 사라졌다.

"레이스?! 괜찮아?! 카이 군, 밖에 뭐가 있는 거야?"

"아마 네가 말한 검은 그림자야. 하지만…… 듣던 것과는 생김새가 달라."

"……카이 군. 레이스의 증상은 정신 오염이야. 일이 조금 귀찮아지겠어."

"레이스는 고칠 수 있겠어? 어떻게 해야 해?"

"저주를 풀어야겠지만, 공황 상태에 빠져서 일단 재웠어. 카이 군, 그건 아마 물리적인 방법으로는 못 해치울 거야. 여기서는 내가—."

"아니, 내가 갈게. 치료를 우선해줘. 아마미, 창으로 넘어와."

레이스가 보기만 해도 그런 상태에 빠지는 상대다. 이건 내가 나설 수밖에 없다.

검을 꺼내서 어빌리티를 구성했다.

내가 조금이나마 공포를 느낀 상대다. 방심하진 않는다.

겁쟁이 같더라도 최고의 구성으로 덤비겠다.

"아마미, 절대로 옆을 보지 마. 내가 지금부터 뛰어내려서 저걸 막을게. 고삐는 네가 잡아."

"아마 죽이지는 못할 거야. 반드시 도망쳐야 해. 역참 마을에서 기다릴게."

"그래, 무리는 안 해. 류에, 레이스의 용태는 어때?"

"중도의 저주에 걸린 거 같아. 보기만 해도 이렇게 되는 건 정상이 아니야. 나라면 저주를 풀 수 있지만, 그 녀석을 해치우려면…… 대규모 의식이 필요하겠어."

"……그래? 일단 나도 이것저것 시험해 볼게. 레이스는 너한테 맡길게, 류에."

"알았어. 카이 군도 조심해. 너도 이미 저주받았을 가능성이 있어. 무리는 하지 마."

"……덤비라고 해. 누구한테 싸움을 걸었는지 후회하게 해주지."

악령이든 뭐든 적대한다면 처치할 뿐이다.

온몸을 적시며 마차에서 뛰어내린 나는 그 검은 그림자 앞을 가로막았다.

§ § §

"그럼 저는 먼저 가 볼게요. 긴급 사태 같으니까요."

"알겠습니다. 대륙 결계를 조사해주셔서 감사드립니다."

완전히 해가 저문 밤, 예정을 앞당겨 항구에 도착했다.

배로 들어온 통신은 그만큼 긴급을 요하는 사안이었다.

『마을 외곽에 그림자 재앙이 나타나고 백발 엘프도 함께 확인됐습니다.』

국민에게 위험을 끼치는 재앙의 출현은 국민을 지키는 『성녀』인 자신이 직접 나가야 할 충분한 사유였다.

"기다렸습니다! 그림자 마물은 가도 부근에서 출현해 현재 교전 중입니다."

도시 경비단장이 달려와서 현재 상황을 설명했다.

그 보고 곳곳에서 차마 숨길 수 없는 공포가 묻어났다.

나는 이를 갈았다.

왜 **이 타이밍**에 나타났는가. 마치 내가 나오기를 기다린 것처럼…….

"확인은 하지 못했지만, 마녀를 목격했다는 정보도 있습니다! 성녀님, 제발 그 힘으로—."

"마녀라는 호칭을 허락한 적은 없습니다. 그게 누구든 지켜야 할 백성입니다."

"아! 죄송, 합니다."

백발 엘프. 왜 태어나는가. 왜 너희 같은 **피해자**가 태어나는가.

『그게 너에게 주어진 책무다』라고 누가 말하는 것 같아서 어금니를 꽉 깨물었다.

이유가 뭐든 할 수밖에 없다. 이것은 틀림없이 나에게 주어진 사명이니까.

"마차를 부르세요. 도시 밖으로 나갑니다."

"이미 준비됐습니다! 따라와 주십시오."

올라탄 마차가 마치 날개라도 달린 양 도시 안을 질주했다.

세상의 종말이라도 찾아온 것처럼 도망치는 주민들의 얼굴은 공포를 넘어선 절망으로 점철됐다. 그래, 그렇겠지. 백발이 그만큼 무섭겠지. 재앙이 무섭겠지. 이 나라는 **그렇게 되도록** 되어 있으니까.

꽉 쥔 주먹이 분노로 떨렸다. 끝내 머리털을 쥐어뜯고 말았다.

이런 모습, 성녀답지 못한데.

"죄송한데 조금만 더 빨리 가주실 수 없나요?"

"죄송합니다, 성녀님! 앞쪽에 마차가 한 대 있어서—."

"그럼 앞쪽 마차에 바짝 붙어주세요. 아마 밖으로 가는 걸 테니까 편승하죠."

그리고 얼마 가지 않아 도시 정문에 도착했다.

"……그래요, 이미 도망쳤다고요?"

"네, 넷! 현재 함께 있던 백발 엘프도 수색을 개시했—."

"그럴 필요 없어요. 인원을 모두 도시 경비로 돌리세요. 그리고 피해 상황, 보고해주세요."

목격자의 증언에 따르면 백발 엘프가 아이를 인질로 삼고 마물을 보냈다고 했다.

어림도 없는 소리지. 그걸 사람이 다룰 수 있을 리가 있나. 애초에 의지가 있는지조차 불분명하다.

하지만 백발을 무시하고 공격했다면…… 본능적으로 피하는 것일까?

아직 힘이 약한 상태에서 강자에게 덤비기보다 약자를 흡수해 우선 힘을 쌓는다?

"백발이면서 그렇게 강한 엘프…… 마치 신예기 사람 같아."

먼 기억 속에 있는 오랜 친구를 머릿속에 그리고는 자조했다. 설마, 그럴 리가 없지.

"성녀님! 이 형제가 피해자입니다. 그런데 형이 상태가 심해서……."

그때, 도시에서 한 소년이 들것에 실려 왔다.

상처를 보기만 해도 흠칫했다. 물론 주변 사람들도 같은 반응이었다.

생각을 차단했다. 지금은 이 소년을 치료하는 데 전념해라.

내장 부식, 아마도 세포 변이까지 시작됐다.

하지만 굉장히 우수한 치유사가 봐줬는지, 변질과 침식이 정체되어 있었다.

"이 아이를 간호한 사람은 누구인가요? 굉장히 실력이 좋으시네요. 보조가 필요한데 불러와 주실 수 있나요?"

“그게…… 처음부터 이 상태였다고 합니다. 저희도 상황을 파악하지 못하고 있습니다.”

“……그랬나요. 얘야, 괜찮니? 아직 배가 뜨겁겠지만, 참으렴.”

살이 녹아내린 부위로 꿈틀대는 내장이 들여다보였다. 그 상처를 분석했다.

증식해야 할 것, 배제해야 할 것. 조건을 붙이고 분류해 마크한다.

분리, 치유, 촉진, 조합을 생각해 시행한다.

“……부패 제거 술식, 성공. 계속해서 결손 부위 증식, 제어로 이행.”

상황을 확인하듯 머릿속에 든 술식을 하나하나 읽었다.

괜찮다. 이 아이는 살 수 있다. 대체 누구일까, 이 아이를 먼저 치료한 사람은…….

세련된 구석은 찾아볼 수 없는 우격다짐식 치료 같지만, 안 좋은 부분을 정확하고 집중적으로 치료하고 시간 정체 술식까지 걸었다. 천재는 어디에나 있는 법이다.

“얘야, 괜찮니? 이름을 말해줄래?”

“라…… 란트……. 누나는, 누구야?”

“란트라고 하는구나. 누나는 그냥 리아라고 불러.”

“리아…… 누나는……?”

“누나? 너 누나가 있니? 같이 있었어?”

“아니…… 나를 도와준 누나가 근처에 있었어…….”

"……그랬어?"

습격당한 인간이 살아남을 리 없다. 역시 누가 그곳에 있었다.

그림자와 싸워 아이를 구하고 이 술식을 걸어 가까스로 목숨을 연명해준 자가.

"분명히 어딘가에서 란트가 살아나길 빌고 있을 거야. 내가 찾아줄 테니까 어떤 사람이었는지 알려줄래?"

"금발이었는데…… 하얘졌어. 파란 눈이고, 엄청 예쁜 누나……."

금발에서 백발로? 머리색을 위장하고 숨어 있었나? 이 대륙에서?

무모하기도 하지. 이 대륙의 중요 지점에는 해주 술식이 존재한다.

게다가…… 백발이면서 사람들 앞에 나서다니, 정말로 『신예기의 존재』 같지 않은가.

"외상은 모두 치유했어요. 이제는 치유사에게 체력 회복을 부탁하면 될 거예요."

"오오! 대단하십니다, 성녀님!"

"그런데, 아이의 증언과 여러분의 증언이 상반되네요."

그 백발 엘프의 이야기를 그들에게 들이밀었다.

도를 벗어난 교육은 증오를 낳는다. 그런 것쯤은 지구 출신인 내가 가장 잘 안다.

하지만…… 불만은 있어도 이 나라의 문제를 놓고 시비할 시간은 없었다.

"아무튼 저는 마물을 추적할게요. 아마 힘이 늘었을 테니까 여러분은 나라의 명령이 있을 때까지 도시 안에서 대기해주세요. 부탁드리는데 수색이나 추적은 삼가세요."

마부를 내리고 내가 직접 마차에 올랐다. 여기서부터는 혼자 움직이는 편이 낫다.

분명히 아이의 일부, 게다가 수색에 나선 사람도 몇 명 흡수되어 힘을 키웠을 것이다.

무엇보다…… 백발 엘프라는 알기 쉬운 공포의 대상 곁에 있었다지 않은가. 분명히 주위의 감정까지 집어삼켜 더욱 무섭고 소름 끼치게 변모했으리라.

마차를 가도로 몰았다. 다른 직무와 예정은 모두 내팽개치고.

의식을 전환했다. 여기에는 이미 나밖에 없으니까.

성녀라는 가면을 벗었다. 여기에는 이미 보는 사람이 없으니까.

"아, 젠장. 상회에 수입을 부탁할 생각이었는데……. 간장은 포기하자."

그리고 내숭 떠는 말투까지 벗어던지고 어둠 속으로 달렸다.

§ § §

"……쳇, 비까지 내려? 이렇게 어두우면 전투에 불리한데."

추적 3일째. 거의 쉬지도 않고 숲을 따라 난 길을 달려 마물의 흔적을 찾았다.

생각보다 마차의 속도가 느렸다. 이대로 놓치면 틀림없이 피해가 커진다.

자유 기사단도 움직이고 있겠지. 하지만 그건 평범한 인간이 해치울 수 있는 존재가 아니다.

"어떤 사념의 구현체인가, 악질적 존재의 형상화인가…… 아직 모르겠어."

나도 아직 그 정체를 파악하지 못했다. 하지만 적어도 일시적으로 없앨 수 있다는 것은 이미 스스로 증명했다. 그렇다면 이번에도 증명할 뿐이다.

비를 튕겨내는 바람을 만들고 빗발치는 폭우 속을 무작정 달렸다.

이 날씨, 사건이 터지고 지난 일수, 그리고 무엇보다 먼저 쫓아갔을 사람과 가도 순찰병과 만나지 못하는 이 상황. 모든 조건이 갖춰지고 말았다.

아마 오늘이나 늦어도 내일쯤…… 최악의 형태로 그것과 마주할 것이다.

"저건! 한가하게 생각이나 할 때가 아니었군. 젠장, 벌써 완전히 모습을 드러냈어."

이미 늦었다. 숲 한쪽에 비구름이 떨어진 것 같은 검은 안개가 껴 있었다.

그것은 틀림없이 원념이 눈에 보일 정도로 성장한 사념의 구현체였다.

애초에 그것은 마물이라기보다 저주가 실체를 얻은 존재였다.

많은 감정과 인간을 흡수한 놈은 이 비를 틈타 더 배를 불릴 생각이겠지.

그러니까 지금 저건 누군가와 싸우는 중이라는 뜻이다. 그렇다면 잡아먹을 때 실체화할 것이다. 그때를 노려 빠르게 처치하는 게 가장 효율적…… 아니지. 이게 아니야.

"무슨 생각을 하는 거야, 성녀님. 내가 사람을 희생양으로 쓰면 안 되지!"

마차를 세우고 그 어둠이 꾸물거리는 숲 속으로 돌진했다.

들린다. 누가 싸우고 있다. 나무라도 분지른 듯한 굉음과 불길한 숨소리다.

상상 이상으로 선방하는 듯한 선구자에게 들리도록 어둠 속에서 외쳤다.

"가세할게요! 인원과 상황을 말해요!"

"넌 또 뭐야?! 여긴 나 한 명, 어린애가 나설 상황이 아니니까 도망이나 쳐!"

"사람이 감당할 수 있는 존재가 아니에요. 제 지시에 따라 주세요!"

어둠에서 들리는 불량한 말투가 왠지 신선해서 나도 모르게 웃음이 새어 나왔다.

그래, 이렇게 어두우면 내 모습도 안 보이겠지. 그럼 나도 가면은 벗어던지자.

"잔말 말고 내 지시에 따라! 그놈은 마물이 아니야! 폭주한 술식과 사념의 집합체야! 죽여도 또 금방 다시 돌아온다고!"

"어쩐지 안 죽더라. 어떡하면 돼!"

"잠깐만, 네가 잘 쓰는 마법은 뭐야!"

"마법 같은 거 안 써. 아까부터 계속 썰어 버리고 있어."

뭐? 썰어? 이 인간, 일반적인 자유 기사가 아니야?

높은 수준의 신성한 가호가 없으면 무기가 닿지도 않을 놈인데.

이렇게 성장해 버린 놈은 이미 자연 현상, 악질적인 어둠이다. 그걸 썰었다?

꿈틀대는 어둠으로 해석 술식을 날렸다. 그러자 칠흑의 어둠 속에서 실체를 얻었다고 여겨지는 마물의 모습이 전해졌다. 그것도…… 항구에서 들은 모습과 같은 규모였다.

……무슨 재야의 고수라도 돼? 이 녀석을 육탄전으로 무식하게 밀어붙인다고?

그보다 어떻게 제정신을 유지하지? 이 상황에서 정신에

이상이 생기지 않고 계속 싸운다니…… 어지간히 강한 가호를 얻은 고위 신관, 그게 아니면 처음부터 미친 인간, 둘 중 하나다.

"거기 당신, 싸우기 시작한 뒤로 이 어둠이 퍼졌어?!"

"그래, 어느새 이 지경이 됐어. 다행히 어둠 속에서도 싸울 수는 있지만, 그쪽은 어때?"

"문제없어. 지금부터 주위 숲까지 통째로 들어 올려서 하늘에 있는 대륙 결계까지 날려 버릴 거야."

"꼬마 아가씨가 진짜로 그런 짓이 가능하다고? 도대체 어떻게?"

"대륙에 있는 술식에 개입할 거야. 그리고 목소리는 이 모양이라도 나이는 먹을 만큼 먹었어, 꼬마야."

"그거 미안하게 됐네. 그럼 힘을 빼놓을 테니까 알아서 해봐, **아가씨**."

이 위험한 적과 싸우면서도 농담을 날리는 상대에게 조금의 관심과 호감을 느꼈다.

그럼 이곳의 지맥에 직접 간섭해 볼까.

양손을 땅에 대고 대륙 전토에 깔린 결계와 술식에 개입했다.

주변 환경을 조작하기 위해 일부를 수정하고 새로운 술식을 즉석에서 짜 넣었다.

한순간 극심한 과부하로 머리가 욱신거렸다. 하지만……

이걸로 완성됐다.

"표적이 작아져서 싸우기 힘들어! 광범위 기술을 쓸 거니까 조심해, 아가씨."

"말 걸지 마, 정신 사나워! 내 경력이 얼만데. 뭐가 오든 내가 알아서 해결해!"

웃으면서 답하고 만약을 위해 주위에 방호 결계를 형성했다.

하하하, 우스운 상황이다. 누가 날 걱정해주는 게 몇백 년 만이야?

미미한 고양감이 끓어올랐다. 그렇다면 나도 뭔가 보여주겠다는 마음으로 술식 구축에 더욱 집중했다.

하지만 그 직후, 그 소리가 들렸다.

"여파에 휘말리지 마! 『흑룡섬』!"

"뭐?!"

내가 들은 것은 이미 사용자가 존재하지 않는 실전(失傳) 검술의 이름이었다.

게임 시절에서도 거의 본 적 없는 기술을?! 대체 누구야!

경악한 직후, 몸을 감싸는 필드에 충격이 퍼지고 방호 결계가 깨져 버렸다.

뭐 하는 인간이야……? 지금 기술로 술식이 망가져서 다시 고쳐야 하잖아.

"너, 너 인마 정도껏 해! 무슨 놈의 위력이! 너 어디 소속이야!"

“아, 여파가 갔어?! 미안, 그래도 그 녀석 꽤 작아졌어!”
“……그건 그러네. 이 정도면 지금 상태로도 가능한가?”
여파로 이 위력……. 저런 녀석이 어디서 솟아났지?
공화국 쪽에 있었나? 아니면 다른 대륙에서 왔나?
“잘 들어, 지금부터 10을 셀 테니까 그때까지 이 어둠에서 빠져나가!”
“너는 어쩌고!”
“이 녀석이랑 같이 하늘 여행이지. 소멸을 확인하면 돌아올 테니까 넌 숲 밖에서 기다려. 묻고 싶은 게 있으니까. 알았냐? 절대 어디 가지 마라?”
“네~, 알겠습니다~.”
대륙을 수호하는 결계. 부정을 정화하는 효과를 상공의 한 점에 집중했다.
이 거대한 규모의 효과를 한곳에 모았다. 어디 버틸 수 있으면 버텨 보라지.
발동과 동시에 마치 폭발한 것처럼 숲 일부가 통째로 하늘로 치솟았다.
미안하지만 이번에도 여기서 네 활동은 끝이다.
어둠을 뚫고 비구름도 넘어 푸른 하늘이 눈 앞에 펼쳐진 곳에서 나무와 흙이 섞인 검은 몸체가 보였다. 그리고 단말마 비명조차 내지 못하고 결계의 경계에 도달한 그것은—.
“……토벌 완료. 이제는 스카이다이빙을 할 차례군. 착지 준비를 해야지."

구름을 뚫고 올라온 탓인지 비구름이 흩어져 버렸다. 당분간은 쭉 맑겠군.

땅에 연착륙하고 바로 숲을 나와 방금까지 대화를 나눴던 인물을 찾았다.

하지만…… 어디에도 보이지 않았다. 마차 안에 들어갔나?

"응? 뭐야, 이 종잇조각은."

문에 웬 종잇조각이 껴 있었다. 그것을 빼 보자—.

『귀찮아질 거 같아서 오빠는 도망갑니다. 그럼 난 이만.』

"젠장, 절대로 안 놓쳐! 멍청한 녀석, 탐지 술식을 모르나?"

곧바로 주위에 마력을 날렸다. 적어도 기수나 마차는 근처에 없었다. 두 다리로 도망치는 데는 한계가 있다. 자, 나와라, 정체불명의 전사.

"……말도 안 돼. 반응이 없어. 유효 범위는 5킬로미터인데. 이 단시간에 도망쳤다고?"

혼자 붕괴한 숲 앞에 덩그러니 남았다. 이게 무슨 상황이지? 귀신한테 홀렸나?

"정말로 어떻게 된 거지……. 아, 젠장. 일단 왕도로 돌아가서 보고할까?"

적어도 이 대륙에 엄청난 힘을 가진 자가 있다는 것은 확실하다.

일단 추적을 포기하고 이번 일의 전말을 보고하기 위해

나는 다시 성녀의 가면을 썼다.

그럼 돌아가자. 사랑하는 왕도, 브라이트니스아치로…….

§ § §

정신이 들자 하늘을 덮던 먹구름이 사라지고 햇빛이 비추었다.

물웅덩이가 빛을 반사해 반짝이지만 그 위를 내달리며 물보라를 일으켰다.

진흙이 튀어도 동료와 합류하고 목소리의 주인공에게서 도망치는 것이 우선이었다.

아마 자유 기사나 그 관계자겠지. 그것도 엄청나게 강한. 분명히 지위도 높을 것이다. 아직은 권력자에게 우리 정체를 알리고 싶지 않았다.

"맑을 때 보니까 박력이 굉장한데."

이정표로 쓰던 거목을 본 순간 내 입에서 나온 말이었다. 그 나무는 일본…… 아니, 지구상 어디에도 없다고 단언할 수 있을 만큼 거대했다.

야쿠시마의 7200살 삼나무가 묘목으로 보일 크기로군. 나는 실제로 본 적 없는 이름을 끌어다 쓰며 다시 한 번 그 크기에 감탄했다.

그 후로 길을 따라가자 가도에 남은 바퀴 자국이 옆으로 빠지는 것을 확인했다.

자세히 보니 풀이 밟혀 쓰러져 있었다. 사람보다는 짐승이나 다닐 법한 좁은 길이었다.

아마 이곳이 아마미가 말한 옛 역참 마을로 가는 길일 것이다.

빗물 맺힌 수풀을 헤치고 걷느라 바짓가랑이가 다 젖었다.

하지만 묵묵히 길을 따라가자 낡은 목제 아치가 보였다.

거기에는 닳아빠진 글자가 새겨져 있었다.『데미 드라실』. 아마 이 마을의 이름이겠지.

아치 안쪽으로 펼쳐진 것은 조금 낡았지만 따스한 정취가 있는 마을 풍경이었다.

부드러운 햇빛이 비치는 조그마한 마을. 하늘을 올려다보자 거목의 잎이 빛을 받아 연두색으로 빛났다.

……이곳이야말로 진짜『엘프의 나라』라는 느낌이 들었다.

"어디 보자…… 아마 어디 숙소로 갔을 텐데……."

조금 전까지 비가 내린 탓인지 밖을 돌아다니는 사람이 없었다.

누구에게 물어보지도 못하고 큰길을 따라 어슬렁거렸다.

다른 역참 마을이 생겨 쇠퇴했다고 들었지만 생활이 어려워 보이지는 않았다.

작은 잡화점, 근사한 찻집, 근처에 밭이라도 있는지 채소가 잔뜩 진열된 채소 가게.

하하하, 저 마늘 쌓인 것 좀 봐. 적어도 마을 경제는 돌아가나 보군.

잠시 더 걷는데 날이 갠 것을 본 주민들이 드문드문 나오기 시작했다.

그중 한 명에게 말을 걸어 일행이 갔을 숙소를 찾기로 했다.

"……설마 폐업하지 않은 여관이 하나밖에 없다니."

사람에게 물어보니 새로 생긴 마을로 옮긴 여관이 많고 지금도 이 마을에서 여관을 계속하는 곳은 한 군데밖에 없다고 했다.

세 사람은 그곳으로 갔으리라 믿고 그곳을 찾아갔다. 하지만 거기서 나온 것은—.

"……여기에 돈을 다 쏟아부었나?"

창문 수를 보아 7층이나 되는 호텔급 크기의 건물이었다.

건물 뒤편으로 가서 마차 대기소를 보자 레이스가 빌린 마차가 있었다.

나는 확신을 가지고 서둘러 그녀들과 합류하려고 여관 문을 열었다.

"오…… 내부는 복층처럼 뚫려 있군."

개방적인 내부 구조에 감탄하면서도 접수처로 갔다.

"실례합니다, 말씀 좀 물을게요."

"네, 말씀하세요."

"일행이 이곳에 오지 않았나요?"

"그럼 일행분의 성함을—."

내가 이름을 꺼내려고 했을 때, 누가 달려오는 발소리와 함께 이름을 불렀다. 그리고 돌아본 순간, 발소리의 주인공이 나에게 뛰어들어 안겼다.

"카이 씨!"

"크헉……."

"무사하셨어요?! 제가 그런 추태를 보이는 바람에……."

"아니, 내가 더 미안하지. 미안, 레이스. 나도 부주의했어."

자신이 잠든 사이 내가 마차에서 내린 사실에 죄책감을 느끼는지, 레이스는 미안해서 어쩔 줄 모르는 표정으로 나를 올려다봤다. 일단 등을 토닥토닥 두드려줬다.

"후후, 카이 군이라면 괜찮을 거라고 했지?"

"카이본, 몸이 안 좋으면 말해. 성수로 만든 포션도 있으니까."

그리고 레이스에 이어 류에와 아마미도 찾아왔다.

"괜찮아. 저주가 걸렸겠지만, 자력으로 풀 수 있어."

"역시 카이 군이야. 그래서 그건 어떻게 됐어? 해치우기는 어려웠을 텐데."

"그게—."

나는 그 괴물과 싸우는 중에 일어난 사건을 모두 그녀들에게 말했다.

베어도 베어도 어둠만 흩뿌리고 숨통을 끊을 수 없었던 것.

그리고 어둠 속에서 함께 싸운 어떤 마법사, 그것도 상당히 강력한 사람의 이야기를…….

"대륙에 깔린 술식…… 술식인지 어떤지 모르겠지만, 규칙적인 흐름이 있다는 건 희미하게 느껴져. 레이스의 마안으로도 아마 보일 거야."

"네, 땅속에 마력이 지나는 길이 있나 봐요. 하지만 간섭할 수는……."

"레이스와 류에도 확실히 모르는 술식에 간섭할 수 있다는 건가……."

"그 술식은 아마 대륙 결계일 거야. 하지만 거기에 간섭할 수 있는 사람은 결계 관리를 맡은 다리아 님뿐일 텐데……."

……아니, 뭐? 그럼 설마, 설마 그런 거야?

그 어둠에서 말을 나눈 상대가 설마 다리아라고?

"……도망치지 말 걸 그랬나."

지나간 일을 후회해도 소용없겠지……. 아직 확정된 것은 아니지만.

좋게 해석하면 빚을 하나 만든 셈인가? 지금은 그걸로 만족하자.

"이 이야기는 일단 나중에 해. 아마미, 너희 마을에는 언제 갈 예정이야?"

"오늘 밤에라도 갈 거야. 여관에는 휴식이라고만 말했으니까 돈은 후불로 내려고."

"알았어. 그럼 방으로 안내해줘. 조금 쉬고 싶어."

안내하는 아마미를 따라서 여관 7층까지 계단을 올라갔다. 왜 하필 최상층을 잡냐.

그때 아마미가 쓴웃음을 지으며 뒤로 돌아봤다.

"지금 무슨 생각하는지 맞혀 볼까? 책임은 류에한테 있어."

"후후. 실은 이 여관, 보기보다 구조가 멋져. 잘 봐."

"류에…… 또 하나요?"

겨우 다 올라왔는데 류에가 갑자기 복도 난간에 발을 올렸다.

"야, 류에?!"

"괜찮아. 보고 있어."

말릴 틈도 없이 류에가 대뜸 그곳에서 뛰어내렸다.

당황해서 아래층을 내려다봤다. 그러자 신기한 광경이 눈에 들어왔다.

류에의 낙하 속도가 갑자기 느려지더니 안전하게 착지한 것이다.

그리고 다시 계단을 뛰어 올라왔다.

"봐…… 봤지……? 여기, 는…… 낙하 사고 방지…… 술식…… 콜록콜록."

"……진정하고 얘기해."

아니, 뭘 그렇게 급하게 올라와……. 바로 설명해주고픈 선생님 마음일까.

그래도 재밌어 보이니까 나중에 내려갈 때 나도 해 봐야지.

"류에는 카이본이 돌아올 때까지 계속 저러고 있었어."

류에가 즐겁다면 저는 그걸로 만족합니다.

잡은 방은 큰 6인용 방이었다.

쭉 같은 텐트를 썼으니까 같은 방이라도 신경 쓰이지 않나 보다.

방에 들어오자마자 젖은 옷을 전부 빨래 바구니에 던져 넣고 실내복으로 갈아입었다.

그리고 곧장 침대로…….

"그런데 너는 왜 남이 옷 갈아입는 걸 뚫어지게 쳐다봐?"

"……아! 너무 자연스럽게 벗어서 그만."

"우리 집 아가씨들도 신경 써서 뒤돌아보는데……."

"아아~! 하지 마! 레이스 씨, 하지 마! 주먹 돌리지 마!"

어떡해, 나 이제 장가 못 가.

그런 대화를 나누며 상반신만 일으켜서 세 사람에게 물었다.

곧 저녁인데 식사는 어떻게 할 거냐고.

그러자 아마미가 방을 빼고 데리고 갈 가게가 있다고 했다.

"그럼 이따가 가 보자. 그때까지 피로를 풀어야겠어. 몸이 뭉쳤어."

"그럼 마사지해줄게. 거기 누워, 카이본."

"오, 그럼 부탁해 볼까?"

레이스 누님, 그렇게 분하게 바라보지 마세요. 류에 씨도 순서를 기다리시고.

아마미의 출장 마사지 서비스가 마지막 손님인 류에까지 봐준 후, 마침 시간도 적당하여 방을 빼고 아마미가 추천하는 가게로 이동했다.

그녀의 말에 따르면 자유 기사가 좋아하는 든든한 식사를 할 수 있는 곳이라고 했다.

앞서가던 아마미가 물웅덩이를 폴짝 뛰어넘었다.

뒤를 이어서 레이스도 살짝 뛰고 류에도 다리를 크게 벌려 뛰어넘었다.

효과음을 붙인다면 출렁출렁, 추울렁, 그리고 조용—.

시답잖은 생각을 하면서 나도 물웅덩이를 뛰어넘고 그녀들을 따라갔다.

아마미가 멈춘 곳은 한 술집 같은 건물 앞이었다.

서부 분위기가 물씬 나는 것이 들어간 순간 총잡이들이 모여 있을 것 같은 비주얼이었다.

하지만 문 안쪽을 보자 손님이 보이지는 않았다.

그런 가게로 아마미가 당당히 입장했고 우리도 뒤따라 들어갔다.

문을 지나자마자 몹시 위장을 자극하는 향이 코를 찔렀다.

틀림없이 마늘 향이었다. 속이 든든한 음식에 이 향이라면 기대가 부푼다.

"오랜만이야, 마스터."

위장을 진정시키는데 아마미가 카운터 안쪽에 있는 남성에게 인사했다.

"네가 사람을 데리고 오는 건 처음 아니냐?"

"아마도? 일단 내 『손님』일지도 모를 사람들이야."

"……흠. 알았다. 그럼 잠시 가게를 닫지."

뭔가 의미심장한 말이 오가고 주인장이 폐점 팻말을 걸더니 문을 잠갔다.

설마 이 가게 주인도 아마미의 고향 관계자인가?

"아, 다들 이쪽에 앉아. 여기 음식은 맛있으니까 팍팍 시켜."

"칭찬해도 안 깎아줘. 너 돈도 많이 벌잖아. 네가 쏘는 거지?"

"……아, 안 돼. 밥값은 각자 내는 거다? 알았지?"

아마미는 고액 연봉자! 기억했어!

"갈릭 스테이크를 올린 갈릭 라이스…… 전 이걸로 할게요."

"나는…… 흠, 카이 군이 전에 만든 요리가 있네? 알리오 올리오로 할게."

"마스터, 난 항상 먹던 거!"

"좋아. 그쪽 총각은 정했어?"

메뉴를 쭉 봤는데 어떻게 된 게 죄다 마늘 요리였다.
그리고 모든 메뉴에 입 냄새 예방용 특제 음료가 제공된단다.
모두 하나같이 눈길을 끌었다. 이거 굉장히 고민되는군…….
"모두 매력적이라서 못 고르겠네요……. 그나저나 향이 좋은 마늘이군요."
"흐흐, 그렇지? 우리 가게에서 쓰는 마늘은 모두 산지 직송이거든."
"그렇군요. 그럼…… 이 마늘과 버섯이 든 아히요로 주세요."

잠시 후, 마늘 향에 섞여 고기 굽는 먹음직한 향이 감돌았다.
이미 임전태세에 돌입한 우리 집 육식녀 누님이 안절부절못하고 있다.
"오래 기다렸어. 우선 제일 배고파 보이는 아가씨부터."
"가, 감사합니다……."
"후후, 우리를 기다릴 필요 없으니까 먼저 먹어."
"그래그래. 바로 먹어야 제일 맛있어."
접시에 담긴 갈릭 라이스 위에 두꺼운 스테이크가 얹혀 있었다.
레이스와는 어울리지 않는 와일드한 요리였다. 하지만 오히려 그래서 더 부각됐다.

고기는 적당한 핑크색에 중심에 희미한 붉은빛이 돌았다. 잘 구운 미디엄 레어였다.

"그, 그럼 죄송하지만 저 먼저……."

그만 내 입까지 덩달아 벌어졌다.

촉촉한 입술이 벌어지고 그곳으로 육즙이 맺힌 스테이크가 들어갔다.

왜 『스테이크를 먹고 싶다』가 아니라 『스테이크가 되고 싶다』는 생각이 들지?

"……맛있어요…… 아주."

만족스럽게 말한 레이스를 두 사람이 부럽게 바라봤다.

한때는 어떻게 될지 걱정되던 여행이지만 이렇게 무사히 식사를 할 수 있어 안도했다.

식탁으로 나오는 요리와 환성을 지르는 일행과 함께 즐거운 밤이 지나갔다.

§ § §

심야. 식사를 마친 우리는 술집 2층 방을 빌리고 쉬었다.

지금은 술집만 운영하지만 원래는 숙박업도 함께 한 흔적이라고 했다.

"시간도 적당하고, 이제 마을로 출발할까?"

"아까도 생각했는데, 심야에 가는 이유라도 있어?"

"음…… 설명하기 어려운데 갈 때는 늦은 밤이어야 해."

아마미가 재촉해서 의문도 해소하지 못한 채 다시 1층 술집으로 내려갔다.

이미 정리가 끝났고 마스터도 장부를 쓰는 중이었지만 아마미는 자기 집 안방인 양 카운터 안쪽, 가게 주인의 성역을 통과해 안쪽으로 들어갔다.

"벌써 시간이 이렇게 됐나? 아마미, 촌장에게 신메뉴를 시식하러 오라고 전해줘."

"응, 알았어. 아, 너희도 이리 와. 마을로 갈 거니까."

"아니…… 그런 곳으로 어떻게……."

아마미가 안쪽에서 불렀지만 우리는 어떻게 해야 할지 몰라 서로를 돌아봤다.

"일단은 따라가 보자. 마스터, 뒤쪽으로 들어갈게."

"실례할게요. 아까 그 요리, 정말로 맛있었어요."

"그럼 가보겠습니다. 마스터, 또 먹으러 올게요."

"그래, 환영하지. 그럼 조심해서들 가."

안쪽에는 식기와 요리 도구 등 비품이 보관되어 있고 큰 술통과 와인랙이 늘어섰다. 이런 곳을 보면 괜히 그리운 감정이 밀려온다.

"흠…… 꽤 오래된 와인이 있잖아? 다음에 마시러 올까."

"이 위스키는 생산 연도가 80년 전이에요. 굉장히 희귀한 물건이네요."

"이야…… 술도 일등품을 취급해? 다음 방문이 기대되는걸."

비품과 술 창고를 지나자 좁은 복도가 나왔다. 하지만 여기서 의문이 생겼다. 아마미는 어디로 갔는가? 등조차 보이지 않는 것은 이상했다.

그때 뒤에 있던 류에가 경계하는 기색으로 내 앞으로 끼어들었다.

"카이 군, 멈춰. ……레이스, 마안을 발동해서 카이 군 앞으로 나와. 나는 뒤를 맡을게."

"알겠어요. 카이 씨, 제 뒤로 오세요."

의문보다 행동이 먼저였다. 두 사람 중간에 낀 채로 계속 안으로 들어갔다.

이 상황…… 아무래도 이미 위험 지대에 발을 들인 모양이다.

"레이스, 상황은 어때?"

"상당히 긴 통로 같아요. 저 앞쪽에 아마미 씨 반응도 보여요."

"……함정은 아닌가. 카이 군, 이곳은 비유하자면 우리 집 창고 같은 곳이야. 어느샌가 우리는 술식과 현실의 틈으로 들어온 거야."

"그래? 하기야 그 술집 안쪽이 이렇게 넓을 리가 없지."

그렇다는 말은 이 신비한 통로가 아마미의 마을로 이어지는 유일한 길이란 건가.

계속 전진한 우리는 복도 끝에서 문 하나를 발견하고 천천히 손잡이를 돌려 열었다.

"아, 늦었네? 미안, 먼저 설명을 했어야 했는데."

문 안쪽은 모르는 숲 속이었다. 하지만…… 분명히 말해 이상했다.

밝았다. 술집에서 이곳까지 오는 데 시간이 걸리기는 했어도 날이 샜을 리가 없었다.

"여기는 마을 밖에 있는 숲. 그래도 이 길은 조금 뒤틀려 있어."

"……제법 흥미로운걸. 추측하건대 술식 내부에 만들어진 전용 통로란 거지?"

"자세하게는 모르지만, 이곳을 지나지 않으면 마을에 도달할 수 없어."

"실제로 마을은 역참 마을 근처에 있지만, 이곳으로만 갈 수 있다는 건가?"

"아마도 그래. 역참 마을에서 보이는 거목은 사실 우리 마을에 있어."

이런 판타지 기믹을 보았나. 류에 창고와 레이니 하우스보다 대단하잖아.

레이스도 혼란한 표정으로 주위를 두리번거리고 있었다.

"내 뒤를 따라와."

길 아닌 길을 걸었다. 도중에 풀숲으로만 보이는 곳으로 진로를 바꾸거나 쓸데없이 우회하기도 했다. 나는 길을 외우려다가 포기해 버렸다.

그것만이 아니었다. 가는 길에 나무들이 열대 식물에서 침엽수로, 단풍에서 신록으로, 마치 환경과 계절이 어지럽게 변화하는 것 같았다.

그런데 앞서 걷던 아마미가 무시무시한 소리를 꺼냈다.

"길을 틀리면 바깥 세계 숲으로 돌아가지만, 여기서부터는 돌아가지도 못해."

"그건…… 무슨 소리야? 틀리면 영원히 숲을 떠돌기라도 해……?"

"촌장님만 들어갈 수 있는 특별한 숲이 있대. 거기서 빠져나오지 못한다고 들었어."

"……정기적으로 점검은 하고……?"

"이 길을 지나는 건 우리뿐이니까 몇 년에 한 번 있을까 말까야."

무서워! 나 이제 무조건 아마미의 등만 보고 걸을 거야.

그 후로 조금 더 걷자 나무가 없는 곳이 나왔다.

이끼 낀 나무 그루터기가 듬성듬성 있는 자연 속 휴게소 같은 곳이었다.

"그럼 나는 촌장님한테 허락을 받으러 갈 테니까 여기서 기다려. 절대로 여기서 움직이면 안 된다? 영원히 갇힐 수도 있어."

방금 이야기를 듣고도 호기심에 떠밀리는 사람은 없겠지.

진심으로 무서운지 레이스가 내 팔에 매달렸고 류에도 레이스의 손을 잡았다.

그 모습을 보고 피식 웃은 아마미는 조용히 숲 속으로 사라졌다.

"여, 여기는 정말로 숲이죠? 사실은 저세상이라거나……."

"흠, 여기는 세상의 틈이니까 어떻게 보면 저세상에 가까울지도 몰라."

"힉! 두 사람 다 절대로 떨어지지 마세요!"

평소보다 불안해 보이는 레이스에게 우리는 따뜻한 눈길을 보내는데 근처 풀숲이 부스럭댔다.

바로 검을 들고 소리의 정체가 나타나기를 가만히 기다렸다.

그리고 작고 검은 그림자가 튀어나왔다.

"하악—!"

나타난 것은 입에 뱀을 문 갈색 고양이였다.

그리고 그 직후 더 큰 소리가 났다.

"거기 멈춰! 어디 갔어, 차토란!"

풀숲을 헤치며 나타난 사람은 **연녹색** 머리를 가지고 눈이 조금 게슴츠레한 엘프였다.

열여섯 살 정도 외모에 왠지 등에 바구니를 짊어진 소녀가 고양이를 끌어안았다.

"이제는 뱀이야? 전에는 산비둘기, 그전에는 얼굴 이상한 돼지를 잡더니. 너 정말로 고양이 맞아?"

"야아옹."

고양이를 타이르느라 그녀는 우리를 미처 보지 못했다.

그나저나…… 머리색이 이렇게 금발에서 동떨어진 엘프는 처음 봤다.

배와 이 대륙에서 본 엘프들은 연한 금발이거나 짙은 금발, 그 외에는 베이지색이나 옅은 갈색처럼 모두 금색과 가까운 계통이었다. 하지만 그녀는 정말로 녹색이라고밖에 표현할 수 없었다.

"너는, 마을 주민이야?"

"엄마야! 왜 모르는 사람이?!"

"수상한 사람이 아니야. 아마미라는 사람이 여기서 기다리라고 시켰어."

계속 고양이를 바라보던 그녀에게 말을 걸자 놀라운 속도로 거리를 벌렸다.

그리고 등에 진 바구니를 땅에 내리고 그 뒤에 숨어 얼굴만 빼꼼 내놓았다.

굉장히 경계심이 강했다. 마을에 외부인은 거의 오지 않기 때문일까?

"아마미가…… 돌아왔어?"

"지금 촌장님한테 간다고 했어. 너는 엘프야? 보기 드문 머리색이네."

"아…… 맞아, 엘프야. 이 머리에 뭐 불만 있어?"

류에가 질문에 대답하고 나도 궁금하던 머리색에 관해 물었다. 그러자 노골적으로 불쾌한 표정을 지은 소녀가 다시 바구니 뒤로 머리를 감추고 말았다.

아무래도 그녀도 머리색 때문에 안 좋은 일을 겪었던 모양이다.

그러고 보니 사람들 앞에 있느라 류에 머리는 아직 금발이었지. 경계할 만도 했다.

그것을 깨달은 류에가 다시 머리색을 원래대로 되돌렸다.

"봐. 아마미에게 부탁해서 이 마을 사람들에게 이야기를 듣고 싶어."

"흰머리 엘프! 설마 새로 온 주민?! 환영의 의미로 마늘을 줄게!"

"우왁."

이번에도 그 반응은 극적이었다. 그녀는 바구니 안에서 아직 흙도 안 털고 줄기가 달린 마늘 한 통을 꺼내서 활짝 웃으며 류에에게 내밀었다.

역참 마을에서 유독 마늘이 많이 보이더니…… 설마 저 아이가 키웠나?

"여기서 살 생각은 없어. 그래도 알고 싶은 게 있어서 왔어. 보다시피 이런 머리라서."

"아, 살진 않는구나. 마을에 들어갈 수 있기를 바랄게. 마늘은 가져도 돼."

"……고마워."

류에는 난감해하더니 마늘을 내게 넘겼다.

흠, 줄기까지 있는 마늘은 귀하지. 줄기는 다음에 볶음 요리에 쓸까?

문득 조금 전부터 레이스가 너무 조용하다는 생각이 들어 주변을 돌아봤다.

그러자 그루터기에 앉아 어느새 도망쳤는지 모를 고양이를 무릎에 올리는 참이었다.

……지금까지 본 적 없는 헤벌쭉한 얼굴로.

"하아~, 어쩜 이리 귀여울까. 내가 아는 고양이보다 얼굴이 동글동글하고 애교도 있고……."

"아! 차토란이 어느새! 뱀은 어쨌어, 뱀은! 설마 먹었어?!"

"뱀이라면 방금 제가 숲 속에 풀어줬어요."

해외에서 본 날렵한 고양이보다는 전통적인 일본 고양이를 닮았다.

그런데…… 저도 만져도 될까요? 저도 고양이 좋아하는데.

살며시 손을 뻗었다. 하지만 그 사이로 레이스의 머리가 끼어들어 머리를 쓰다듬게 됐다.

"후후, 야옹."

"레이스, 다 큰 어른이 그러는 거 아니야."

"…………네."

아차. 고양이를 만지고 싶은 욕망 때문에 나도 놀랄 만큼 정색하고 말았다.

"헤헤, 그럼 다시."

"이야옹!"

그러자 갑자기 고양이가 무릎에서 뛰어내려 숲 속으로 달려가 버리고 말았다.

아니, 이 숲에서 길을 잘못 들면 못 나온다며?!

남의 고양이를 위험에 빠뜨렸다는 생각에 급히 마늘 농가 아이에게 사과했다.

"괜찮아. 그 애는 별나니까. 결계도 무시하고 우리 집으로 돌아오거든."

"흠…… 신기한 기운이 흐르는 고양이였어. 일종의 수호 동물인가?"

"몰라. 어느 날 숲에서 나타난 뒤에 우리 집에 눌러앉았어. 밭도 지켜줘."

……참 신기하고 파워풀한 고양이님이시다.

마늘 아가씨도 아마미를 기다리겠다고 하며 간단한 자기소개를 마쳤을 때였다.

아마미가 방금 사라졌던 길로 도로 돌아왔다.

그러자 그 모습을 보기 무섭게 마늘 아가씨가 달려가서 아마미에게 안겼다.

"아마미, 어서 와! 이게 몇 년 만이야?!"

"깜짝이야! 쿠우, 왜 이런 곳에 있어?"

"차토란을 쫓아왔는데 모르는 사람이 있잖아. 그래서 잠깐 이야기했어."

마늘 아가씨, 쿠우가 기뻐하며 아마미와 말을 나눴다.

몇 년 만이라면 아마미가 연 단위로 이곳을 떠나 있었다는 말일까?

"잠깐 일 때문에 돌아왔어. 그래서 지금 이 사람들을 마을로 안내하려고."

"알았어. 그럼 나중에 우리 집에도 들러. 아마미가 키우던 소도 맡아 뒀으니까."

"아아~! 그러고 보니 소순이는 잘 있어? 이제 젖은 안 나올 텐데."

"아니야. 오늘 아침에도 엄청 많이 나왔어. 짜면 「아아~」 하고 우는 버릇도 여전해."

……주인을 닮았나? 그나저나 소에게 붙인 이름이 『소순이』라니, 너무 대충 지은 거 아니냐…….

방금도 말했지만 마을에 들어갈 허가가 내려와서 아마미를 따라 숲 안쪽으로 들어갔다.

거의 다 왔다고 해도 여전히 길을 잘못 들면 위험하다고 하여 신중하게 나아갔다.

"아, 이 나무뿌리를 뛰어넘으면 결계를 빠져나가. 평범한 숲으로 나가니까 안심해."

"오, 마침내! 잘 됐어, 레이스. 이제 안심해도 돼."

아마미가 가리키는 곳에는 웬만한 나무만큼 굵은 뿌리가 있었다.

아마미가 그것을 뛰어넘은 순간, 그녀가 사라졌다.

그 뒤로 쿠우도 뛰어넘자 바구니에서 마늘이 떨어지며 사라졌다.

……주워서 돌려줘야지. 다음은 내 차례다. 나도 그 뿌리 앞에 섰다.

별생각 없이 뿌리를 보자 상처가 났다가 아물었는지 부풀어 오른 흔적이 남아 있었다.

못으로 긁은 것 같은 상처를 자세히 들여다보는데 류에가 옆으로 왔다.

류에는 그 상처를 손가락으로 더듬고 눈을 감더니 뭔가를 떠올리는 것처럼 고개를 갸웃거렸다.

"이건…… 변형했지만, 어디서 본 적 있는 문장이야. 옛 엘프 일족 거야."

"마술적인 문양은 아니야?"

"일족의 이름을 나타내는 문장은 각각 의미를 가져. 예를 들어 리히트는『인도』, 브라이트는『번영』. 그래도 이 문장의 의미는『정숙』. 나흐트 일족이야. 그리운걸."

처음 들은 제3의 이름. 류에가 살던 숲에는 많은 일족 중 하나겠지.

"흠…… 그들 중 누가 이 마을을 만들었을지도 모르겠어."

"그 일족은 어떤 사람들이었어?"

"어떤 사람이라…… 별난 일족이었어. 나는 사람들에게 배척받았지만, 그래도 다소 교류는 했어. 리히트가 그런 경우야. 그래도 개중에는 나에게 마술 지식을 알려달라고 배움을 청하는 일족도 있었어. 그게—."

"그게 나흐트 일족이다?"

"아니, 정확하게는 나흐트와 리히트, 그리고…… 브라이트야."

순간 뇌로 급속하게 피가 솟구치는 것을 느꼈다.

그뿐 아니었다. 설마, 설마 아니라고 생각하지만—.

"계약 마도를 가르친 건…… 설마 너였어?"

"……맞아. 나는 내가 가르친 술식에 갇힌 거야."

그 순간, 시야가 붉게 물들고 터져 나오는 힘에 온몸의 관절이 삐걱댔다.

"카이 씨?!"

"진정해, 카이 군. 패기만으로 결계가 망가지겠어. 괜찮아, 나는 괜찮아."

류에가 등 뒤에서 안아줬다. 밀착한 등에서 직접 그녀의 말이 울렸다.

"정말로…… 너는 너무 불안정해. 나는 지금 네 옆에 있어. 그걸 잊지 마."

"그래도…… 카이 씨 마음도 이해해요. 너무…… 염치가 없어요."

"레이스까지……. 이 이야기는 다음에 해. 아마미가 기다릴라."

나는 분노를 잠시만 속으로 삼키고 결계의 경계인 나무뿌리를 뛰어넘었다.

§ § §

"여기는…… 하늘이 묘하게 푸르군. 게다가 결계를 빠져나왔는데 밤으로 돌아오지 않아……."

하늘의 푸른색이 부자연스럽게 진해 어색함을 지울 수 없었다. 그리고 마을로 이어지는 길을 보자—.

"아, 왔다, 왔어! 촌장님, 저 사람이 방금 말한 흰머리 엘프의 동료—."

아마미와 쿠우. 그 옆의 세 번째 인물이 아마 촌장이겠지.

하지만 직함에 반하여 그 인물은 젊고 이곳과 어울리지 않는 차림새였다.

검은 고딕 원피스를 입고 쿠우보다도 훨씬 키가 작은 소녀.

귀한 집안의 꼬마 아가씨 같은 모습과 나를 평가하는 듯한 진홍색 눈동자.

머리색은…… 백색이 아닌 은색이었다. 엘프가 아닌 것 같은데 이 소녀도 평범한 인간과는 어딘지 모르게 다른 풍격, 분위기가 있었다.

"흐응, 괜찮은 남자네요. 주빈은 아직 안 보이지만, 먼저 인사드리죠. 이 마을의 대표인…… 이름보다 촌장이 이해하기 쉬울 테니까 그냥 촌장이라고 불러주세요."

묘한 거리감이 느껴졌지만 소녀는 당찬 목소리로 정중하게 자기소개를 마쳤다.

내가 대답하기 전에 뒤쪽에서 풀이 흔들리는 소리가 났다. 류에와 레이스가 쫓아온 모양이었다.

"여기는…… 또 신기한 곳으로 나왔는걸. 여기도 하늘이 밝아."

"그래도 왠지…… 색이 이상하네요."

두 사람이 도착한 순간, 촌장이 한 걸음, 또 한 걸음 나에게 다가왔다.

무슨 일인가 하고 긴장하는데 나를 완전히 무시하고 뒤에 있는 두 명에게 걸어갔다.

"어머나, 매력적인 분이네요. 여기서 사실 생각은 없나요?"

"네? 아, 저요?"

촌장이 레이스의 손을 잡고 황홀하게 바라봤다.

백발인 류에가 아니라 가장 먼저 레이스에게 가다니…… 별난 사람일세…….

"촌장님, 다들 갈피를 못 잡잖아요. 진지하게 응대해주세요."

"실례했습니다. 저는 이 마을의 대표랍니다. 촌장이라고 불러주세요."

"안녕, 촌장님. 마을로 들어올 수 있게 허가해줘서 고마워."

"처음 뵙겠습니다. 마을에 살 수는 없지만, 호의에 감사드려요."

"후후, 장난으로 해 본 소리예요. 너무 아름다우셔서 그만 제 곁에 두고 싶었어요."

촌장은 조금 늦게 들어온 류에와 레이스에게 인사했다.

나이는 열여섯 아이로만 보였다. 맑고 고운 목소리로 고상하게 웃는 모습은 역시 부잣집 아가씨라고 소개받는 편이 더 어울릴 듯했다.

하지만 그런 그녀를 두 사람은 왠지 경계하는 눈초리로 바라보았다.

그 시선을 눈치채지 못했는지, 아니면 마음에도 두지 않는지 인사를 마친 그녀는 원피스를 나부끼며 빙글 돌아서 상황을 지켜보던 내 눈을 똑바로 쳐다봤다.

"미인을 양쪽에 끼셨군요. 아마미까지 있었으니 끌어안으셔야 했겠어요."

"안타깝지만 아마미와는 그런 사이가 아니에요. 친구죠."

"후후, 확실히 당신에게서는 음분(淫奔)의 냄새가 안 나네요. 정신력이 대단하신가 봐요."

"……별말씀을."

얼굴을 보아도 엘프 특유의 뾰족한 귀는 보이지 않았고 동물 귀도 없었다.

하지만 그 말투는 마치 남녀 관계를 아주 잘 아는 것처럼 여유로움과 요염함을 겸비했다. 이 마을에 있는 사람이 모두 특별한 사정을 가졌다면 그녀도 겉모습과 나이가 일치하지 않거나 특이한 종족일지도 몰랐다. ……예를 들면 흡혈귀?

"아마미, 당신은 마을에 인사하러 가세요. 이야기는 나중에 하죠."

"아, 네. 일단 보고서로도 정리해 놨으니까 세 사람을 잘 부탁해요."

"알아요, 알아. 제대로 대접할게요."

우리를 보던 촌장이 눈을 떼고 아마미에게 대답했다.

한시바삐 가고 싶은 눈치인 아마미는 얼굴을 활짝 펴고 뛰어갔다.

보고서…… 아마 그녀가 여기로 오게 된 백발 목격에 관한 보고겠지.

물론 이미 백발의 정체는 류에라고 판명됐지만.

"서서 이야기하지 말고 들어가죠. 제 저택으로 안내할게요."

촌장을 따라서 마을 안을 걸었다.

『한적한 농촌』을 그림으로 그린 듯한 풍경이었지만, 부자연스러운 하늘 때문일까? 정말로 이곳이 그림 속이 아닌가, 하는 의심이 들었다.

조용하게 흐르는 냇물이 물레바퀴를 천천히 돌렸다.

주민이 즐거이 밭에 물을 뿌리고 가끔 앞서가는 촌장에게 말을 걸었다.

하지만 놀랍게도 보이는 주민 대부분이 『백발 엘프』였다.

아마미의 반응을 보아 허약 체질이 아닐까 의심했지만 대단히 건강해 보였다.

그런 주민들이 웃고 일하고 즐겁게 지내는 한가롭고 평화로운 마을.

산들바람이 풀을 흔들고 향수를 자극하는 풀내음이 코를 간지럽혔다.

전에 머문 아기다르가 떠올랐다. 시간이 느리게 흐르는 것 같은 마을의 분위기는 이 대륙에 오고 쭉 긴장됐던 감정, 표정을 조금 풀어줬다.

"……마음에 드시나요, 우리 마을이."

"……! 아, 네. 등에 눈이라도 달렸나요?"

"후후, 기척으로 알아요. 게다가…… 뒤쪽 두 분이 저를 경계하는 것도."

그 말을 듣고 돌아보자 두 사람이 허를 찔린 표정을 짓더니 더 경계심 강한 얼굴이 되었다.

왜 그토록 경계하지? 처음 대화로 기분이 상했나?

"……미안해. 모르는 장소에서 『모르는 존재』를 보면 그럴 수밖에 없어."

"……죄송합니다. 저도 조금 겁이 많아서."

"둘 다 왜 그래? 확실히…… 좀 특이한 사람이기는 하지만."

"어머, 너무하시네요. 저는 포용력과 배려심이 넘치는 청순한 숙녀일 뿐인데."

"스스로 말하면 그 네 가지 중 일부가 거짓이 돼요."

"어머나. 조심할게요."

두 사람이 경계하는 이유를 지금 본인 앞에서 추궁할 수도 없지.

하지만 그만한 이유가 있다면 나도 이 작은 숙녀를 경계하는 편이 낫겠다.

곧 마을 안쪽, 멀리서 보이던 그 어마어마하게 거대한 나무에 다가왔을 무렵.

그 거목 옆에 앤티크 고딕 양식의 저택이 나타났다.

미스 매칭……일 텐데 나무 사이로 드는 햇살을 약하게 받는 저택이 이 신비롭고 이상한 마을과 어울린다고 느꼈다.

조금 전까지 경계하던 레이스가 앞으로 걸어 나와 촌장에게 말을 걸었다.

"멋진 저택이네요."

"후후, 알아주시나요? 보니까 옷 취향도 저랑 비슷하신 거 같아요."

"그러네요. 사실 제 저택도 비슷한 양식이었어요."

듣고 보니 윙레스트에 있는 『프로미스 메이든』과 조금 닮았다.

다만, 내 머리로는 고급 주택가의 앤티크 저택이나 개항기의 서양인 저택이 먼저 떠올랐다.

철문을 지나자 완만한 계단이 저택 정면 현관까지 이어졌다.

촌장이 작은 몸으로 자기 키의 세 배는 되는 문을 열고 손짓했다.

거기에 응해 저택에 발을 들인 순간, 내 눈에 들어온 것은—.

"……아이언 메이든에 길로틴…… 단두 도끼…… 취향이 고약한 거 아닌가요?"

"이 저택에 어울린다고 생각해서 모았는데 평가가 안 좋아요."

"……저도 이건 좀……."

"이 도끼에 묻은 혈흔, 진짜야. 인간은 아니지만."

"어머, 알아보시겠어요? 가축의 숨통을 끊을 때 쓰고는 한답니다."

여기가 고문실이야? 아, 삼각 목마까지. 설마 이것도 사용한 물건……?

"원하는 자리에 앉으세요."

안내받은 응접실은 역시나 고딕풍 가구로 통일된 고급스러운 곳이었다.

프로미스 메이든에서 레이스와 술을 마시던 기억을 떠올

려 반사적으로 레이스를 봤다.

그녀도 같은 생각을 했는지 내게 그리운 미소를 지어 보이었다.

"아직 이름을 못 들었네요. 여쭤봐도 될까요?"

"아, 죄송합니다. 까맣게 잊고 있었네요. 저는 카이본입니다."

"그러고 보니 아직이었지. 나는 류에야."

"레이스예요. 늦어서 죄송해요."

"잘못을 따지면 제가 원인인걸요, 뭐. 제 장난이 지나쳤어요. 죄송해요."

침착하게 머리를 숙이는 행동과 태도는 그녀의 직함에 어울려 보였다.

사실 진짜 촌장이 아니라 우리를 시험하기 위한 사람이 아닐까, 라는 의심도 잠깐 들었다.

하지만 틀림없이 그녀는 이곳의 주인이라고 인정하게 되는 풍격과 우아함이 확실히 존재했다. 그렇다면 슬슬 나도 의심은 내려놓도록 하자.

물론 옆에 있는 두 사람은 아직 차마 의구심을 버리지 못한 듯하지만.

"백발 엘프에 관해 알고 싶다고 들었는데, 맞나요?"

"그래. 그리고 가능하면 이곳에 관해서도."

"마을의 성격상 많은 것을 밝힐 수는 없지만, 그거라도 괜찮으시다면."

그녀는 류에뿐 아니라 우리도 알고 싶던 이 대륙의 역사를 단편적으로 들려줬다.

"류에 씨. 당신은 고위 마도사라죠? 현 단계에서 백발 엘프에 관해 예상하는 바를 들려주실래요? 그래야 이야기도 진행하기 편해요."

"그것도 그러네."

촌장이 류에의 이야기를 듣고자 했다. 그리고 류에도 자기 생각을 한번 남에게 말해보고 싶었는지 그 제안을 흔쾌히 승낙했다.

여기로 올 때까지 봤던 주민과 마을을 관찰하던 류에가 추측을 털어놓았다.

"『선천성 마력 확산증』. 이 마을 주민을 보고 내가 지금 생각해 낸 이름이야."

처음 나온 단어에는 불온한 뉘앙스가 담겨 있었다.

마치 병이나 나면서부터 가진 장애라도 되는 듯한 그 이름.

그 말을 들은 촌장은 부정하지도 긍정하지도 않고 조용히 귀만 기울였다.

"이 마을은 바깥과 격리되어 있어. 하늘도 가짜고 흐르는 물조차 조정한 흔적이 있었지. 백발 주민의 전신에서는 마력이 흘러나왔고 그게 흙이나 물로 녹아드는 것처럼 보였어. 비유하자면 이 공간 자체가 인공적인 마력 순환 장치가 아닐까?"

“……마도사의 눈에는 그것까지 보이나요?”

류에의 해설을 듣던 촌장은 여전히 표정을 무너뜨리지 않고 담담히 감상을 말했다.

“나니까 아는 거야. 이 이공간을 구성하는 술식은…… 그리우니까.”

“……그립다, 라.”

“내가 할 이야기는 끝났어. 촌장, 알려줘. 이곳과 백발에 관해서.”

핵심을 찌르는 것처럼 보였지만 류에는 아직 아무런 해답도 찾지 못한 채였다.

그저 주민의 증상과 이 마을의 구조를 억측했을 뿐. 그래도 나는 해답에 도달하기에 충분하고도 남을 정보가 모였다고 생각했다.

“백발이란 태어나기 전에 걸리는 어떤 제약의 부작용…… 이란 게 제가, 아니, 전임자가 내린 결론이에요. 눈치채신 것 같으니까 말씀드리는데, 이 마을은 주민의 마력 유출을 막고 다시 주민이 흡수하도록 조정한 일종의 순환 시스템으로 돌아가요. 대륙의 마력이 모이는 거목에서 조금만 마력을 받아서 유지하는 장소죠.”

“역시나. 놀랐어, 이런 특대형 영수(靈樹)가 존재해서.”

“백발에 관해서는 이 이상 들려드릴 이야기가 없어요. 다른 질문은 있나요?”

"지금 단계에서 뭘 더 물어야 할지 모르겠어. 머리가 복잡해."

이야기를 마친 두 사람은 조용히 서로를 마주 봤다.

류에는 이 촌장이 뭔가 숨기는 게 없나 의심하는 것처럼…….

촌장은 갑자기 나타난 진실의 탐구자를 관찰하는 것처럼…….

그리고 나는 조용히 내 손만 쥐고 있는 레이스를 곁눈질했다.

"조금만 더 마을을 우리 눈으로 보고 오는 게 좋지 않을까요?"

그때, 레이스가 이 분위기를 견디지 못한 것처럼 두 사람에게 제안했다.

그 말을 듣고 말없이 눈빛을 교환한 류에와 촌장이 표정을 폈다.

긴장된 분위기가 흐르던 응접실에 신성한 공기가 흘러든 기분이었다.

류에도 같은 기분이었는지 크게 숨을 내쉬었다.

"그게 좋겠어. 촌장, 좀 더 마을을 찬찬히 보고 이야기해도 될까?"

"그럼요. 당신의 눈으로 보고 알아낸 사실이 있으면 뭐든 말씀해주세요. 저도 그러기를 바라요. 당신은 이 장소를 그립다고 하셨죠. 저는 그런 당신을 환영해요."

대화를 일단 끝맺은 우리는 저택 밖으로 나왔다.

여전히 부자연스럽게 푸른 하늘이 반겨주는 아래, 나는 다시 한 번 크게 호흡했다.

류에는 이곳을 인공적인 장소라고 말했고, 촌장도 그 말을 인정했다.

하지만 지금 맛보는 신선한 공기와 한적한 풍경은 분명히 여기에 존재했다.

이곳이 어떤 사연이 있는 곳이든 멋진 장소라는 것이 나의 감상이었다.

그리고 이곳에 사는 사람들도 분명히 나와 같은 생각이리라고, 나는 생각했다.

적어도 주민에게는 안주의 땅이다. 어떤 진실이 숨어 있든 주민이 믿는 평화를 망치고 싶지 않았다.

"저녁까지는 다시 돌아와 주세요. 제가 만든 요리를 대접하고 싶어요."

"알았어. 그때까지 마을을 관광하고 올게."

"괜찮으시면 제가 먼저 돌아와서 요리를 도울까요?"

"후후, 레이스 씨, 그건 저를 유혹하는 거라고 생각해도 될까요?"

"촌장님, 우리 누님에게 자꾸 집적대지 말아 주세요."

"농담이에요. 당신을 화나게 하고 싶지 않으니까. 마음만 받을게요, 레이스 씨. 다들 저녁 식사는 기대해주세요. 사실 얼마 전에 소를 한 마리 잡았거든요."

"설마 그 도끼에 묻은 피가……."

저택 앞에서 그런 대화를 나누며 철문을 지나 밖으로 나왔다.

정말로 종잡을 수 없는 신기한 사람이라고 두 사람에게 내 감상을 밝혔다.

하지만 두 사람은 내 말을 듣고 입을 모아 이렇게 말했다.

『그건 사람이 아니다. 생물이 아닌 무언가다.』

§ § §

"생물이 아니라고……?"

"역시 레이스도 알아챘구나."

"네. 마안의 힘으로도 어떤 마력 반응도 감지하지 못했어요. 재생사가 아니더라도 생물이라면 미량이나마 마소(魔素)를 흡수해 체내로 순환시키는 게 순리인데……."

"그런 흐름이 존재하고 말고의 문제가 아니야. 저 사람, 호흡을 안 해."

"……네. 입이나 코로 흘러드는 마소조차 안 보였어요."

저택 밖으로 나온 두 사람은 충격적인 사실을 입에 담았다.

이질적인 존재라고는 생각했지만…… 설마, 죽은 사람인가?

이미 이 세계에 어떤 존재가 있어도 놀랍지 않지만, 좀 전까지 대화한 사람이 사실 생물이 아니라고 들으니 기분이 요상했다.

"언데드야……?"

"아니, 그건 아니야. 언데드라면 바로 알아. 이래 봬도 성기사니까."

"그렇죠……. 대체 정체가 뭘까요?"

"……알았어. 다음에 만나면 나도 조사해 볼게."

이따가 [상세 감정]을 시험해 보기로 하고 지금은 소용돌이치는 의혹을 마음속으로 눌러 담았다.

일단은 마을을 보러 가자. 류에가 말한 것처럼 이곳이 일종의…… 듣기는 안 좋지만 『마력 유지 장치』라면 단순히 관리받으며 살아가는 주민이 불쌍했다. 하지만—.

"……차별을 받고 살 바에야 여기서 평생 지내는 편이 행복할까……?"

"카이 군은 진심으로 그렇게 생각해?"

"……이건 나도 확실하게 답을 못 내리겠어."

내 혼잣말에 류에가 민감하게 반응했다.

그 눈동자에는…… 분노 같은 감정이 서려 있었다.

나를 보는 그 눈동자가 가슴을 아프게 했다. 그런 눈으로 나를 본 적이 없었으니까.

류에도 금방 깨닫고 눈을 내리깔며 힘없이 미안하다고 중얼거렸다.

"……아니, 내가 생각 없이 말했어. 미안, 류에."

"나도 옛날 내 생각이 나서 감정적으로 굴었어. 어디 한곳에 갇히는 건…… 정말로, 정말로 힘들어서……. 미안, 카이 군."

조금 어색한 분위기 속에서 밭 옆을 지나갔다. 그러자 마치 이 분위기를 전환하려는 것처럼 농사를 짓던 주민, 백발 엘프 두 명이 뛰어왔다.

"아, 손님이다! 언니도 우리랑 똑같구나!"

"여기서 살 거야? 밭일은 할 줄 알아? 내가 알려줄까?"

두 엘프는 상상 이상으로 어려서 마치 류에의 동생 같았다.

류에를 닮은 조그만 엘프 덕분에 어색하던 분위기는 말끔히 사라졌다.

……귀엽다. 이 마을에는 이렇게 귀여운 꼬마 류에들이 사는 건가.

"아니, 나는 그냥 손님이야. 너희는 밭에서 일하는 중이었어? 어린데 대단하네."

"당연히 해야 하는 일인데? 언니는 무슨 일 해?"

"내가 일 줄까? 같이 도구 씻기 도와줘도 돼!"

"아, 치사해! 손님한테 도와달라고 하면 안 돼!"

최근 비교적 진지한 표정을 유지하던 류에가 귀여운 대화 앞에서 점점 무너져 내렸다. 애들이라면 사족을 못 쓰는 그녀다. 더는 참기 힘들겠지.

"후후, 누나가 도와줄게. 자, 쇠스랑은 이리 줘."

"정말?! 그럼 이쪽, 이쪽에 씻는 곳이 있으니까 따라와!"

싱글싱글 웃으며 아이들을 따라가는 류에를 보니 왠지 내 얼굴에도 미소가 번졌다.

나와 레이스도 아이들과 함께 밭 옆에 있는 작은 세척장으로 갔다.

아무래도 강과는 별개로 용천수를 이용하는지 음용은 금지되어 있었다.

"이건 데포르메한 촌장인가……. 귀여운 간판이야."

"『마시면 안 돼』라고 말하네요. 후후, 촌장님이 직접 그린 걸까요?"

3등신 고딕 롤리타 패션 소녀가 손으로 X표를 그리며 말풍선으로 말하는 일러스트였다.

어린애들도 알아보기 쉽도록 그렸겠지.

"이 물을 쓰면 다른 물보다 더 깨끗하게 씻겨!"

"마시면 배가 아야한대! 쓰고 짜고 이상한 맛 나!"

오호, 그렇게 들으면 궁금한데. 한 모금만 마셔보겠습니다.

……응, 맛없네.

아이들이 모자란 사람처럼 쳐다봤지만 조금만 더 사용했다.

"오, 신기하네. 흠, 묵은 얼룩도 쉽게 지워져. 꼭 마법 같아."

"아! 전에 제대로 안 씻었지! 쓰면 똑바로 씻어야지."

당차면서도 즐거워 보이는 아이들을 보고 나는 내 생각이

틀렸음을 깨달았다.

행운인가 불행인가. 자유인가 부자유인가. 그런 것은 당사자가 정할 일이다.

그리고 류에가 미안한 표정을 지으며 내게 말을 걸었다.

"괴로운지 아닌지는 내가 판단할 일이 아니었어. 이렇게나 즐거워 보이는데……."

"……그래. 나도 잘못 생각했어."

농기구를 다 씻은 아이들과 함께 마을 중심, 거주구로 향했다.

그래도 아까와는 달리 이곳에 대한 회의감이나 혐오감은 이미 없었다.

그저 처음 방문한 멋진 마을을 돌아보고 싶다는 순수한 마음으로 차 있었다.

§ § §

거주구에 도착한 나는 또 사람들을 보고 놀랄 수밖에 없었다.

백발 엘프가 많은 것도 그렇지만, 동물을 방불케 하는 신체 기관을 가진 사람, 날개를 가진 엘프 귀 여성, 비오처럼 귀가 네 개인 사람까지 보였다.

그 다양한 종족, 여러 특징을 함께 가진 모습에 절로 게임 시절의 광경이 떠올랐다.

"활기가 넘치네요. 오히려 역참 마을보다 북적이는 거 같아요."

"동료와 함께 있으면 역시 괴롭지도 않은 걸까."

"그래. 지금 나와 레이스가 류에와 함께 있는 것과 마찬가지로."

조용히 류에의 손을 잡았다. 그러자 류에는 쑥스럽게 미소 지었다.

그래서 나도 모르게 오랜만에— 착하지, 착하지. 그러자 옆에서 레이스도 팔을 뻗었다.

"으악, 뭐야, 둘 다 그만하지 못해?"

레이스와 함께 감촉 좋은 머리를 즐기며 주변을 돌아봤다.

시장이 열렸는지 주민이 직접 키운 작물과 바깥 세계에서 가져온 물건을 교환하는 모습이 자주 보였다. 즉, 물물교환이었다.

이곳에서 나갈 일이 없는 특성상 화폐는 큰 의미가 없는지도 몰랐다. 그래도 지금까지 익숙하던 가치관과는 다른 생활양식에 다가서기 망설여졌다.

그런데 저 바깥 세계의 물건은 대체 누가 어디서 들여온 것일까?

좌판을 벌여놓은 사람은 수인 같은데…….

"공화국 쪽은 차별이 적다고 했잖아. 어쩌면 허가를 받은 외부 상인 아닐까?"

"아하, 그 나라 상인 말이군요. 정해진 사람만 거래할 수 있는 비밀의 마을. 손익을 생각하면 정보를 유출하지는 않겠죠."

"아니면 마술로 계약을 맺었거나. 뭐가 됐든 외부와 단절되지 않은 건 좋은 일이야."

어떤 거래를 하는지 관찰했다. 상인은 혼자가 아닌 듯했고, 주민들은 서로 채소를 교환하거나 어디서 땄는지 산나물과 버섯 따위를 바꿨다.

그런데 방금까지 함께 있던 아이들이 큰 바구니 두 개에 찬 감자를 상인에게 건넸다.

"감자 20킬로, 좋아. 여기 밀 열 단과 벼 열 단, 받아라."

"와아! 이제 밀가루를 만들 수 있어~!"

"쌀이다, 쌀이다! 오랜만에 죽이 아니라 쌀밥을 먹겠어!"

아니, 잠깐. 이상하잖아? 탈곡에 제분까지 하면 한 달도 못 먹을 양이라고.

감자 20킬로그램과, 쌀과 밀가루 2킬로그램이 같은 가치라니…….

이 대륙에서 쌀과 밀이 귀중품일 가능성도 없진 않지만…… 내 상식으로는 이해할 수 없었다.

마찬가지로 이상을 감지한 레이스가 성큼성큼 거래 현장으로 다가갔다.

어깨를 씩씩거리는 걸음걸이…… 뭔가가 레이스의 역린을 건드린 모양이었다.

"나도 약점 잡히기 일쑤였어. 때로는 내 몸을 바라는 상인도 있었을 정도야. 거기에 비하면 훨씬 나아 보이지만……."

"류에, 그 이야기 자세하게 해 봐. 그놈 일족을 전부 죽여 버리게."

"아니, 안타깝지만 먼 옛날이야기야. 게다가 이미 내가 조용히 묻어 버렸어. 악덕 상인이었거든."

"역시 류에야. 잘했어."

장하다, 우리 류에. 쓰레기는 알아서 처리한 모양이다.

그럼 또 다른 정의의 사도, 레이스는 어떨까.

상인과 말다툼이 오가다가 결국 레이스에게 겁먹었는지 감자를 두고 도망쳐 버렸다. 나쁜 짓을 하는 자각은 있었나 보군.

"레이스도 옛날에는 고생깨나 했다지. 특히 어린애를 속이는 상인이라면 더 용서하지 못할 거야."

"후후, 그것도 그래. 그나저나 촌장은 이 상황을 방치했나?"

"글쎄. 어쩌면 필요 이상으로 간섭하지 않는지도 몰라."

"평화롭고 폐쇄된 곳이니까 외부의 악의를 가르치는 걸지도……."

"그런데 류에, 왠지 레이스가 엄청 난감해 보이는데?"

"……뭐지? 주민들이 몰려들었어."

무슨 까닭인지 주민들이 레이스에게 따지듯이 몰려들었다. 대체 무슨 일이지?

서둘러 달려가서 주민들이 하는 소리에 귀를 기울였다.

“아, 아니에요! 저 상인이 여러분을 속이고—.”

“힘들게 와준 바깥 상인이었는데!”

“나도 쌀 먹고 싶어! 왜, 왜 방해해!”

“우리 마을 사람이 아니야! 어디서 왔어!”

주민들이 레이스가 거래를 방해했다고 비난하는 상황 같았다.

속는 줄 모르는 그들에게는 그렇게 보여도 어쩔 수 없지만…….

그때, 류에가 그들 앞으로 나갔다.

같은 백발이지만 낯선 인물의 등장에 일동의 시선이 집중됐다.

“다들 내 얘기를 들어줘.”

“……누구야? 새로 온 사람?”

“이 마을에 볼일이 있어서 왔어. 그보다 방금 상인 말인데.”

류에는 마치 아이를 타이르는 것처럼 쉬운 말을 골라 설명하기 시작했다.

자세히 보니 모여든 백발 엘프는 모두 어린 인상을 줬다.

외모뿐 아니라 그 표정과 말투, 행동거지까지.

“그러니까 그 사람들은 너희를 속여서 너희가 열심히 모으고 키운 작물을 더 많이 받아 갔던 거야."

"뭐~?! 왜 그런 짓을 해!"

"쌀이랑 밀을 가져오면 착한 사람 아니야~?!"

어릴 때부터 폐쇄된 세계에서 부모도 없이 자란 탓……이겠지.

『장래를 위해서는 괴로워도 바깥 세계에 살아야 한다』라는 생각이 순간 머리를 스쳤다.

하지만 동시에 밖으로 나가 고통받거나 박해에 시달려 마음이 병들어 스스로 죽음을 선택하는 것보다는 바깥 세계에서 도망치는 편이 낫지 않을까, 라는 생각도 들었다.

필요한 일. 해야만 하는 일. 그래도 버티지 못할 정도로 괴롭다면 도망쳐도 좋다. 포기하는 것과는 다르다. 재정비도 유의미한 선택이니까.

그런 점에서 이 마을은 준비 기간을 만들어주는 좋은 장소였다.

"이 언니가 혼냈으니까 다음부터는 너희를 못 속일 거야."

"응, 알았어! 그래도…… 어쩌지, 기껏 열매도 많이 따왔는데."

"나도~! 밀이랑 교환하려고 버섯 많이 모아왔어."

어이쿠. 생각에 빠진 사이 수습됐나 보다.

하지만 그것과 주민들의 욕구는 별개의 문제. 그렇다면 남은 문제를 해결하는 것은—.

"후후, 그거라면 맡겨줘. 내가 대신 교환해 줄 테니까."

역시 류에가 자처하고 나섰다. 그리고 오랜만에 만능 가방을 꺼냈다.

분명히 그 안이라면 이곳 주민을 만족시킬 식량이 비축되어 있었다.

그렇게 생각해 안심하는데 류에의 비통한 외침이 들렸다.

무슨 일인가 하고 그녀에게 달려갔다. 그러자—.

"내 가방이…… 작동을 안 해……. 그냥 가방이 됐어."

"설마, 류에 가방이……. 마지막으로 쓴 건 언제였나요?"

"……카이 군, 아마 배에서였지?"

"그래. 그때는 제대로 작동했는데."

류에의 가방 안을 들여다봤다. 평범한 가방 바닥밖에 보이지 않았다.

평소 같은 어둠도 없거니와 손을 집어넣어도 아무런 변화가 없었다.

정말로 그냥 조금 큰 가방이 되어 버렸다.

그래도 류에는 아쉬움을 떨치지 못하고 계속 가방 안을 뒤적였다.

"……내 생명선이었는데. 여기서는 못 쓰는 건가? 아니면 망가졌나……."

"류에라도 해석이 안 돼?"

"아쉽지만…… 내가 모르는 술식도 많이 사용됐고 아주 섬세한 물건이야."

만약 이 마을에 들어와서 못 쓰게 됐다면 큰 문제는 아니다. 일시적인 일이니까.

하지만 우리의 걱정은 몰라주고 기다리다 못한 주민들은 재촉하기 시작했다.

"밀 없어? 쌀은? 우리 매일 채소만 먹어……."

"내가 많이 따온 열매 줄게. 이거 쌀이랑 바꿔줘."

천진난만하고 순진무구한 표정으로 음식을 조르는 사람들 때문에 가슴이 아팠다.

……이렇게 된 이상 최후의 수단이다. 류에의 가방은 못 써도 내 아이템 박스에는 여행에 필요한 식량이 들어 있었다. 그것을 해방할 때가 왔다.

그렇게 결의한 때였다. 레이스가 슬며시 귀띔했다.

"저기…… 제, 제 청새치도…… 피, 필요하다면…… 사람들에게……."

"그렇게 피눈물 나는 심정으로 결단하지 않아도 돼."

괜찮아, 이 오빠한테 맡겨. 실은 믿는 구석이 있지.

내 아이템 박스를 통계로 나타내면 대충 이렇다.

사용하지 않는 장비 및 마왕 시리즈 등 장비품: 3%

마물을 잡아 얻은 부위: 21%

환금용 광석 및 마력 결정: 12%

아웃도어 용품(조리 도구 포함): 15%

식량: 49%

참고로 마물을 잡아 얻은 부위에도 식용으로 사용할 물건이 있으므로 사실상 절반 이상이 식량인 셈이다.

하지만 이 백발 엘프들이 요구하는 것은『주식』이 되는 음식.

밀가루와 쌀도 있지만 그들이 만족할 만큼 많지는 않았다.

하지만 밀과 쌀 외에도 주식으로 쓸 음식이라면 많았다.

실제로 지금 눈앞에 바구니 가득 담긴 감자가 있지 않은가.

그렇다면 얼마든지 주식으로 바꿀 수 있다.

“그럼 밀가루는 한 명당…… 가죽 주머니 두 개분까지 교환해줄게.”

주식에 굶주린 여러분에게 맛있는 감자 요리 만드는 법을 전수해 드리죠.

“벌써 가루로 빻은 걸 이렇게 많이 받아도 돼?”

“아니, 나야말로 밀가루 두 자루로 이렇게 많이 받아도 돼?”

“응. 채소는 금방 자라. 한 달이면 또 열려.”

……이게 무슨 소리야? 이것도 마소를 환원하는 구조의 영향인가?

그렇다면 주민이 직접 키운 작물과 이 마을 숲에서 딴 열매 따위를 헐값에 넘기는 이유를 알 것 같았다. 쉽게 얻는 만큼 가치를 낮게 생각하는 것이다.

그리고 그 허점을 파고들어 방금 같은 상인이 찾아온다…….

그럼 여기서 직접 밀이나 벼를 재배하면 되지 않은가?

그렇게 생각하여 교환하러 온 백발 엘프 한 명에게 물었다.

흠, 이 아가씨는 연장자인가? 겉모습은 류에와 엇비슷해 보인다.

"저도 키워 보려고 했는데 실패했어요. 촌장님이 그러시는데, 옛날부터 있거나 옛날부터 키우던 게 아니면 안 자란대요."

이 마을에 자라는 작물은 독자적으로 진화한 품종인가?

나는 조금 떨어져서 똑같은 밀가루를 나눠주는 두 사람을 봤다.

레이스는 상인과 다툰 탓에 두려움을 샀는지 줄이 길지 않았다.

반대로 류에 앞에는 우리 세 명 중 가장 많은 사람이 줄 섰다.

그렇게 밀가루와 쌀을 다 나눴을 때는 우리가 절대로 다 먹지 못할 양의 다양한 채소들이 아이템 박스를 압박했다.

"그럼 지금부터 밀가루를 양 많은 파스타로 바꾸는 방법을 알려드리겠습니다. 관심 있는 분은…… 숲 앞 광장까지 오세요~."

밀가루를 들고 환하게 웃는 주민들에게 목청을 키워 통보했다.

그러자 다들 초롱초롱한 눈으로 우리와 걸음을 맞추며 졸졸 따라왔다.

가는 길에 평소 식생활에 관해 물었다. 그들은 기본적으로 직접 키운 채소와 가축, 그리고 외부에서 오는 행상인과 교환한 쌀과 밀을 먹는다고 했다.

우리는 촌장과 처음 만난 광장에 도착해 야영 도구 세트를 설치했다.

그런데 우리를 지켜보던 주민들 사이에서 『촌장님과 똑같다』라는 말이 나왔다.

역시 그녀도 아이템 박스 소유자……. 대체 정체가 뭘까?

"그럼 이번에도 평소처럼 해 볼까?"

"……그게, 몇 번째였죠?"

"내 기억에 정식으로 한 건 오잉크와 함께 있을 때가 마지막이야."

"맨날 요리를 하니까 까먹어 버렸어."

네, 그럼 시작해 볼까요.

"제4회 본본 쿠킹을 시작하겠습니다~."

오늘은 역대 가장 많은 방청객이 모여 주셨습니다.

하지만 여기서 문제가 하나 발생했군요.

마을에는 기본적으로 백발 엘프분들이 계십니다. 한마디로 류에 씨를 닮아 귀엽다는 겁니다.

원래 류에를 만든 입장으로서 지금 상황은 참 버티기 힘들군요. 작업에 집중하기 힘들 정도로 한눈을 팔게 됩니다.

"에잇."

"얍."

"아야."

양쪽 옆구리에 관수 찌르기가 깨끗하게 꽂힌다. 죄송합니다. 진지하게 하겠습니다.

새 마음으로 오늘 만들 요리를 정리하자.

이번 콘셉트는 적은 밀가루로 만드는 주식 요리. 이 마을에는 감자가 많이 난다는 사실을 알았다.

원래 주식으로도 많이 먹는다지만 밀과 쌀도 계속 먹어서 질렸다고 한다. 다시 말해 주민들은 사치를 부리고 싶은 것이다.

"……이해해. 맛있는 음식을 먹고 싶겠지."

하지만 사치를 부려 뭐가 나쁜가? 맛있는 음식을 먹고 싶다는 것이 무슨 잘못인가?

한정된 토지에서 살아야만 한다면 적어도 그런 욕구는 들어주고 싶지 않은가.

"지금부터 밀가루와 감자를 써서 파스타를 대량으로 만드는 방법을 가르쳐드리겠습니다."

"감자로 파스타를 만들어? 우리도 질리지 않게 많이 연구했는데……."

주민 중 한 명이 믿어지지 않는다는 표정으로 말했다.

물론 그들도 계속 고안해 봤을 테고, 어쩌면 밀가루와 섞은 적도 있을지 모른다. 실제로 뇨키라는 요리도 있다.

하지만…… 사실 여기 오는 도중 나는『어떤 것』을 발견했다.

그것을 쓰면 더『면다운 감자 요리』를 만들 수 있다.

"그럼 가장 먼저 이 물을 사용합니다."

내가 꺼낸 것은 조금 전 농기구 세척에 사용한 용수.

독특한 맛과 향, 그리고 혀를 저릿하게 자극하는 느낌. 아이템 박스에 넣어서 그 정체는 이미 파악했다. 이 물, 놀랍게도 천연 탄산 성분이 함유됐다. 그러니까 세정 효과가 뛰어나지. 천연 세제나 다름없으니까.

"카이 군. 그 물은 식용이 아니라고 하지 않았어?"

"벌컥벌컥 마시면 배탈이 나겠지. 그래도 소량만 쓰면 문제없어."

그러자 레이스가 그 물을 조금만 떠서 입에 머금었다.

맛있다고 하기는 어렵지만 우선 직접 마실 수 있다고 보여주는 것이 중요하다.

"아하…… 물에 뭔가 녹아 있는 것 같네요. 이게 열쇠인가요?"

"바로 그거야. 이 물을 조금만 쓰면 신기한 일이 일어나."

자, 그럼 파스타…… 감자면을 만들어 볼까.

우선 제공된 감자 껍질을 벗기고 통썰기로 잘라 찐다.

"카이 군, 매번 하는 것처럼 나는 감자를 으깨면 돼?"

"그래. 다 찌면 으깨줘."

"삶지 않고 찌는 거군요?"

포인트 1. 감자를 쪄서 전분이 최소한만 빠져나가게 막는다.

껍질째로 삶아서 나중에 벗기는 방법도 있지만…… 덥잖아?

그리고 으깬 감자의 3분의 1만큼 밀가루를 넣는다.

이렇게 하면 적은 밀가루로 많은 면을 만들 수 있다.

원래 밀가루를 **결합제**로 쓰려면 좀 더 많이 넣지 않으면 반죽이 잘 뭉치지 않는다. 하지만 여기에 세정용 물, 아니, 탄산수를 넣으면—.

"자, 이것 봐. 반죽 색이 살짝 진해진 게 보여?"

"정말이네? 원래는 감자 색이라 노랬는데 더 진해졌어."

이 반죽의 진가를 보여주기 위해서 재운 뒤에 얇게 펴서 길게 썰었다.

그것을 끓는 물에 삶아 여기 모인 방청객들에게 시식용으로 조금씩 나눠줬다.

"와…… 노랗고 살짝 투명해. 파스타가 예뻐!"

"엄청 쫀득쫀득해서 맛있어! 그 물을 넣으면 이렇게 돼?"

"그래, 맞아. 자세한 비율은 나중에 종이에 적어줄 테니까 다들 메모해."

"네~!"

솔직하고 귀여운 꼬마 류에들에게 마음을 치유받으며 거대한 반죽을 치댔다.

그동안 레이스에게는 주민들에게 나눠 받은 토마토를 써서 소스를 만들도록 부탁했다.

"레이스는…… 괜찮아 보이네."

"네. 토마토소스는 라타투유를 만들던 요령으로 할 수 있어요. 그런데…… 이 마을 토마토는 당도가 높네요. 아주 맛있는 소스가 되겠어요."

"그래? 이렇게 좋은 채소도 받고, 혹시 우리가 이득 본 거 아니야?"

"그럴지도 모르겠네요. 후후, 전 이제 졸이기만 하면 끝이에요."

이제는 기다리기만 할 뿐이라서 주민들의 질문에 답하거나 옆으로 초대하며 시간을 때웠다. 그때, 방청객 사이에서 낯익은 금발이 나타났다.

"재미있어 보이네, 카이본?"

"오, 아마미도 있었어? 뭐야, 좀 도와주지 그랬냐."

"아니, 보고만 있어도 재미있더라고."

아마미가 아이들에게 붙잡혀 있었다.

마을의 인기인인가? 가끔 오는 친척 누나 같군.

"아마미, 너는 마을 밖에서 식량 안 가져와?"

"나 혼자서 옮겨 봤자 얼마나 옮기겠어. 내가 가지고 오는 정도로는 서로 싸움만 나. 그렇다고 역참 마을까지 짐마차를 끌고 오면 너무 눈에 띄잖아?"

"응? 그래도 방금 행상인이 왔던데?"

"아, 그건 공화국 쪽 입구에서 온 거겠지."

"……엉? 여기는 공화국과도 접해 있어?"

설마 이 마을이 국경 위에 있다는 뜻일까?

"원리는 잘 모르지만, 공화국으로 연결된 길도 있대. 그쪽은 촌장님 허가가 없으면 나도 못 지나가지만. 아마 계약한 상인 전용일 거야."

"흠…… 아까 행상인이랑 좀 다퉜는데 괜찮을까?"

"들었어. 아마 촌장님은 일부러 방관하던 게 아닐까? 사람들이 깨달을 때까지."

"……괜한 오지랖을 부렸나?"

"뭘 미안해해. 아마 거기 있었으면 내가 똑같이 했을 거야."

역시 방임주의적인 측면이 있나 보다. 뭐, 심각한 굶주림으로 고통받지는 않으니까 이 정도는 교보재로 적당하다고 생각했겠지.

"슬슬 시간이 됐군. 나는 요리를 마무리할게."

"응, 알았어. 내 몫도 만들어줘."

"싫은데? 내가 다 먹을 건데?"

"아아~, 지금부터 도울 테니까 나도 나눠줘~."

그런 연유로 아마미까지 합세하여 요리는 마무리 단계에 들어갔다.

그나저나 이제는 이 반죽을 얇게 펴서 면을 썰면 끝인데…….

갑자기 아마미가 방청객 사이에 있던 연장자 백발 엘프에게 「그걸 들고 와줘」라고 지시했고, 잠시 후 그녀가 큰 상자를 가지고 왔다.

"이거, 파스타를 만들 때 쓰는 거니까 써."

"오오…… 파스타 기계…… 그것도 압출식이야."

"옛날에 촌장님이 만들어준 기계야. 마을 연장자 집에는 이게 놓여 있어."

"……촌장님이 만능이군. 이게 있으면 편하지. 고맙게 쓸게."

아니, 엄청나게 잘 만들었잖아? 전부 금속제야.

손잡이를 돌리면 압착기가 반죽을 밖으로 밀어내는 구조였다.

반죽의 단단함을 생각해도 절단형보다는 이쪽이 나았다.

바로 기계에 반죽을 넣고 끓는 물 위로 면을 뽑았다.

"좋아, 절반 이상 감자로 된 파스타가 완성됐어."

"카이 씨, 이건 뇨키와는 다른가요?"

"사실 거의 비슷해. 단지 그 물이 결정적 차이지. 봐, 이렇게 가는데도—."

삶은 면을 레이스에게도 한 가닥 건네고 나도 완성품을 하나 집어먹었다.

쫀득쫀득, 탱글탱글. 탄력과 식감이 함께 살아 있는 감자면의 완성이다.

"이렇게 식감 좋고 매끈한 면이 돼."

"대단해요. 물 하나로 이렇게 달라지나요?"

"여전히 카이 군의 요리는 마법 같아. 나도 전에는 놀라움의 연속이었어."

“이야…… 그 맛없는 물로 이런 게 만들어 지는구나. 카이 본은 아는 것도 많아.”

방금 시식에서 먹지 못한 주민에게도 완성한 면을 나눠줬다.

다들 그 질감과 식감에 놀라는 기색이었다. 그것이 마을에 있는 것만으로 만들어진다는 사실을 안 몇몇 주민은 서둘러 물을 뜨러 가기도 했다.

즐겁게, 기쁘게 웃는 마을 사람들을 보고 있자니 가슴이 따뜻해졌다.

“카이 군, 계속 만들자. 모두에게 나눠줄 만큼 만들 생각이지?”

그리하여 토마토소스 감자면이 완성되었다.

§ § §

“음? 레이스, 이 소스 엄청 맛있어.”

“정말로 맛있네……. 역시 레이스는 솜씨가 좋아.”

“제가 한 건 거의 없어요. 여기서 나는 채소가 다 맛있을 뿐이죠. 아아, 토마토의 단맛이 면에 어우러진 이 맛, 표현하기 어렵네요…….”

레이스의 입으로 후루룩 빨려 들어가는 파스타를 보면서 류에와 함께 웃었다. 확실히 맛있었다. 마력으로 자란 채소는 맛도 좋아지나? 그 행상인들, 이걸로 단물을 좀 빨았겠군.

아무튼, 당초 목표였던 감자면 포교는 어떻게 됐냐면—.

"아마미, 아마미! 다음은 나! 내가 파스타 뽑을래!"

"아아~! 내가 하고 싶었는데!"

"그다음은 나! 빨리 물 끓여!"

내가 만든 면을 삽시간에 먹어 치우고 주민들끼리 추가분을 만드는 중이었다.

이 사람들, 적응력 참 좋네. 이제는 찐 감자로 배만 꾸역꾸역 채우지는 않겠지.

"카이 씨, 그렇게 기뻐요?"

"여기 주민은 류에의 가족처럼 생겨서 두고 볼 수가 없었어."

"……그래. 나도 남 같지 않아. 고마워, 카이 군."

즐거워하는 주민을 바라보는 사이 그들의 머리가 희미한 색으로 덧씌워졌다.

그것은 하늘의 색. 푸르던 하늘이 어느샌가 주황빛으로 변해 있었다.

마치 하늘의 벽지를 새로 바른 듯한 뚜렷한 변화였다.

"정말로 여긴 신기한 곳이야. 그럼 이제 촌장님 저택으로 돌아갈까?"

"그럴까? ……레이스, 저녁을 대접받는데 너무 많이 먹는 거 아니야?"

"괜찮아요. 그것도 생각해서 적당히 먹었으니까요."

"내 기억이 맞다면 두 그릇은 더 먹은 거 같은데."

누가 우리 먹보 누님 아니랄까 봐.

조리대는 면을 만드느라 정신이 없는 아마미에게 맡겨 놓고, 우리는 먼저 이 즐겁고 훈훈한 면 장인들과 헤어졌다.

마을에 대한 의심은 이미 남아 있지 않았다. 자유롭지 못할지언정 모두와 협력해 살아가는 평화로운 마을. 나는 이곳과 더 많은 교류를 나누고 싶다고 느끼고 있었다.

3장 하얀 마을은 진홍빛으로 물든다

“완전히 어두워졌네요…….”

“하늘이 오렌지색으로 변하더니 바로 어두워질 줄은 몰랐어.”

“시계를 확인했어야 했어. 촌장님에게 사과해야지.”

마치 물에 잉크를 떨어뜨린 것처럼 눈에 보이는 속도로 하늘에 어둠이 번졌다.

우리는 그 어둠에 쫓기기라도 하는 양 촌장의 저택으로 달렸다.

저택 앞에는 촌장이 씁쓸히 웃으며 우두커니 서 있었다.

“죄송해요. 하늘에 대해 설명한다는 걸 깜빡했네요.”

“아뇨, 우리가 시간을 확인했어야 했는데……. 늦어서 죄송합니다.”

“뭘요, 괜찮아요. 일단 안으로 들어오세요. 밤은 추워지게 되어 있으니까요.”

『되어 있다』라는 말이 마음에 걸렸지만 일단 그녀를 따라 안으로 들어갔다.

그러자 어디선가 식욕을 자극하는 향이 물씬 풍겨 왔다.

아, 정말로 요리를 준비해서 기다리고 있었구나, 그런 생각에 미안한 마음이 다시 올라왔다.

문득 류에와 레이스가 그녀를 또 의심하지 않을까 싶어 두 사람의 반응을 살폈다.

하지만 둘 다 나와 마찬가지로 미안한 표정을 짓고 있을 뿐이었다.

아무리 그래도 음식을 대접하려고 열심히 준비한 사람을 의심하지는 못하겠지.

물론 그건 나도 마찬가지지만—.

【커스 기프트】 발동: 대상자 카이본 [상세 감정] 부여

그래도 알고 싶었다. 당신이 누구인지.

어빌리티를 발동한 눈으로 앞을 걷는 그녀의 등을 물끄러미 바라봤다.

……하지만 능력이 보일 기미가 없었다.

정보가 숨겨진 탓이 아니라 말 그대로 발동조차 하지 않았다.

이런 일은 처음이었다. 이게 대체 어떻게 된 거지?

내심 놀라면서도 식당에 도착했다. 그리고 그곳에 펼쳐진 광경에 다시 한 번 놀랐다.

"우와?! 이거…… 전부 만드신 거예요?"

"네. 원래 제가 먹고 싶어서 손질했던 것들이라 메뉴가 좀 치우쳤네요……. 혹시 고기를 싫어하진 않으시나요?"

크고 긴 테이블 위에는 전에 내가 만든 것만큼이나 거대한 로스트비프가 있었다.

그리고 그 옆을 지키는 것은 소고기 타다끼로 보이는 검게 태운 고깃덩이와 비프스튜가 든 커다란 냄비, 게다가 스테이크 타르타르. 그야말로 소고기 삼매경이었다.

물론 구색 맞추기로 샐러드도 있지만…… 그 토핑, 바싹 구운 소 비계지? 정말 군침 돌지만…… 보기만 해도 더부룩해!

이렇게 극단적이면 제아무리 고기에 환장하는 레이스라도—.

"촌장님…… 이런 진수성찬을 준비해주셔서…… 정말로 뭐라고 감사해야 할지 마땅한 말이 안 나오네요. 정말로, 정말로 기뻐요."

"어머나, 그렇게 기뻐하시면 만든 보람이 있네요. 자, 어서 앉으세요."

"그, 그럴게요. ……카이 씨, 류에, 자리에 앉죠."

아무렇지도 않으신가 보다. 이 정도로 음식에 매혹된 레이스도 참 보기 드물다.

촌장이 거대한 로스트비프를 자르기 시작했다.

디자인이 퍽이나 흉악한 나이프는 무서울 정도로 날카로워 고기가 버터처럼 잘렸다.

연한 핑크색 단면에서 절묘한 불 조절과 요리에 대한 존장의 고집이 엿보였다.

대단히 흥미로운 사람이다. 정체를 떠나서 취미와 취향, 요리에 대한 정열이 내 관심을 끌었다.

"정말 맛있어 보이네요. 이 크기를 이렇게 완벽하게 구워내다니."

"칭찬해주셔서 고마워요. 소고기에는 일가견이 있답니다."

"흠…… 카이 군이 만든 것과 비교해도 손색이 없어. 정말 맛있게 생겼어."

"어머, 카이본 씨도 요리를 하나요?"

"네, 그럭저럭."

고기와 스튜가 각자 앞에 놓이고 비로소 환영 파티가 시작됐다.

우선 로스트비프부터 한 입 먹었다. 그리고 그 촉촉한 식감에 눈이 번쩍 뜨였다.

제대로 숙성했군. 우리를 대접하려고 숙성한 고기를 꺼냈나?

"음…… 이쪽 고기는 거의 날것으로 보이는데 먹어도 돼?"

"아, 타다끼? 괜찮아. 나도 그건 좋아해."

"저는 처음 먹는데…… 이건…… 계속 먹고 싶어지는 맛이네요."

"후후, 저는 피가 맺힌 레어를 좋아해서요. 동의해주는 사람이 별로 없지만, 적어도 두 분은 좋아해 주셔서 다행이에요."

"촌장, 세 명이야. 나도 마음에 들었어. 고기에서 단맛이 느껴져. 신선해서 그런가?"

계속해서 스테이크 타르타르와 신선한 고기가 아니면 맛보기 어려운 귀한 요리를 마음껏 음미했다.

그리고 식후 레드 와인을 즐길 때 촌장이 긴 침묵을 깨고 말문을 열었다.

너무 맛있어서 지금까지 말하는 것도 잊고 있었다고 새삼스레 깨달았다.

"마을을 보고 오셨는데…… 세 분의 의혹은 풀렸나요?"

"그래. 적어도 이 마을이 이곳 주민을 지킨다는 건 확신했어."

그 감상에 안도의 한숨을 쉬었다. 하지만 그녀는 뒤이어 무서운 말을 꺼냈다.

"처음에는 주민을 써서 실험이라도 하는 줄 알았어. 마력이 계속 흘러나오는 사람들은 좋은 『에너지원』일 수도 있으니까. 먹이를 주고 관리하는, 일종의 가축이 아닐까…… 그렇게 생각했었어."

"……! 류에, 솔직히 말이 너무 지나쳐. 그렇지 않다는 것 정도는 알았잖아?"

"물론 알았지. 하지만…… 적어도 나는 그런 역할을 강요받았으니까. 촌장, 제발 당신에 관해 알려줘. 왜 이렇게까지 저 사람들을 소중히 여기는지. 당신이 누구고 왜 이 마을의 대표로 주민을 위해 일하는지, 그 이유를."

이 완성된 환경을 마치 양식장 같다고 느낀 것은 사실이었다.

하지만…… 적어도 나에게는 주민들에게서 촌장의 배려와 애정을 느꼈다.

과도하게 간섭하지 않고 최소한의 도움밖에 주지 않는다. 그래도 거기에는 분명히 존재했다.

나에게는…… 그녀에게 악의나 숨은 의도가 있다고는 도저히 생각할 수 없었다.

하지만 그제야 깨닫고 말았다. 거기에는 **표면적인 의도조차 보이지 않는다**는 사실을…….

"……난감하네요. 저는 그냥 이 마을의 대표이고 싶다, 주민을 지키고 싶다는 생각밖에 없어요. 그 이유를 말하라고 하셔도 **그러길 바랐으니까**, 라고밖에 말하지 못하겠네요."

그 표현이 마음에 걸렸다. 바랐다? 누가? 선대 촌장인가?

"복잡한 이유나 동기는 없어요. 그러니까…… 대답하기 난감해요, 그 질문은."

설마 이런 답이 돌아올지는 몰랐는지, 류에도 놀라는 표정이었다.

"……지금은 그렇게만 알아 둘게, 촌장. 그리고 미안해. 당신이 나쁜 사람이라고는 생각하지 않아. 그냥 이유를 알고 싶었어. 정말로 실례되는 말을 했어."

“아니에요, 당연한 반응이죠. 아무 생각 없이 『좋은 사람이다』, 『대단한 박애주의다』라고 말하는 것보다 훨씬 기뻐요. 전 그런 총명한 사람이 좋아요.”

“저, 저어…… 제가 껴도 될지 모르겠지만, 저도 이 마을에 궁금한 점이 있어요.”

두 사람의 대화를 방해하지 않으려고 조용히 있던 레이스가 손을 들었다.

“저도 고아를 많이 거둬서 키웠어요. 먼저 하나 여쭙고 싶은데…… 마을 아이들은 여기서 태어난 게 아니라 다른 곳에서 거둔 고아인가요?”

“대체로 그런 편이죠. 여기서 자라고 사랑을 나눠 아이를 가진 사람도 있지만, 백발은 유전되는 현상이 아니에요. 적어도 백발 아이는 모두 원래 고아였다고 보시면 돼요.”

“……그렇다면 이상하네요. 제가 보니까 아이들은 모두 비슷한 또래예요. 그리고 연장자에게 물으면 다들 자기들도 같은 나이일 거라고 대답했어요. 그렇다는 말은—.”

레이스의 지적에 나도 그들의 얼굴이 생각났다. 그 말대로…… 백발 엘프는 모두 또래로 보였다.

엘프라서 외모와 실제 연령이 다를 수는 있다. 하지만 모두 똑같을 리는 없지 않을까?

……아니지, 그게 아니다. 문제는 『전원 백발』이라는 사실. 한마디로—.

“백발 엘프는 같은 시기에 집중적으로 태어났다는 뜻이에요.”

나도 류에도 깨닫지 못한 사실이었다. 하지만 듣고 보니 정말로 이상했다.

“네. 지금 마을에 남은 건 모두 아마미와 동갑이거나 올해로 스무 살이 되는 아이들뿐이에요.”

촌장이 인정했다. 동시기에 수많은 백발 엘프를 고아로 거뒀다고.

“촌장. 백발에 관한 정보는 정말로 그게 다야? 이상하잖아.”

“이상하다고 말씀하셔도 엄연한 사실이에요.”

“그렇다면 백발이 태어나는 해에 무슨 사건이 있었다는 말이군요?”

생각할 수 있는 가능성은 모종의 사고. 그리고 류에가 말한『선천성 마력 확산증』.

즉, 어떤 큰 사고가 당시 태아였던 아이들에게 영향을 줬을 가능성이다.

지구에서도 전쟁이나 사고로 선천적 장애를 가지는 아이가 있다. 그렇다면…….

“이번 아이가 태어난 해에도, 그 전 세대에도 큰 사건은 없었어요.”

“아니, 그럼 왜……!”

“……저도 그걸 알고 싶어요.”

촌장의 말은 무겁고 간절했다.

거짓말을 하는 것처럼은 보이지 않았다.

그녀는 순수하게 염려하고, 새로 태어나는 백발 아이를 받아들일 뿐이다.

이미 나는 그녀에게서 뭔가를 더 캐낼 생각이 들지 않았다.

류에도 같은 마음인지, 긴장된 표정을 풀고 와인을 한 잔 더 따랐다.

그리고 레이스는 그저 가만히 촌장을 바라보았다.

생각하는 바가 있겠지. 레이스도 한때 많은 아이를 키우던 입장이니까.

"그런데 촌장님, 부탁이 하나 있는데 들어주시겠습니까?"

"네? 무슨 일이시죠?"

"조금 더 이 마을에 머물고 싶습니다. 허가해주실 수 있을까요?"

"네, 그건 저도 제안할 생각이었어요. 저 말고도 주민 중에는 바깥에서 오래 산 사람도 있어요. 뭔가 정보를 얻을 수 있을지도 모르죠."

"괜찮아? 그게…… 내가 꽤 무례하게 굴었다고 생각했는데."

"아니에요. 당신은 이곳 아이들을 걱정했을 뿐이죠. 그 정도는 알아요."

"……그렇게 말하면, 더 미안한걸."

"흠, 그럼 어디서 묵을까? 빈집이라도 있으면 좋겠는데."

"그럴 거면 여기서 빈방을 쓰세요. 아마미 집에 묵어도 되겠지만, 카이본 씨가 아마미를 덮칠지도 모르니까."

"고맙습니— 아니, 너무하시네. 누가 누굴 덮친다고 그래요?"

"어머 그 아이는 제 눈으로 봐도 미인인걸요. 말괄량이처럼 보여도 헌신하는 성격이에요."

"착한 아이라고는 생각하지만, 아쉽게도 제 옆자리는 이미 꽉 차서요."

"후후, 반은 농담이에요. 하지만…… 여기에 머무신다면 원한다면 제가—."

더 놀리지 마세요. 보이죠? 우리 집 아가씨들 표정.

§ § §

"마력 흐름이 정체된 곳이요?"

"예. 일전에 다리아 님께서 『모라토리엄의 악마』를 토벌한 지점을 조사하다가 발견했다고 합니다."

"사후 처리는 한다고 했는데…… 혹시 불완전했나요?"

"아닙니다. 『펜넬 님』은 그 근처에서 우연히 발견했다고 말씀하셨습니다."

그림자 마물, 통칭 『모라토리엄의 악마』라고 불리는 존재를 토벌하고 이틀 후.

오랜만에 혼자만의 시간을 보내는데 갑자기 손님이 찾아왔다.

성에서 살면 마음 놓고 쉬지도 못한다. 그건 나도 잘 알지만…… 하필 숨겨 뒀던 술을 즐길 때 찬물을 끼얹을 줄이야.

그래도 지금 보고에서 나온 이름을 듣고 나는 잔을 내려놓을 수밖에 없었다.

그가 이상을 감지했다면 그것은 틀림없는 사실이었다.

"제가 조금 더 면밀히 조사해야 했어요. 나중에 사과해야겠네요."

의자에서 일어나 테이블 위에 있는 술병을 수납하고 나갈 준비를 했다.

성녀로 칭송받으며 나라의 토대를 떠받치는 인간으로서 의무를 다하기 위해.

『여전히 행동이 빨라서 살았어. 이번에 네 잘못은 없어. 그것만은 정정할게, 다리아.』

그 타이밍에 제삼자의 목소리가 실내에 울렸다.

주위를 돌아봐도 다른 사람은 보이지 않았다. 보고하러 온 사람이 허둥댈 뿐이었다.

"목소리만 보내지 말라고 항상 말씀드렸잖아요."

『미안하지만 나도 바쁜 몸이야.』

"이, 이 목소리는 펜넬 님!"

『그래. 수고했어, 전령. 이만 물러가도 돼.』

전령이 퇴실한 뒤 방문을 잠그고 다소 난폭하게 의자에 앉았다.

이 목소리의 주인공은 성녀의 가면을 쓰지 않아도 되는 몇 안 되는 상대였다.

『펜넬 타니얼 브라이트』. 이 몸이 잠든 사이 결계를 유지하는 책임자.

그리고 슌을 포함해 우리를 잠에서 깨울 수 있는 유일한 존재.

“뭐야? 바로 그 이상 지점으로 갈 생각이었는데.”

『우리 쪽에서 정확한 위치를 도출했어. 그러니까 너는 지정된 장소로 가. 이미 내가 인원도 빌렸으니까 네가 지휘를 맡아주면 좋겠어.』

“발 빠르게 움직였네? 딱 보니 예전부터 아는 게 있었군?”

『맞아. 오랜 지인이 그 일대를 연구하고 싶다고 해서 토지를 양보했어. 그런데 그 인물은 이미 옛날에 죽었거든. 그래서 아무것도 남아 있을 리 없어.』

“그런데 이상을 감지했다고? 그곳을 조사하고 어떻게 하면 돼?”

『아마도 좋지 않은 뭔가가 살고 있어. 새어 나온 마력을 먹어 치우는 추악한 존재가. 그러니까 다리아, 너희는 거기에 사는 것들을 전부— 없애 버리고 와줘.』

그 목소리에는 혐오감이 깔렸다. 그곳에 사는 존재를 이미 아는 것처럼.

언제나 모든 정보를 내게 밝히지 않는 상대였다. 그건 분명히 그가 나를 믿지 않고 나 또한 그를 믿지 않으니까.

어떤 의도가 숨어 있든 나는 그를 탐색하지 않는다. 그 대신 나도 이 녀석의 소원을『반드시 의도에 맞게 해결하지는 않는다』. 우리는 그런 애매모호한 협력 관계였다.

나도 이 녀석도 결국은 나라를 위해 움직인다. 그렇다면 과정은 어떠하든 상관없다.

나라의 중추가 이런 이상한 관계라서 국민에게는 미안하지만, 이 상태로 균형이 유지되는 것을 보면 의외로 다 이런 법인지도 모른다.

원래 있던 세계인 지구도, 이 세계의 다른 나라들도…….

『구 역참 마을로 가. 내가 준비한 인원은 그곳에서 합류할 예정이야.』

"알았어. 그런데 슌은? 지금 없나 본데."

『지금 세류 공화국에 있어. 어떤 지역이 좀 수상한 움직임을 보여서 말이야.』

"거참 부지런하시군. 알았어, 그럼 지금 바로 갈게. 끊어."

『후후, 잘 다녀와. 작전 성공과 성녀님의 무사 귀환을 기원할게.』

마지막에 마음에도 없는 소리를 듣고 헛웃음 치며 일어났다.

아무것도 없어야 할 땅에 사는 누군가……. 이게 성녀야, 청소부야?

§ § §

마을에 체류한 지 나흘째. 오늘도 마을을 돌며 주민들의 이야기를 들었고, 대신 우리도 바깥 세계의 이야기를 하거나 새로운 요리를 전수하며 평화롭고 보람찬 하루를 보냈다.

……언제까지고 이렇게 지낼 수도 없겠지만.

밤에는 촌장님의 저택에 아마미와 마늘 아가씨 쿠우가 찾아왔다.

오늘 저녁은 식객으로 지내는 답례로 내가 손수 만들었다. 그 얘기를 들은 두 사람이 내 요리에 관심을 갖고 찾아온 것이다.

"이게 주민들 사이에 유행하는 감자 파스타인가요? 파스타 자체가 은은하게 달아서 맛있네요. 크림 계열 소스와 궁합도 좋겠어요."

"역시 잘 아시네요, 촌장님. 이번에는 쿠우의 요청을 받아 마늘로 맛을 냈지만, 베샤멜소스를 넣고 구워서 그라탱처럼 해 먹는 것도 추천이에요."

"그건 맛있겠네요. 흠…… 이렇게 식감이 살아 있으면 차가워도 맛있겠어요."

나는 이미 촌장과 요리로 이야기꽃을 피우는 사이가 됐다.

설마 여기까지 요리를 잘하고 탐구심이 강한 인물일 줄은 몰랐다. 정말로 기쁠 따름이다.

"또 카이 군이 촌장이랑 신나게 이야기하네. 나중에 먹을 식사도 기대할 만하겠어."

"으으…… 분하기는 하지만, 촌장님 요리는 정말로 맛있으니까요……."

"응. 촌장님의 요리는 맛있지. 그래도 카이본이 해주는 밥도 엄청 맛있어. 마늘 써줘서 고마워. 더 줄 테니까 매일 만들어줘."

쿠우도 내 요리가 마음에 들었나 보다. 참고로 오늘의 파스타 소스는 마늘을 많이 넣은 바질 페스토입니다. 이야, 정말로 마늘의 질이 좋아서 놀랐다.

"아아~, 맛있어. 이제 이것도 얼마 못 먹는다고 생각하니까 아쉬워……."

그때, 조금 전까지 정신없이 요리를 먹던 아마미가 그런 소리를 흘렸다.

"못 먹는다니? 왜?"

"말 안 했나? 나 일주일 뒤에 떠날 거야. 의뢰가 있어서."

"흠, 처음 들었어. 그래, 아마미와 곧 헤어지겠구나. 쓸쓸하겠네."

"나도 처음 들었어. 흠…… 그럼 슬슬 우리도 계획을 정해야 하나?"

"아마미, 벌써 가게? 여기 있으면 매일 마늘 나눠줄게."

"마늘은 필요 없어~. 전부터 약속했던 중요한 약속이야.

미안."

하기는, 아마미는 자유 기사단 소속이니까. 그렇다면 당연히 소화해야 할 의뢰도 있겠지. 요즘은 그냥 싹싹한 누나라는 이미지가 완전히 고착되고 말았다.

"참, 그렇지. 카이본은 원래 어디로 갈 생각이었어?"

"응? 우리 최종 목적지는 왕도야. 브라이트니스아치였나?"

그 대수롭지 않은 한마디를 한 순간, 훈훈하던 식탁의 분위기가 얼어붙은 것처럼 조용해졌다.

내가 무슨 이상한 말이라도 했나, 하고 류에와 레이스를 돌아봤지만, 두 사람도 모르겠다고 고개를 갸웃거릴 뿐이었다. 왜 그러는지 아마미에게 물어보려는데—.

"카이본, 브라이트니스아치는 엄청나게 출입하기 힘들어. 그러니까……."

"아. 그러니까 백발 엘프인 내가 있으면 절대로 못 들어간다는 얘기지?"

"……그 정도야? 어떻게든 침입할 방법이 있지 않을까?"

"불가능해. 왕도 주변부터 이미 검문소가 있고 결계가 쳐져 있어."

그랬군……. 하지만 나라고 아직 방법이 없지는 않다. 나라의 중추에 있는 타리아와 연락만 되면 예외로 류에를 들여보내 줄지도 모른다.

그렇다면…… 나 혼자 먼저 잠입하면 어떨까?

"……카이 군 의견에 따르게. 나는 이 마을에서 기다리는 편이 낫겠어."

"그렇다면 저는 어쩌죠? 여기 남아서 마을 일을 도와도 되고, 카이 씨와 동행해서 활동을 도와도 되는데요."

"만약을 위해 레이스도 류에랑 같이 있어. 그래야 나도 안심이 돼."

"알겠어요. 카이 씨와 떨어지는 건 걱정되지만…… 저도 여기서 기다릴게요."

"우리가 안 본다고 무모한 짓은 하지 말아줘. 그리고 알고 있겠지만, 나와 한 약속은 잊지 마. 내가 군말 없이 남는 건 너를 믿기 때문이란 걸 반드시 명심해."

"물론이지. 촌장님, 그렇게 됐으니까 제가 떠난 뒤에도 잠시만 두 사람을 맡아주세요."

우리 대화를 가만히 지켜보던 촌장에게 지금 내린 결론을 전하고 부탁했다.

하지만…… 그녀는 대답이 없었다. 마음이 다른 곳에 가 있는 느낌이었다.

"촌장님……?"

"……네? 아, 왜 그러시죠?"

"제가 여기를 떠난 뒤에도 두 사람을 잠시 여기 둬도 될까요?"

"얼마든지요. 죄송해요, 잠깐 정신을 놓고 있었나 보네요."

별일도 다 있군. 언제나 예지 능력이 의심될 정도로 눈치가 빠르던 그녀가 이야기를 못 듣다니…….

§ § §

“오늘도 맛있었어. 그럼 잘 자.”

“잘 자, 류에…… 아니, 거기 내 침대인데.”

“오늘은 창가에서 자고 싶은 기분이야. 게다가 베개에서 네 냄새가 나서 마음이 안정돼.”

“아, 치사해요, 류에. 그럼 모포는 저한테 양보하세요.”

식사를 마친 우리는 오늘도 방에 나란히 놓인 침대에 누웠다. 어쨌선지 표정에서 부쩍 힘이 빠진 류에가 장난스럽게 웃으며 말했다.

여기서 지낸 시간이 정말로 즐거웠는지, 서서히 『평소의 그녀』에 가까워지는 것인지도 모르겠다. 예정과는 조금 달랐지만, 여기 체류하기를 잘했다는 생각이 새삼 들었다.

물론 주민들에게 좋은 정보를 얻지 못한 것은 아쉽지만.

“불 끌게. 둘 다 잘 자.”

칠흑 같은 어둠에 싸이고 천천히 의식의 끈을 놓는다.

“……으음.”

그 인기척에 눈을 떴다. 아니, 눈을 뜬 것은 우연일까?

어느샌가 두 명이 잠자는 소리가 들렸다. 별일이다. 내가 자다가 깨다니.

자기 자신에게 [오감 강화]를 부여하고 지금 막 느낀 기척을 찾아내려고 했다.

그러자 희미하게 저택 문이 열리는 소리가 귀에 들렸다.

침입자……는 아니다. 누가 저택을 빠져나갔다.

나는 소리가 나지 않도록 살며시 침대에서 나왔다.

방을 나와 나 자신에게 물었다. 아직 마음 한쪽에서 **그녀**를 의심하는 거냐고.

아니면…… 순수하게 알고 싶을 뿐일까? 내 마음이지만 모르겠다.

그래도 나는 저택을 빠져나와 그 기척을 쫓기로 했다.

"한밤중에 마을로 나오기는 처음이었지……. 별도 없고 달도 없는 하늘…… 좀 으스스하군."

새카만 어둠 속, 내 팔다리조차 제대로 보이지 않아 [소나]를 써서 맵을 표시했다.

생각대로 폐쇄 공간인 이곳에서는 맵이 구체적으로 표시됐다.

맵을 보면 역시 저택에서 나온 사람은 촌장이라고 봐도 무방할 듯했다.

아마 촌장은 마을 중앙, 거주 구역 가까이 있는 광장으로 간 것 같았다.

나는 어둠 속에서 손가락 끝에 불을 밝히고 광장으로 향했다.

보아하니 촌장은 광장 중앙에 있는 작은 숲으로 들어간 것 같았다.

여기는 조그만 자연공원 같은 장소지만, 사실 마을 출입구와 마찬가지로 그 신비한 숲으로 이어졌다. 그러나 겉보기보다 넓은 숲으로 이어질 뿐, 내부에서 헤매거나 위험한 일을 겪을 곳은 아니었다.

"주민들이 버섯과 열매를 따는 장소라고 했지……. 여기에 무슨 볼일이지?"

나도 한 발 들어갔다. 하지만 그 순간, 뭔가 이상한 사실을 깨달았다.

"여기는…… 결계 밖의 숲? 평소랑 다른 곳으로 이어진 건가……?"

조금 전까지와는 달리 별빛이 주변을 비추었다. 틀림없다. 여기는 진짜 하늘 아래다.

낯선 숲은 맵에 표시되지 않은 장소라서 오직 내 감각으로 촌장을 찾기로 했다. 물론 [오감 강화]는 쓰고서.

미세한 발소리를 듣고 숲을 나아가는데 나무가 적은 열린 공간이 보였다.

달빛이 스포트라이트가 되어 쏟아지는 그곳에, 그녀가 있었다.

진홍색 눈을 조용히 닫고 커다란 물체에 앉은 채 마치 이 시간을 사랑하는 것처럼…….

눈을 감은 모습을 보고 인형 같다고 생각했다. 그리고 그것은 아마 단순한 미사여구가 아닌, 한없이 진실에 가까운 감상이라고 거의 확신하며 꿀꺽 침을 삼켰다.

"……이쪽으로 오세요."

"……?!"

내가 침 삼키는 소리라도 들었나 싶은 타이밍에 말을 걸어왔다.

이대로 잡아뗄 수 없을까 퍼뜩 머리를 굴렸으나, 이어지는 말은—.

"카이본 씨죠?"

"……어떻게 알았죠?"

나는 포기하고 나무 뒤에서 모습을 드러내 그녀에게 다가갔다.

달빛을 받아 은빛으로 빛나는 그녀가 요사스럽게 빛나는 눈동자로 나를 보았다.

하지만 내 관심은 그 환상적인 그녀의 모습이 아닌— 앉아 있는 물건으로 가 있었다.

그것은…… 마도구라고 부르기에는 너무나도 근미래적인 형태였다.

굳이 비유하자면 지구에 존재하는 문명에서 탄생할 만한 물체.

사람 한 명이 들어갈 정도의 캡슐형 포드(pod)였다.

"……촌장님, 당신은……."

"후후, 조금 별난 마도구라고 생각해주세요."

"아니…… 당신은…… 마도구조차 아니야."

캡슐로 눈이 갔다. 그곳에 있는 명패에는 닳았지만 간신히 읽을 수 있는 글자가 새겨져 있었다.

『MI 탑재 H 0형』. 그것은 그녀의 정체를 아는 힌트가 될 문자열이었다.

아마 식별번호가 존재하는 어떤 시리즈가 아닐까 추측했다.

"MI…… 메디컬 인터페이스? 이건 대체……."

"어머…… 당신, 그 말은 어디서?"

"아뇨, 그냥 대충 찍은 거예요."

"이 문자열로 그 말을 떠올리는 사람이 얼마나 있을까요. 그렇군요. 당신이 제가 누군지 궁금했던 것처럼, 저도 당신에게 관심이 생겼어요. 하지만 그 전에—."

그러더니 그녀가 앉았던 포드에서 뛰어내려 아래쪽에 있는 해치를 열고 무슨 케이블을 꺼냈다. 그리고 그것을…… 치마 안으로 찔러넣었다.

"으응…… 후우."

왜 야하지.

"그래서 당신은 누구죠? 원래 제가 먼저 대답하는 게 순서라고는 생각하지만……."

“제가 누군지 알아야 대화하기 편하겠죠. 저는 신예기 사람입니다.”

“……신예기. 그렇군요. 공백의 역사를 산 사람인가요.”

『공백의 역사』. 그 말이 왠지 걸렸다.

마치 그 시대를 관측할 수 있는 위치에 있는 듯한 말이었다.

그건 아마 레이니 리네아리스에게 신예기에 관해 물었을 때였던가?

그때 레이니는 자신이 그 시대를 인식할 수 없었다고 말했다.

그렇다면 설마 그녀도…….

“구세계의 유산인가…….”

“……! 설마 그 말까지. 당신, 누구에게 들었나요?”

“……레이니 리네아리스라는 인물을 아십니까?”

“제 기억에는 없네요. 하지만 추측은 되네요. 구세계의 인물인가요?”

“그럴 겁니다.”

“그래요……. 당신은 제가 어떤 존재인지, 이미 이해한 것 같으니까 설명하기 편하겠어요. 짐작하는 대로 저는 인공적인 존재, 일종의 도구예요.”

그러더니 그녀는 미소 지으며 조금 전까지 앉아 있던 포드를 쓰다듬었다.

마치 그것이 자신의 반신인 양 소중하게.

“저는 정신이 아득해지는 긴 시간을 이 속에서 지낸 거 같아요."

"그런데 누가 당신을 깨웠다…… 그런 말이군요?"

"네. 제 지식과 사용되는 기술. 그리고 저를 깨운 한 엘프의 마술 지식을 결집해 만든 것이…… 그 마을이에요. 이게 정말로 전부예요. 제가 할 수 있는 이야기는."

"……당신이 촌장인 이유는…… 주어진 마지막 명령을 충실히 지키기 위해. 그런 거군요? 당신은 자신을 깨운 주인의 명령을 어기지 못하는 거죠."

"후후, 저 같은 존재를 잘 아는 말투네요. 맞아요. 저는 초대 촌장, 저를 깨운 인물에게 명령받아 오랜 세월 이 땅을 지켰어요."

이야기를 풀어놓는 그녀는 어딘지 모르게 기뻐 보였다. 그것이 자신의 자랑인 것처럼…….

자신의 비밀을 말하는 그녀는 이해자의 등장에 기쁨을 숨기지 못하는 기색이었다.

"후우, 제가 말이 너무 많았네요."

그리고 그녀는 치마 속에서 케이블을 뽑았다.

……묘하게 야한 목소리를 내면서. 그거 어디에 꽂았던 겁니까?

"그나저나…… 신예기는 의외로 문명이 발달한 시대였나요?"

"뭐, 부분적으로는 그렇죠."

"모호한 대답이지만, 이미 지나가 버린 과거예요. 지나친

관심은 접어 두죠. 그보다도…… 혹시 카이본 씨는 이걸 수리할 수 있나요?"

그러더니 갑자기 그녀는 포드 뒤쪽으로 사라졌다.

나도 뒤로 돌아가자 포드가 구부러져 기판과 부품이 밖으로 노출되어 있었다.

"애석하게도 저는 저와 관련된 장치의 지식이 없어요. 만약 고칠 수 있다면 이렇게 연명 치료를 반복하지 않아도 될 텐데 말이죠. 연명이 아니라 연장이라고 해야 할까요?"

"연명…… 촌장님, 설마."

"정기적으로 동력을 공급하지 않으면 언젠가 저는 멈춰요. 원래대로라면 동력을 저장할 수도 있지만, 그러려면 이 기계를 수리해야 해요."

……아쉽지만, 광석 라디오나 컴퓨터 조립보다 어려운 전자 공학은 내 전문이 아니다.

고개를 좌우로 저어 나는 못 한다고 알렸다.

"역시 쉽게 풀리지는 않네요. 하지만 아마미가 돌아온 건 행운이었어요. 지금 제가 가진 지식을 그녀에게 넘겨줄 수 있다면—."

"설마…… 그 정도로 말기인가요?"

"솔직히 말해 외줄 타기 중이에요. 직접 무리하게 동력을 공급하던 탓에 많이 망가졌나 봐요. 아, 그래도 생식 기능 재현에는 지장은 없으니까—."

"이 타이밍에 무슨 그런 농담을 해요? ……전 됐습니다."

"어머나, 아쉬워라. 기적적으로 제 모든 걸 밝힐 상대가 나타나서 그만."

자신의 기능이 곧 정지, 즉, 죽음을 맞이할지도 모르는데도 그녀는 웃었다.

……돌겠네. 이런 이야기를 들으면 뭐라도 해주고 싶어진다.

하지만 아마 이 기계는 과학 지식과 마술 지식, 양쪽에 해박한 사람이 아니면 이해하지 못하리라. 다시 말해…… 나도 류에도 그녀를 돕기는 어렵다.

그래도…… 정말로, 정말로 다행인지 아닌지 모르겠지만, 한 가지 희망은 있다.

아마 마도 지식이 뛰어나고 나처럼 과학을 아는 자, 그리고 무엇보다…… 나보다 서브 컬처 지식이 뛰어난 인물이 있지 않은가.

"……언제가 될지는 모르지만, 수리가 가능한 사람을 한 명 압니다."

"어머, 애태우시는 거예요? 고단수시네."

그러니까 왜 자꾸 음담패설처럼 말하냐고요.

"촌장님, 그때까지 조금이라도 오래 활동하도록 참아주세요."

"……후후, 아직도 저를 사람처럼 취급해주시나요? 알겠습니다. 그럼 조금만 기대해 볼게요. 정말로…… 조금만이에요?"

그녀는 농담처럼 말하지만, 말의 이면에서 어떤 간절함이 엿보이는 듯했다.

마치 기도하듯, 소원을 빌듯, 무척 순수한 『살고 싶다』는 감정.

……설령 명령을 받았을 뿐이라도. 생물이 아닌 인공적인 존재라도. 나에게는 이 『사람』에게 **그것**이 분명히 존재한다고 느꼈다.

그것이란 『부모의 마음』. 아이를 남기고 떠나고 싶지 않다는, 자연의 섭리에 반하면서도 많은 부모가 생각하는 친애와 자애의 마음. 그렇다, 마음이다. 그 마음이 확실히 보였다.

"후…… 그럼 기왕 만난 김에 저랑 어디 좀 가실래요?"

"가다뇨? ……벌써 새벽 두 시인데요?"

"저한테는 초저녁이에요. 이 마을로 올 때 들른 가게, 아시죠?"

"네, 요리가 맛있는 술집이었죠……."

"이곳에서 바로 갈 수 있으니까 가요. 약속도 있고요."

그녀는 가벼운 발걸음으로 앞장섰다. 나는 거절하지도 못하고 이 상냥하면서도 신비한 촌장과 함께 가기로 했다. 그녀라면 분명히 많은 이야기를 들려줄 것이다.

"그리고…… 어르신이 권하면 거절하지 못하지."

"청순가련한 숙녀에게 어르신이라뇨. 엉덩이에 손가락 박아서 울려 버립니다?"

……참 무서운 숙녀도 다 있다. 죄송하지만, 저는 그쪽 취향은 없습니다.

§ § §

"실례할게요, 마스터."

"……벌써 시간이 이렇게 됐나. 영업 종료 간판을— 아니, 웬일이야? 혼자가 아니군."

"안녕하세요? 밤늦게 죄송합니다, 마스터."

"아마미가 데리고 온 친구지? 대단하군. 설마 촌장까지 꼬셨나?"

"네, 그래요. 이 사람, 상상 이상으로 고단수라서 완전히 넘어가 버렸어요."

"잠깐만요, 촌장님?"

어두운 숲을 나온 우리는 다시 아마미의 단골 술집을 찾았다.

갑자기 나타난 우리를 보고 마스터는 살짝 놀라더니 가게 입구로 갔다.

주변 자리에는 다른 손님도 밤술을 즐기고 갔는지, 그 흔적인 식기가 남아 있었다.

"**그 볼일**을 보고 자주 여기로 와요."

"궁금한 게 있는데, 그걸 해도 식사를 할 필요가……."

"저한테도 미각이 있으니까요. 오랜 시간을 보내려면 나름대로 즐거움을 발견해야죠. 제 경우는 성적인 것이나 음식이에요."

"서, 성인가요?"

"후후후후후……."

그녀는 마치 제집인 양 창고로 들어가서 병을 꺼내 왔다.

와인……은 아니군. 안에 고형물이 들었다. 과일주인가?

"저는 술을 별로 안 좋아해요. 정상적인 생각을 방해하니까요. 이건 요리를 맛있게 먹기 위해 최소한으로, 입맛이나 돋울 정도로 마셔요."

"그렇군요. 그럼 오늘은 저도 주량을 맞추겠습니다."

콜콜콜, 기분 좋은 소리를 내며 거의 무색투명한 액체가 내 잔을 채웠다.

촌장에게서 병을 빼앗다시피 가져오자 그녀도 살짝 미안하게 웃으며 잔을 내 쪽으로 내밀었다.

"그럼 한 잔 따라주세요."

다시 듣기 좋은 소리를 내며 순수하리만큼 깨끗한 액체가 쏟아졌다.

서로 잔을 들어 가벼운 건배를 나누고 조심스럽게 기울여 한 모금 머금었다.

"이건…… 사과주인가요?"

"거의 발효하기 전이지만요. 어린애도 마실 수 있을 만큼

알코올이 적어요."

풋과일의 산미를 품은 액체를 마시자 부드럽고 상쾌한 향이 코로 빠져나갔다. 식전주로는 더 할 나위 없는 술이었다.

"뭐야, 벌써 시작했— 아, 이건 아니지. 그건 아직 발효도 덜 된 거라고."

"그래서 가져온 거예요. 저는 술을 별로 안 좋아하니까요."

"술집에 와서 할 소리냐……."

촌장을 어깨를 늘어뜨린 마스터를 보고 키득거리면서 잔을 빙글빙글 돌렸다.

묘한 우아함이 있는 반면, 미성년자로밖에 보이지 않는 모습 때문에 도착적이고 위험한 매력이 감돌았다. 그런 일종의 터부가 된 그녀에게 말을 걸었다.

"이 가게에 오래 다녔나요?"

"그럼요. 개점할 때 저도 도왔어요. 아마 첫 번째 단골일걸요?"

아마 숲의 결계로 이어지는 눈에 띄지 않는 입구를 만들고 싶었겠지.

그게 왜 술집 창고인지는 모르겠지만.

그 후로 제공되는 안주를 먹으며 술을 홀짝였다. 슬슬 마스터도 내일 일에 지장이 온다는 이유로 비밀스러운 심야의 연회가 끝을 맞이했다.

하지만 아무래도 이곳에 아직 볼일이 있는지, 정리를 대충 끝낸 마스터가 나에게 의미심장한 시선을 보낸 뒤 촌장에게 말을 걸었다.

"그런데…… 괜찮겠어? 시작해도. 이 총각은 외부인 아닌가?"

"여기까지 와서 돌려보내는 것도 미안하고, 이야기만 듣는 건 문제없어요."

"비밀 이야기가 있다면 저는 자리를 비울게요."

"상관없어요. 바깥 정세를 들을 뿐이에요. 이곳 주인은 정보상이기도 해요."

그렇군. 술집 주인이 정보통인 것도 단골 소재지.

이 대륙의 정보는 나도 바라던 것이다. 감사히 경청하자.

"왕도 쪽에서 들어온 이야기야. 수상한 집단이 이쪽으로 오고 있다고 해. 이유는 몰라도 이 마을에 모르는 인간이 몇 번 오갔다는 말도 있어."

"아마미가 말한 『그림자 마물』의 사후 처리가 아닌가요?"

"아니야. 선견대인지는 모르지만, 보고에 따르면 집단과 비슷한 차림의 인간들이 이곳 여관에 머문다고 해. 이상하다는 생각 안 들어?"

두 사람의 이야기에서 불온한 기운을 느꼈다. 설마…… 우리를 쫓아왔나? 아니, 주인장의 이야기가 맞다면 그 전부터 이 마을을 주시했다는 소리다.

"아마미도 최근 자기에 대한 감시가 강해졌다고 느낀다고 했어요. 이번에는 그 눈을 피해 혼자서 나왔다고 하지만…… 좀 걱정되네요."

"마을이 들킬지도 몰라서?"

"아뇨, 아마미를 기사단으로 돌려보내는 게요. 아무리 그래도 마을을 발견할 수 있다는 생각은 안 해요."

촌장은 눈곱만큼도 마을을 걱정하는 눈치가 아니었다.

그녀는 수백 년이나 비밀을 유지한 마을의 결계와 구조에 절대적인 자신감이 있는 듯했다. 하지만 이번에는 불안 요소도 있었다.

"경계하는 편이 좋을 겁니다. 결계를 완전히 닫을 수는 없나요?"

"괜찮아요. 마을 결계를 관리하는 사람은 당신이 상상하는 것보다 훨씬 대단한 인물이에요. 이 시대의 엘프가 감히 손댈 수 있는 게 아니니까 안심하세요."

그게 아니다. 촌장은 알지 못한다. 이 세계에 있으면서 세계의 섭리를 벗어난 힘을 가진 괴물을. 바로 나와 류에, 그리고— 다리아를.

"……그림자 마물과 싸운 건 접니다. 하지만 한 사람 더 있었어요. 확실하지는 않지만, 아마미의 말에 따르면 이 나라의 성녀, 다리아라고 생각합니다."

"……영겁의 성녀로 유명한 고대의 엘프 말인가요?"

"그렇다면…… 여기로 오는 집단에 그분이 있을 가능성이 있다고?"

"가능성이 없지는 않겠죠. 다리아라면, 대륙 결계에 직접 간섭하는 다리아라면 이 땅에 있는 모든 결계에 간섭할 수 있지 않을까요?"

하지만 그때는 내가 직접 다리아와 만나면…… 어떨까?

의심이 부풀었다. 정말로 다리아는 협력자가 되어 내 편에 서줄까?

내 존재가 이 나라의 경계를 끌어올리는 원인이 되지 않는다고 단언할 수 있는가?

그렇게 되면 류에의 소원을 이루기는 불가능하지 않을까?

다리아와 적대하지 않는다. 이것은 대전제였다. 만약 다리아가 이곳에 무슨 해를 끼치려고 찾아오면 나는 싸우지 않고 그것을 멈출 수 있을까?

오잉크를 예로 들어 생각하자. 만약 내가 악의를 가지고 그녀의 나라를 침공하면 분명히 오잉크도 나라를 지키기 위해 나와 적대하는 길을 고를 것이다. 이 세계에 살며 나라를 사랑하는 그녀라면 틀림없이 그렇게 한다. 그렇다면 수백 년이나 이 나라를 지탱해 온 다리아는?

내 친구로 일본에서 지낸 20년은 그 세월에 비하면…… 한낱 지나쳐간 인연이 아닌가.

불안이 고개를 들었다. 스멀스멀, 의심이 꼬리에 꼬리를 물고 생각을 침식했다.

"……알겠어요. 그럼 잠시 이곳의 출입을 막을게요. 일주일 정도 상황을 보죠. 아마미가 임무로 마을을 떠날 때까지 이곳에 그 일당이 나타나지 않으면 그걸로 그만, 만약 나타나면— 언제나처럼 그 고양이에게 편지를 전해주세요."

"나도 당분간 마을 상황을 주시하지. 성녀님은 작으니까 눈에 띌 거야."

그 고양이란 마늘 아가씨네 갈색 고양이일까?

숲의 결계를 무시하고 드나들 수 있다는 그 특이 개체.

"카이본 씨. 그렇게 됐으니까 내일 마을을 떠나시는 편이—."

"아뇨, 남을게요. 비상사태에 대비해 인원은 많을수록 좋겠죠."

"아직 마을까지 온다는 보장은 없어요. 입구를 봉인할 거니까요."

"촌장님…… 다리아도 신예기 사람이에요. 그리고 저도 마찬가지고요. 이런 말 하기는 그렇지만…… 저도 마음만 있으면 그 결계를 완전히 파괴할 수 있을 겁니다."

"……거짓말이나 농담이 아니라, 정말로요?"

"……네. 그러니까 만약을 위해 저도 당분간 남겠습니다."

어쩌면 상상 이상으로 일찍 재회할지도 모른다.

어쩌면 상상과는 다른 방식으로 재회할지도 모른다.

외줄 타기의 순서를 기다리는 듯한 불안이 가슴에 내려앉았다.

§ § §

“……마을의 비밀이 들통날지도 모른다는 거지?”

“카이 씨가 직접 다리아 씨와 대화하면 안 되나요?”

“그것도 생각해 봤어. 하지만…… 그러려면 이 마을에 관해 이야기해야 해. 만약 다리아가 『백발은 배척해야 한다』라는 입장을 고수한다면…….”

“카이 군과 직접 충돌하겠지. 반드시 그렇게 되리라는 보장은 없지만, 위험 부담이 너무 커. 신예기 인간들이 충돌한다…… 솔직히 생각하고 싶지도 않아.”

다음 날. 새벽 네 시가 되어 저택에 돌아온 나는 두 사람이 일어난 뒤 지금 상황, 즉, 이 마을의 비밀이 탄로 날지도 모른다고 설명했다.

레이스의 말도 이해하고 류에의 예상도 옳았다. 가령 나와 다리아가 맞붙으면 아마 칠성을 상대할 때보다 격렬한 전투가 될 공산이 컸다.

나 자신의 힘은 내가 누구보다 잘 안다. 하지만 이 세계에서 수백 년을 지낸 다리아의 힘도…… 분명히 나에게 비견될 정도라고 확신했다.

그러니까 만에 하나라도 나와 다리아는…… 이런 국면에서 재회해서는 안 됐다.

"……지금의 다리아를 잘 아는 사람이 있으면 선택지가 넓어질 텐데."

"그러게. 아마미는 멀리서 본 적밖에 없다고 했고, 마을 사람들은 바깥세상 일을 몰라."

"하지만 이상은 이 마을에 도착하지 못하는 거예요. 우선 결계 강화를 고려해 봐요."

결국 도달하는 결론은 그것이었다. 쇠뿔도 단김에 빼랬다. 나는 바로 촌장을 찾아갔다.

"결계의 기점이요? 네, 안내해드릴게요. 사실 원래부터 류에 씨는 그곳으로 데리고 갈 생각이었어요. 예상하시겠지만 기점은 저 거목이에요. 바로 갈까요?"

"나도 부탁할게. 궁금한 점도 있고 습격에도 대비하고 싶어."

저택 뒷마당에서 장미 가지를 치던 촌장이 흔쾌히 부탁을 들어줬다. 그런데 그 장미 울타리는 대체 무슨 형태로 다듬는 거죠? 공 두 개에 막대기가 하나인데.

장미 아트를 지나서 저택 뒷문으로, 다시 말해 거목으로 이어지는 길을 걸었다.

다가갈수록 그 어마어마한 크기에 놀라움을 넘어 경외감이 몰려왔다.

"굉장해……. 용케 지금까지 바깥쪽 인간이 조사하지 않았어……."

"그러게. 옛날부터 불가침 지역으로 전해진 건지도 몰라."

도착한 거목에 손을 대며 류에가 조용히 눈을 감았다.

마치 나무의 소리를 들으려는 것처럼. 자연의 흐름에 몸을 맡기는 것처럼.

"……나도 엘프니까. 이런 영수에는 경의를 표해. 굉장히 훌륭한 나무야."

"그건 저희도 마찬가지예요. 자, 조금만 더 뒤쪽으로 가죠. 거기에 사당이 있어요."

촌장을 따라서 나무 기둥을 따라 걷자 작은 목제 사당이 나왔다.

그 사당 안에는 아름답게 빛나는 검은 육각기둥 돌이 안치되어 있었다.

그것을 본 류에가 우뚝 멈춰 섰다.

"여기는 결계의 기점인 동시에 선대 촌장의 묘지이기도 해요."

"……그래 보여. 촌장, 이 아래에 잠든 아이의 이름을 알 수 있을까?"

류에는 묘비에 손을 대고 마치 어린아이에게 그러듯 어루만졌다.

"선대의 이름은 『라나 무지카 나흐트』. 괴짜 할아버지였죠."

그것은 아마 지금 촌장을 깨운 인물의 이름이기도 하겠지.

이름을 들은 류에는 살며시 웃으며 연신 그 묘비를 어루만졌다.

"그래…… 너였어? 어쩐지 마을에 사용된 술식이 익숙하다 싶었어."

류에는 혼잣말처럼 묘비에 말을 걸었다. 칭찬하는 투로, 그리워하는 투로.

"정말로…… 장수했구나. 몇 살이지? 400? 아니면 500인가."

"향년 603세였어요. 온갖 방법으로 연명해 마지막까지 이 마을을 위해 일하셨죠."

촌장이 조용히 류에 곁에서 무릎 꿇고 묘비에 기도를 올렸다.

그리고 다시 얼굴을 든 촌장이 놀라운 이야기를 입에 담았다.

"류에 씨. 당신은 『세미엘』이라는 이름의 의미를 아시지 않나요?"

촌장이 류에의 성을, 평소 거의 입에 올리지 않는 그 이름을 꺼냈다.

하지만 그것은 동시에…… 이 대륙에서 미움받는 마녀의 이름이기도 했다.

"흠…… 혹시 유언이라도 들었어?"

"네. 다만, 유언이라고 하기는 너무 짧고 의미가 없는 말이지만요."

"후후, 상상이 돼. 그 아이는 나흐트 중에서도 특히 별난 아이였으니까."

옛일을 회상하듯 눈을 감고, 머릿속 정경을 바라보듯 하늘로 고개를 들었다.

그 모습이 나에게는 눈물을 참는 것처럼 보여서 무심코 그녀에게 다가갔다.

그리고 촌장이 지금까지 맡아 뒀던 유언을 들려줬다.

"『세미엘의 진실을 아는 자여. 부디 그녀에게 전해다오. 우리는 포기하지 않았다고. 한 사람의 부담을 모두가 줄일 방법을 생각했다고. 이 마을은 그 첫걸음이다. 이 방법으로 전 세계의 대지를 마력으로 채우면 분명히 선생님을 밖으로 꺼낼 수 있다.』……."

"후후, 여전히 근본적인 부분을 쉽게 잊어. 그 방법을 쓰려면 마력을 가둬 둘 결계를 전 세계에 깔고, 대지에 기점을 몇천 개나 묻어야 하잖아."

유언…… 아니, 오히려 전언이라고 불러야겠지. 그 말을 들은 류에가 웃으면서 눈물을 닦았다.

류에가 고개를 든 순간, 나는 그녀의 등이 굉장히 커진 것 같은 착각이 들었다.

"촌장, 내가 결계를 관리할게. 결계에 이상이 생기면 내가 바로 수리할 거야. 이 마을은 제자의 꿈이 담긴 결정체니까. 선생님으로서 그 정도는 해야지."

"……당신이 그 선생님이셨나요. 다행이에요, 이로서 제 역할을 하나 달성했어요. 그렇다면 마을 방비는 류에 씨에게 맡겨도 될까요?"

습격은 아직 확정 사항이 아니었다. 하지만 우리에게는 확신에 가까운 예감이 있었다.

이곳에 다다를 때까지 겪은 상황, 그리고 그녀가 마지막으로 얻은 큰 이유는 분명히 우연이 아니다.

운명이라고 할 생각은 없다. 마음이, 의지가 이 상황을 불러들인 것이다.

그렇게 결론 내린 그때였다. 마치 계산한 것처럼 한 고양이가 나타난 것은…….

§ § §

"그럼 확인할게. 류에는 결계 유지. 레이스와 아마미는 숲에서 대기. 나와 쿠우는 숲과 마을의 경계를 순찰. 그리고 촌장님은 마을의 거주 구역 앞에서 최종 방어. 질문 있는 사람?"

그 고양이가 가져온 것은 싸움의 시작을 알리는 신호였다.

찾아온 것이다. 그 마을에 예의 집단이. 그것도 빗나가길 원했던 예상과 함께…….

거기서부터는 일이 일사천리로 진행됐다.

우선 촌장의 저택으로 아마미와 쿠우가 불려왔다.

지금 이 마을에서 싸울 수 있는 사람은 우리를 빼면 이

두 명밖에 없었다.

아마미야 말할 것도 없지만 의외로 쿠우도 궁투사로 상당히 능력이 출중하다고 했다. 하지만 더 의외였던 것은 두 사람이 입을 모아서 한 말이었다.

『이 마을에서 가장 강한 사람은 틀림없이 촌장이다』.

역시 구시대의 유산, 아마도 안드로이드 같은 존재겠지. ……팔이 날아가기라도 할까? 내심 어떻게 싸울지 좀 관심이 있다.

물론 그녀가 그 힘을 쓰는 것은 최종 방어선까지 적이 침입했을 경우다. 당연히 그 전에 내가 막을 것이다.

"직접 최종 확인을 해 놓고 말하기는 그렇지만, 정말로 내가 숲에서 대기하지 않아도 될까? 처음으로 적과 만나는 건 숲이야. 그 역할은 내가 맡아야 하지 않아?"

"안 돼. 카이 군이 만약 다리아와 만나서 힘을 쓰게 된다면 그 여파만으로 결계 구조가 파괴될지도 몰라. 복구도 생각해야지."

"괜찮아, 카이본. 숲 속 전투는 내 전문이니까."

힘이 너무 강한 것도 문제였다. 실제로 한 번 부술 뻔했으니 반론의 여지도 없었다.

하지만 그보다도…… 레이스가 걱정이었다. 레이스를 다시 위험한 일에 끌어들이기는 역시…….

"카이 씨가 하고 싶은 말은 이해해요. 하지만…… 피해 갈 수 없는 길이에요. 우리 같은 사람이 여행을 하면 필연적으로 맞닥뜨리는 상황이겠죠. 걱정 말아요, 정말 위험하면 바로 카이 씨 곁으로 도망칠게요. 그러기 위해서 우리 뒤에 계신 거 아닌가요?"

레이스는 지금까지 두 번이나 목숨을 잃을 뻔했다.

아니, 한 번은 정말로 잃었다. 다름 아닌 나에게.

"이번에도 너한테 가호를 내릴게. 반드시 무사히 돌아오기 위한."

그리고 행동을 일으켰다. 모두 몸에 로브를 둘렀고 나는 투기 대회에서 사용한 검은 전신 갑옷을 입었다. 쉽게 말하면 우리의 정체를 숨기기 위한 변장이었다.

그중에서도 나, 류에, 레이스는 다리아에게 들키면 입장이 난처해진다.

게임 화면과 현실은 용모가 많이 다르지만 다리아라면 눈치챌지도 몰랐다.

물론 나는 상황에 따라서 정체를 밝혀야 할 수도 있다.

"그러면…… 이제 저랑 류에 씨는 먼저 거목으로 갈게요. 결계 제어 권한을 넘겨야 하니까요. 그다음에 거주 구역으로 가서 주민들에게 외출 금지령을 내릴게요."

"주민들에게 습격 사실은 비밀로 해주세요. 사람들이 오늘을 평범한 날로 기억해줬으면 하니까요. 아무 일도 없이 평범하게 지나간 하루로……."

"네, 그야 물론이죠. 오늘은 하늘의 상태가 안 좋으니까 외출 금지라고 말할게요."

보통은 아무도 납득하지 못할 이유, 의미조차 이해하지 못할 말이지만 이 마을에서는 그게 통한다. ……어이가 없어서 살짝 웃음이 올라왔다.

"그럼 나도 출발할게. 다들 꼭 몸조심해. 살아만 있으면 반드시 내가 고쳐줄게. 그러니까 절대로 죽지 말 것. 알았지? 그리고 마지막으로—."

말을 끊은 류에가 미안한 표정으로 나를 보았다.

하지만 그 표정을 순식간에 지운 뒤 강인하고 당당하게 말했다.

"이건 내 소원을 이루기 위한 싸움이 아니야. 아이들, 주민들을 지키기 위한 싸움이야. 그러니까 카이 군— 나랑 한 약속, 지금만은 잊어도 돼. 전력을 다하자."

그래, 그 말을 기다렸다. 이제는 흘려 보자. 생명의 붉은 피를, 얼마든지…….

§ § §

"이걸로 모든 결계와 연결됐어요. 결계의 손상도 그대로 당신에게 전해지니까—."

"물론 무리는 안 해. 내 기력이 다하기 전에 끊을 거야."

"……다시 한 번 감사할게요. 우리 마을을 위해서 힘을 빌려주신 여러분에게 정말로 감사드려요."

머리를 숙이는 촌장을 보고 나는 언젠가 똑같이 머리를 숙였던 아이들을 떠올렸다.

처음에는 배신당하기 싫어서 매몰차게 대했던 아이들.

그래도 몇 번이고, 몇 년이고 그들은 나에게 가르침을 구했다.

그런 관계가 편안해서 점점 내 마음은 녹아내렸다.

그리고 마침내 『내』가 꺾이고 그들에게 지식을 전수했다.

아이들은 눈빛을 빛내며 새하얀 종이에 글을 쓰는 것처럼 차곡차곡 지식을 흡수했다. 그런 아이들을 보기가 즐거워 나는 그때 처음으로 『가르치는 기쁨』을 알았다.

그것이 설령 비극적인 결말을 가져왔다고 해도 그날의 행복은 분명히 존재했다.

나에게 행복한 시간을 줬던 그 아이들을 위해서라도 여기서 쉽게 포기할 수는 없었다.

이토록 마음이 뜨거운 것이 얼마 만일까.

이 여행 중에 이토록 결의에 찼던 적이 또 있었을까.

"안심해도 돼. 카이 군이 있는 한 우리는 절대로 안 져."

"후후, 정말 깊이 신뢰하고 계시네요. 그럼…… 저도 정해진 자리로 갈게요."

이제 곧 싸움이 시작될 텐데 촌장은 평소처럼 숙녀답게

미소 지었다.

신기한 존재. 하지만 이제는 나도 그 태도를 믿음직하다고 생각하게 됐다.

부동. 어떤 역경이 와도 자신을 유지하는 강한 마음.

분명히 그녀가 있었기에 마을 사람들은 웃으며 생활할 수 있었으리라.

경의를 가졌다. 내가 다른 사람에게 이런 마음을 품는 일은 정말로 드물다. 그래서—.

"무운을 빌게, 촌장. 전부 끝나면 하고 싶은 이야기가 많아."

"네, 저도 그래요. 그럼 제가 필로 토크에서 들은『선생님』이야기가 사실인지 여쭙고 싶은 게 많으니까 기대할게요."

"필로 토크? 베개말에서 들려줬어? 내 이야기가 자장가가 되지는 못할 텐데."

내 말을 듣고 왠지 촌장이 멍한 표정을 짓더니 곧 웃었다.

"후후, 후후후…… 이제 좀 알겠네요. 그렇죠, 비슷한 거예요. 그럼 나중에 봐요."

그렇게 웃으면서 천천히 떠나는 촌장을 바라보다가 나도 발길을 돌렸다.

"이미 결계는 닫혔지만…… 흠, 술집 뒤쪽만은 층이 얇아."

제자의 묘비 앞에서 거목에 손대고 결계 구조를 해석했다.

제법 광범위한 술식이었다. 아마 밖에 있는 역참 마을에서 가도까지 퍼져 있었다.

나도 짤 수 없을 술식을 완성한 내 제자의 위대한 재능에 찬사를 보냈다.

거목에 손을 대고 술식의 약한 부분, 그 술집 뒤쪽을 직접 강화하려고 한 그때였다. 내 머릿속에 내 것이 아닌 목소리가 직접 울렸다.

『술식에 사람의 의지가…… 사념 결계인가? 누가 지금 연결되어 있나.』

"크…… 뭐야…… 이건."

『만약 누가 연결되어 있다면 당장 떨어지라고 권고할게. 날 원망하지 말고.』

서둘러 물길을 막듯 결계를 짰다. 물 한 방울 새지 않게 몇 겹으로.

그래도 마치 새로운 물길을 만드는 것처럼 점점 마력이 밀려들고—.

"아윽……!"

사고가 씻겨 흘러갔다. 머리가 크게 흔들리는 감각과 함께 나는…….

§ § §

숲 속을 달리며 몇 번이나 강하게 숨을 들이쉬었다. 그리고 깨달았다. 전과는 공기가 다르다는 걸.

떠올리기 싫었다. 이 설명하기 힘든, 초조함을 불러일으키는 이 공기.

그것은 단순한 전투의 기운이 아니라 주위를 말려들게 하는 눈에 보이지 않는 괴물의 숨결. 전쟁이라는 이름의 광기의 괴물이 토하는 투쟁의 기운.

이것은 마을이라는 작은 나라와 그곳을 침략하려는 적국과의 전쟁이었다.

틀림없다. 이것은 내가 과거에 경험한 그것이다.

"아마미, 작전은?"

"그루터기 광장에서 매복. 나는 풀숲에서 확실하게 한 명을 무력화할게. 레이스 씨는 나무 위에서 저격. 죽여도 되고 경로에서 크게 밀어내서 없애도 돼."

"알겠어요. 저는 마안이 있어서 이상이 발생하면 바로 알아요. 신호를 보낼게요."

길고 아름다운 금발을 휘날리며 아마미가 질주했다.

분명히 나보다 가혹한 상황에서 싸우고 살아남은 강자.

그녀와 함께라면 싸울 수 있다. 내 엄호를 활용해 완벽에 가까운 포진으로.

내 본래 스타일은 나와 비슷한 실력자를 지원하는 싸움이다.

류에와 카이 씨와는 할 수 없는 전법. 그것은 내 딸 이크스와 완성한 것이었다.

어딘지 모르게 딸과 닮은 아마미를 보면 전의가 끓어오른다. 질 수 없다고 마음에 불을 지핀다.

우리는 곧 목적지에 도착했다. 나무 향기가 감돌고 약하게 햇빛이 드는 푸근한 공간이었다.

이곳이 얼마 뒤 전쟁의 불길에 휩싸일 거라고 생각하면 가슴이 따끔거렸다.

나는 가까이 있는 그루터기에 올라서서 키 작은 나무의 가지로 뛰어올라 점점 높은 곳으로 올라갔다.

"레이스 씨, 이런 일 익숙한가 봐? 그럼 나도……."

아마미가 칭찬하고 근처 풀숲으로 걸어갔다.

특별한 행동 없이 그냥 자연스럽게, 풀이 얼마나 자랐는지 확인이라도 하는 것처럼.

그래도 그 찰나, 그녀의 모습이 순간적으로 사라졌다.

나무와 풀이 흔들리는 소리조차 나지 않았다. 그저 순간적으로 사람이 사라지는 말도 안 되는 광경에 반사적으로 몸을 불쑥 내밀고 그녀를 찾았다.

"레이스 씨는 이제 후드 쓰고 대기해."

"앗, 알았어요."

그런데 완전히 엉뚱한 방향에서 아마미가 얼굴을 내밀고 후드를 썼다.

……세상에. 정말로 그녀는 숲에서 무적이 아닐까?

그 잠복 기술에 나는 속으로 식은땀을 흘렸다. 적측에 같은 실력을 가진 사람이 있다면…….

나도 강해졌다는 자각은 있었다. 물론 내 힘에 자신감도 붙었다.

그 대회에서 나는 분명히 한 단계 위로 올라섰다고 단언할 수 있다.

그래도 나는 그 대회에서 카이 씨에게 깊은 마음의 상처를 주고 말았다.

그러니까 나는 반드시 그에게로 돌아가리라. 더는 그 마음에 상처를 주지 않기 위해서라도.

"윽! 아마미, 술식이 크게 흐트러졌어요. 대비해요."

"응."

지금 반응에 이를 갈았다. 류에의 결계가 깨졌다는 의미니까.

마궁을 들어 마력을 불어넣고 일격을 쏠 준비에 들어갔다.

……원망해도 좋다. 나는 상처 없이 사람을 해치울 능력도 생각도 없으니까.

그때 예민해진 청각이 작은 이야기 소리를 잡아냈다.

"숲처럼 보이겠지만, 벼랑 위의 외길이라고 생각해. 발을 잘못 디디면 죽어, 아마도."

『알겠습니다.』

그것은 이 장소에 있어서는 안 될 어린아이의 목소리. 그리고 거기에 답하는 어른들.

시선의 먼 앞쪽. 내 눈이 그 모습을 확인했다. 붉은 로브를 입은 습격자들을…….

“저 앞에 술식 중계 지점이 보여. 작은 광장이지만, 안정돼 있어. 가자.”

우리의 예상대로 그 집단은 그루터기 광장, 우리가 쿠우와 만난 장소로 가고 있었다.

순간의 안심. 중간 지점이 보여 마음을 놓는 그 틈새로 나의 일격이 날아든다.

그렇지만 완전히 허를 찔렀을 내 기습은 뒤쪽을 돌아보던 선두의 인물, 유일하게 키가 작은 상대에게 완전히 막히고 말았다. 그것도 돌아보지도 않고 단 한 손으로.

계속해서 화살을 날렸다. 곡사를 섞어 내 위치가 가늠되지 않게 계산하며 계속해서.

“다들 진정하고 들어. 기습은 뻔히 예상하던 거야. 절대로 당황하지 마.”

“네…… 넷! 전원 전투 준비! 다중 영창 개시, 광범위 폭격을 개시한다!”

막힌 수준이, 아니었다. 빛의 화살이 모두 공중에서 소멸했다.

그것은 틀림없이 분해였다. 그리고— 내 마안이 그 잔해의 흐름을 좇자…… 모두 선두의 아이와 그 뒤에 있는 집단에 흡수되고 있었다.

“……! 재생술! 설마 저게 다리아 씨…….”

마력 흡수를 방해하려고 나도 재생술을 발동했다.

그래도 원래 내 마력이었는데 제어권을 탈환할 수 없었다. 내 힘을 압도적으로 웃도는 재생술에 아무 저항도 못 하고 내 공격이 흡수되어 버렸다. 그렇지만—.

"큭! 모두 물러—."

그녀가 외치는 순간 내가 날린 물리적인 화살이 착탄 지점에서 연기를 뿜어냈다.

재생술은 신경을 집중하느라 다른 오감이 둔해진다.

그것을 염두에 두고 준비한 연막 화살이었다. 나는 연기 속으로 화살을 난사했다.

"크악! 뒤로 빠져, 빠져!"

"잠깐, 밀지 마! 길에서 벗어나—."

마음대로 움직일 수 없는 곳이기에 통하는 전법이었다. 술식에 빠지기 두려운 인간은 당연히 조금이라도 움직이기 쉬운 장소를 찾아 광장으로 돌격한다.

"멍청이들! 마음대로 움직이지 마!"

그 질타가 선행하는 인간들의 귀에 과연 닿았을지, 나는 모른다.

왜냐면 광장에 발을 들인 인간은 한 명도 빠짐없이 가슴에 구멍이 뚫렸으니까.

"……이곳을 아는 인간은 한 명도 안 돌려보내. 그게 누구든지."

"칫, 힘이 있어도 쓸모가 없군……. 대체 이것들은 어디 신병이야?"

광장으로 들어온 여덟 명이 사망했다. 하지만 적은 아직 절반 이상 남았다.

"꽤 흉악한 인간이 숨어 있나 본데. 누구야, 당신?"

대답 대신 아마미의 검술이 다리아 씨를 덮친다. 하지만 방어막에 막혔다.

그거면 됐다. 그 순간, 내 일격이 그녀의 방어막을 넘어 후방 집단을 타격했다.

"『게일 피어서』에 『블로 어저스트』…… 고대 검술과 실전(失傳) 궁술? 이거 놀랍군."

내가 쏜 기술은 살상력을 희생해 범위와 충격을 강화한 공격이었다.

충격파는 적 몇 명을 술식 속으로 떠밀어 버렸으나, 역시나 그녀는 미동도 하지 않았다.

"……죽는 거보다는 낫겠지. 야, 거기 네 명. 대충 숲으로 뛰어들어."

"뭐라고?! 우리더러 자살하라는 거야?!"

"꼭 죽는다는 보장은 없어. 여기 있으면 검사한테 죽고 끝이야. 너희를 지키면서 싸울 여력은 없다고, 적어도 이런 특수한 곳에서는. 빨리해, 방해하지 말고."

남은 어른들이 잠깐 망설이더니 다리아 씨 한 명만 남기고 숲으로 사라졌다.

……그래, 살아남을 일말의 가능성이라도 있다면 그러는 수밖에 없겠지.

물론 사라진 사람들이 앞으로 어떻게 될지는 뻔하지만…….

"검사는 그렇다 쳐도 이 궁수는 예상하지 못했군. 동업자…… 그것도 마궁투사. 이제 튀어나오는 편이 신상에 이로울 거야. 그 나무, 무너진다?"

그 순간, 정말로 나뭇가지가 부서졌다. 나는 바로 땅으로 뛰어내려 다시 몸을 숨겼다.

나무를 분해했어……? 마력을 빼앗아서? 멀리 떨어진 이 나무만 정확하게?

"그럼…… 대답해 보실까? 이 앞을 어지간히 보여주기 싫은가 본데…… 뭐가 있지?"

"닥치— 윽!"

아마미의 칼이 순간 흐릿해졌다. 하지만 그 칼은 공중에서 우뚝 멈췄다. 그리고 천천히, 마치 몸이 의지를 거스르는 것처럼, 천천히 움직였다.

그 칼끝이 자기 목을 향했다. 자해…… 아니, 이건 조종당하는 건가?

"여기서 먼저 말할래, 아니면 죽을래? 죽어도 내가 직접 확인하면 돼."

마궁을 발동하려고 했다. 그래도 불발로 끝났다. 심지어 마술조차 발동하지 않았다. 마치 이곳에서 모든 마력과 마소가 사라진 것처럼.

"내용에 따라서는 내가 할 일도 바뀌니까 가능하면 알려줘. 부하가 죽은 건 예상 밖이지만, 보복할 생각도 없어. 어때?"

"……말, 하겠냐!"

손목만 움직여 투척한 나이프가 다리아 씨의 눈을 한순간 돌려놓았다.

지체하지 않고 평범한 화살을 쐈다. 날아드는 그것을 막으려고 하는 그녀에게 접근했다.

"하압!"

작은 몸을 정확히 노린 돌려차기가 그녀의 로브를 걷었다.

균형이 무너진 그녀에게 자유를 되찾은 아마미의 검이 꽂힌다.

마침내 공격이 닿았다. 하지만 그것은 숲에 날카로운 쇳소리를 울릴 뿐이었다.

"……뚫었나? 너희도 대단하군."

로브를 찢고 나온 것은 녹슨 것 같은 색의 한 손 검이었다.

복잡한 문양이 그려진 칼은 의례용 장식품처럼도 보였다.

그래도 무엇보다 놀라운 것은 로브 안쪽에서 나온 얼굴이었다.

나는 그 얼굴을 알고 있었다. 수확제에서 우리 노점을 찾은— 그 엘프 소녀였다.

그 순간, 나는 내 머리의 날개를 없애고 머리색은 바꾸지 못하지만 후드를 벗었다.

도박이었다. 나는 안다. 나는 당신에게 은혜를 입었다. 당신의 말이 나를 구해줬다.

만약 성녀라면. 그날과 똑같이 자상한 마음을 가진 당신이라면!

"다리아 씨! 저예요! 기억 안 나세요?! 그 노점에서 일하던!"

"어……? 뭐가 어떻게 된 거야……. 왜 언니가 여기 있어?"

"이 앞으로 가지 마세요! 당신이 사람이라면, 죄도 없는 아이들을 제발 못 본 척해주세요! 조용히 살아갈 뿐이에요, 정말로 그뿐이라구요!"

목이 찢어지라 부르짖었다. 당신에게 전해진다면, 정말로 찢어져도 상관없다.

이 이상한 풍습을 남긴 것도, 이 마을을 습격한 것도, 모두 당신인 것을 알지만. 그래도 나는 믿고 싶었다, 당신이 그것을 바라고 한 일이 아니라고…….

"무슨 소리야? 아이들? 이 앞에……?"

"맞아요! 갈 곳을 잃은 사람들이 이 앞에서 살고 있을 뿐이에요!"

"……설마, 그 사람들 머리가 흰색은…… 백발 엘프는 아니겠지?"

"윽! 안 돼! 말하면 안 돼!"

"네, 맞아요! 백발 엘프들이 살아요!"

아마미의 제지를 무시하고 전부 털어놓았다. 미안해요, 여러분.

그래도…… 이 사람만은 다른 사람과는 다르다고 믿으니까.

무엇보다도 옛날 카이 씨와 류에의 친구였던 그녀를 믿으니까.

"왜…… 하필이면. 왜…… 이렇게 됐지……."

그때, 다리아 씨가 휘청거렸다. 작게 메마른 웃음을 흘리면서…….

그리고 그 순간, 결계가 깨졌을 때와 똑같은 충격이 퍼졌다.

§ § §

"카이본. 적이 여기까지 올까?"

"결계가 부서졌다면 그럴 가능성이 크지."

"그래? 근데 카이본, 그 갑옷 안 무거워?"

"괜찮아. 내가 이래 봬도 힘이 세거든."

숲에서 마을 중앙까지 이어진 유일한 길에서 적이 나타나기를 가만히 기다렸다.

마음 같아서는 지금 당장 숲 속으로 뛰어가고 싶었다. 하지만 그럴 수는 없었다.

너, 정말로 지금 거기 있어? 이 안에서 내가 사랑하는 사람에게 지팡이를 겨누고 있어?

잘잘못을 가리자면 친구를 믿지 못한 내가 이 사태를 일으키기는 했지만…….

"카이본, 차토란이 경계해. 싸움이 시작됐나 봐."

그 말을 듣자마자 헬름을 장착해 전신 갑옷을 완성시켰다.

얼굴을 덮는 쇠 냄새와 그곳으로 비집고 흘러드는 전투의 냄새에 마음이 고양됐다.

이곳으로 나오는 사람이 있다면 누구든 내가 가로막는다.

술식이 적은 이곳이라면 그나마 큰 힘을 발휘할 수 있었다.

숲 속 상황이 신경 쓰여 [소나]를 사용해 봤다. 하지만 이곳에서는 결계의 힘으로 복잡하게 얽힌 내부를 살필 수 없어 초조함만 자꾸 늘어났다.

"카이본, 괜찮은 거 같아. 이쪽으로 올 기미는 없어. 아마미와 레이스 씨가 잘 싸우고 있으니까 응원하자. 자, 마늘 손에 들어."

"하하하…… 지금은 됐어. 고마워, 쿠우."

"알면 됐어. 사례는 밥으로 받을게."

그녀 나름의 배려에 감사하려던 그때. 살필 수 없는 숲이 아니라 다른 곳에서 맹렬한 오한이, 뭔가 좋지 않은 것이 꿈틀대는 기운이 들었다.

"……! 쿠우, 지금 그건—."

"마을 쪽! 차토란, 달려!"

뒤를 돌아봄과 동시에 달렸다. 보였다, 보이면 안 될 것이.

마을 중앙, 거주 구역 방향에서 오르는 붉은 불길과 검은 연기가.

"먼저 갈게!"

뛰었다. 젖 먹던 힘까지 다해. 몇 번이고 지났던 밭 옆을. 언제나 걷던 냇가를.

조그만 집이 처마를 맞대고 알록달록한 지붕이 나를 반겨 주던 그 장소로…….

하지만 그때, 분명히 흘러들었다. 연기와— 헬름과는 다른 쇠 냄새가.

"왜— 대체 왜!"

도착한 곳에 펼쳐진 광경을 보고 통곡과도 같은 외침이 입을 뚫고 나왔다.

타오르는 화마가 집들을 태우며 마을을 점차 집어삼키고 있었다.

중앙에 있는 작은 숲으로 붉은 로브를 입은 인간이 차례차례 밀려 들어왔다. 설마 이곳으로 직접 오는 방법이 있었나?!

뛰어가서 눈에 보인 최초의 침입자를 베어 버리고 당장 다음 표적을 노린다.

「마녀의 마을이었나」, 「재앙의 씨앗이다. 전부 죽여라」, 「한 놈도 놓치지 마라, 둥지를 태워」.

무심한 목소리가 주위에서 들렸다. 분노로 머리가 터져 버릴 것 같았다.

이미 피를 흘리기로 결정하지 않았던가. 여기에 온 너희는 전부— 여기서 죽는다.

"이제 아무도 못 도망가."

【웨폰 어빌리티】

[살육 가속]

[원한의 공명]

[용신의 가호]

[생명력 극한 강화]

[절대 강자]

[어빌리티 효과 2배]

[민첩+50%]

[공격력+35%]

[경직 감소]

[찬탈자의 증거(투)]

어빌리티 리스크 따위 알 바 아니다.

몸 전체에 끓어오르는 충동을 모두 다리에 담아 땅을 박차고 나무들 사이를 달렸다.

지나치며 후려친다. 만나자마자 찌른다. 달리면서 내던진다.

눈에 보이는 광경이 점점 긴 잔상을 그린다.

차례차례 나타나는 낯선 집단이 무슨 짓을 벌이기 전에 모조리 죽인다.

내 속도가 목숨을 빼앗을 때마다 빨라지는 것을 분명히 느꼈다.

무엇을 죽였는지, 누구를 죽였는지 확인하지 못할 정도로…….

이윽고 아무도 오지 않는 것을 깨달은 나는 겨우 다리를 멈추고 주변을 살폈다.

"……주민이 없어? 촌장님도…… 대피했나?"

거주 구역에서 이어지는 좁은 외길로 눈을 돌렸다. 그것은 공화국 쪽 출입구로 이어진 길이라고 했다. 설마 그쪽으로 도망쳤나? 나는 서둘러 진로를 바꿨다.

"……끔찍하군……. 강물이……."

흐르던 냇물에 붉은색이 섞였다. 강 상류에는 **그것**이 쌓여 있었다.

붉은 로브를 입은 습격자였던 것들.

한곳에 빼곡히 쌓여 작은 산을 이룬 그곳에서는 지금도 붉은 물이 흘러나왔다.

나는 생각했다. 이런 참극을 빚어낸, 무섭도록 믿음직한 아군이 누구인지를.

그것은 역시 예상대로…….

"……늦었네요. 거의 다 제가 정리했어요."

이 상황에 어울리지 않는 맑고 고요한 목소리였다.

잡담…… 아니, 집안에서 나누는 대수롭지 않은 대화처럼 담백한…….

"거주 구역 숲에서 나오는 적을 막느라 늦었어요……."

"어머…… 여기로 끌어들여서 일망타진할 생각이었는데."

목소리의 주인은 많은 아이에게 둘러싸인 촌장이었다.

이미 아름다운 부분을 찾을 수 없을 만큼 피를 뒤집어쓴 그녀가 냇가에 누워 있었다.

아이들이 급하게 그녀 입가로 뭔가가 든 병을 가져갔다.

그래도 촌장은 그것을 거절하고 조용히 「젖은 수건을 가지고 오세요」라고만 말했다.

그녀의 옷은 수도 없이 타고 찢겼다. 화살이라도 맞았는지 구멍도 뚫려 옷 뒤에 숨어 있던 인형처럼 희고 아름다운 살이 드러났다.

……그래, 그렇고말고. **인형처럼**이다. 그녀가 진짜 인형일 리가 없다.

"촌장님, 제가 늦어서……."

"아니에요. 이건 예상 범주예요. 주민을 희생하지 않은 것만으로도 성공이죠."

누워 있는 촌장은 고통을 느끼지 않는지 평소와 다름없는 말투로 말했다.

아마 이미 팔도 다리도 움직이지 않는다. 아이가 가지고 온 수건을 받지도 못하고 「팔다리와 얼굴을 닦아주세요」라고 부탁했다.

자기 몸을 돌보지 않고 싸운 그녀는 과연 『명령』을 충실히 수행하려고 했을 뿐일까.

아니면 『촌장의 의무』를 완수하려고 했던 것일까.

그것도 아니라면 『아이를 지키는 것이 자신의 사명』이라는 생각이라도 했을까.

나는 모른다. 하지만 진짜다. 이렇게 주민을 위해 싸운 그녀의 의지는 진짜다. 그 사실만을 내 안에 새기려고 나는 그녀를 바라봤다.

"촌장님, 몸은 좀 어떤가요?"

"자기 수복에 에너지를 돌리면 일어날 수는 있겠지만, 그러면 남은 시간이 줄어들 테죠. 그건 피할 수 없어요."

"제가 그곳까지 옮길게요."

"아뇨. 안타깝지만, 그건 이미 의미가 없어요. 원래 무리하게 공급하던 거라 이번에 완전히 한계를 맞이했어요. 이제 공급은 불가능해요."

마치 당연한 일인 것처럼, 주문한 요리를 못 만든다고 거절하는 것처럼 정말 평소와 똑같이 평범하게 말했다. 그녀는 자신의 『죽음』을 그렇게 태연히 받아들이고 있었다.

남은 시간이 얼마 남지 않았는데도 얼굴에는 미소마저 피어 있었다.

"밤까지는 갈 거예요. 그때까지…… 전부 끝내고 와주실 수 있나요?"

"……알겠습니다. 이 싸움을 한시라도 빨리 끝내죠."

"그럼 저는 저택에서 기다릴게요. 여러분, 저를 옮겨주실래요?"

촌장이 말하자 아이들이 어디서 가지고 왔는지 들것에 그녀를 조심히 실었다.

아이들은 촌장의 몸이 무겁지 않은 듯했다.

그래도 촌장의 상태가 좋지 않다는 것은 이해하나 보다.

다들 당장에라도 눈물을 흘릴 것처럼 굉장히 괴로운 표정을 하고 있었다.

돕고 싶었다. 하지만 먼저 해야 할 일이 있었다.

이 싸움을 지금 당장 끝내야 했다.

우선 불을 끄기 위해 주거 구역으로 갔다. 하지만 그곳에는 이미 하늘색 로브를 입은 인물이 있었다.

"류에! 상황을 보고해!"

"내가 한심해……. 나만 여기 있었으면…… 이런 일은……. 집이, 사람들의 집이!"

"주민은 무사하니까 진정해. 집은 또 지으면 돼!"

"무사? 다들 무사해……?"

울 것 같은 얼굴로 불길을 잡던 류에가 얼굴을 구기며 웃었다.

"다행이야……! 카이 군, 진화는 나한테 맡기고 숲으로 가줘. 레이스와 아마미가 걱정돼. 어쩌면 그쪽에 적이 남았을지도 몰라."

"……그럴게. 류에도 조심해."

류에가 실패했다……. 그렇다면 역시 다리아가 있겠지.

……아마 이 습격은 이곳의 구조를 어느 정도 아는 인간의 소행이다.

그렇지 않으면 우리가 외곽 숲에 정신이 팔린 틈에 중앙 숲으로 들어올 리가 없다. 즉, 다리아조차 미끼였을 가능성이 있다.

끝내야 한다. 그러기 위해서는 끝을 고할 너의 존재가 필요하다.

§ § §

얼마 안 가 숲에 도착하기 직전, 그곳에서 한 인물이 튀어나왔다.

작은 몸. 황금색 머리. 녹색 눈동자. 앳됐지만 험악한 표정을 지은 엘프.

그것은 화면 속과 현실이라는 차이는 있어도 틀림없이…….

"이 마을 사람이야?! 부탁해, 보내줘! 이 앞에, 이 앞에 있지?!"

내가 아는 목소리와는 너무나도 다른 작은 소녀의 목소리. 그래도 말투는 분명히 남자였다.

한 번은 암흑 너머로. 그리고 한 번은 갑옷 너머로. 틀림없다. 이 인간은—.

"……성녀 다리아, 맞지?"

"그래, 맞아! 앞에 이 나라 주민이, 죄 없는 인간이 있다고 들었어."

"이게 네가 초래한 결과인 건 알고 떠들어? 성녀님."

"……그래. 그래도 부탁할게. 내가 가능한 일이면 뭐든 할 거야. 그러니까—."

레이스와 아마미는 어디 있는지 물어야겠다는 생각은 들지 않았다.

상황을 보아 이 녀석은 진실을 알고 허둥지둥 달려온 것 같았다.

그렇다면 지금은 지켜보자. 이 친구가 지금도 친구인지 알기 위해서.

"젠장, 연기가 나잖아……. 저기 불은 어떻게 된 거야?"

"지금 진화 중이야. 저기에 갑자기 너희 동료가 나타나서 공격했어."

"……다른 침입 경로가 있다고……?"

뛰어가며 필요 최소한의 대화를 나눴다.

이곳에서 재회의 기쁨을 나누기란 불가능했다.

믿어지지 않지만, 지금 나는 이 녀석을 의심하고 있었다.

하지만 거주 구역에 도착하고 그 의혹은 눈 녹듯 사라졌다.

불은 이미 진화됐다.

긴 막대로 새카만 잔해를 필사적으로 치우며 울먹이는 쿠우.

그 잔해를 얼려 남은 불씨까지 꺼뜨리는 류에.

그 두 사람이 모두 끝내 놓은 것이다.

한편, 집을 잃은 아이들은 목 놓아 엉엉 울고 있었다.

다리아가 주저앉으며 내 의혹도 함께 무너져 내렸다.

"뭐야, 이게…… 왜……. 이럴 필요가, 있었어? 여기를 습격할 필요가……."

"……퍼질러 앉아 있을 때야? 네가 해야 할 일은 뭐야?"

그래도 지금 이 녀석을 위로할 말은 필요 없다. 나는 냉랭하게 쏘아붙였다.

너는 마음이 꺾이는 인간이 아니다. 질타에 맞서며 일어나는 남자이지 않았나.

"그래. 부상자는 없어? 있으면 모아줘."

"그럴 필요는 없어. 몇 명 있었지만, 내가 모두 치료했어."

그런데 그곳으로 후드로 얼굴을 가린 류에가 다가왔다.

목소리는 놀랄 만큼 차가웠다. 적개심은 없지만, 상대를 거절하는 것 같았다.

"너는…… 마법사야? 내가 할 말은 아니지만, 치료해줘서 고마워."

"……그쪽 피해자는 어쩔 생각이야?"

"내가 처리할게. 나는 이곳에 들어온 인원을 몰라. 내 부하들은 바깥 숲에서 죽었거나 어디 먼 곳으로 날아간 듯하니까……."

역시 그랬나. 그렇다면 이중 작전이었다는 뜻이다.

다리아가 마을에 도착하든 말든 결계만 돌파하면 당연히 수비는 그쪽에 집중된다. 그리고 그 틈에 이곳으로 침투했다.

"작전 발안자는 누구야? 이런 짓을 저질렀으니 그 정도는—."

"그건 말 못 해. 국가 기밀이야. 하지만 책임은 반드시 물어. 물게 할 거야."

약해진 마음을 파고들려 했으나 놀라울 만큼 칼같이 거절당했다.

역시 이 나라 중추에 있는 인간으로 책임감이 있나 보군.

다리아가 천천히 중앙에 있는 작은 숲으로 걸어갔다.

그곳에는 숨이 붙은 자와 사망한 자가 한곳에 모여 있었다. 아마 류에가 옮겼겠지.

"다리……아 님…… 이걸…… 이…… 재앙들을…… 모조리……."

"닥쳐."

그 순간 푸른 화염이 하늘을 찌를 듯 솟아올랐다. 그 뒤에 남은 것은 용암이 된 지면뿐이었다.

무시무시한 화력이었다. 그것을 준비 시간도 없이 발동하다니.

다리아는 용암 속에서 뭔가를 주웠다.

그 화력으로도 녹지 않은 물건이 무엇인지 궁금하여 나도 그곳으로 다가갔다.

"……이딴 걸, 들고와……?"

"그건 뭐야? 마도구?"

"하룻밤 사이에 나라 하나를 없애 버린 주구(呪具)의 모조품. 그렇군, 이걸로 결계에 구멍을 뚫어 중심부로 침투했나. ……잘못하면 이 대륙 결계를 손상시킬 물건이야."

그 물건이 허공으로 사라졌다. 아마 아이템 박스에 넣었겠지.

"책임은 질 거야. 하지만 지금은 안 돼. 나는 당장 돌아가야 해."

"네가 도망칠 가능성은? 우리가 네 말을 믿을 거 같아?"

"아니. 하지만 내가 이 작전 지휘를 맡았는데도 이런 별동대가 움직였어. 그렇다면 제2, 제3의 별동대가 있을지도 몰라. 내가 귀환해서 작전은 성공했다고 보고해야 해."

안다. 나도 그렇게 생각하고 너를 찾았으니까.

하지만 그런다고 모두 이해해줄까? 나는 지금도 이쪽을 바라보는 류에를 봤다.

"……믿을게. 네가 그 사람과 함께 이곳으로 달려왔다면, 나는 네 말을 믿을게."

"괜찮겠어? 보아하니 결계 관리자지? 그걸 부순 사람의 말을 믿어?”

“믿어. 그런 비통한 얼굴로 허세 부릴 필요 없어.”

“……그래. 하지만 그 전에 조금만 더 할 일이 있어.”

그러더니 다리아는 얼어붙은 돌덩이, 집의 잔해로 다가갔다.

지팡이…… 아니, 의식용 검 같은 것으로 땅에 무엇을 그리기 시작했다.

거주 구역을 한 바퀴 빙 둘러 그린 문양에 류에가 흥미를 보였다.

“이건…… 레이스가 전에 썼던 문장과 닮았어.”

“그럼 혹시—.”

그 순간, 눈부신 빛이 주변 일대를 감싸서 반사적으로 눈을 감았다.

너무나도 강한 빛 때문에 아이들의 울음마저 끊겼다.

다시 눈을 뜨자 그곳에는 색채 감각이 이상한 집이 완성되어 있었다.

……벽과 지붕의 색이 알록달록하거나 줄무늬를 그려 살짝 눈이 아프지만.

“미안, 도료 성분까지 나눠서 칠하지는 못해. 간이적인 조치밖에 못 해줘서 미안해.”

다리아는 미안해하며 돌아왔다. 하지만 부자연스러울 정도로 그 얼굴은 생기를 잃었다.

“재생술……이 아니야. 그건 복원, 재현에 반드시 손실이 따르는 기술이야."

"대단한데. 보기만 해도 그걸 알아? 부족한 부분은 다른 것으로 보충했어."

"……마력과 생명력으로? 아무리 강한 힘을 가졌어도 그건 목숨을 깎는 행위야."

"다행히 생명력은 넘쳐나거든. 이 정도는 당연한 대가야."

개량한 재생술일까? 설마 자기 생명을 줄이면서까지 집을 수리할 줄이야.

아이들도 갑자기 나타난 기묘한 무늬의 집들을 보고 놀라서 환성을 질렀다.

"이상한 집이다! 이게 우리 집이야?!"

"우리 집이 있던 곳에도 이상한 집이 생겼어! 여기 내가 써도 돼?!"

기발한 디자인에 주민들은 슬픔을 잊은 것처럼도 보였다. 우연……은 아니겠지.

"시간이 없어. 다음은 이 마을 결계의 기점으로 안내해줘."

§ § §

지금 레이스와 아마미는 결계의 본래 출입구인 술집 뒤쪽에서 다른 습격자가 없나 경계 중이라고 했다.

다리아는 이 틈에 다시 한 번, 이번에는 절대로 뚫리지 않도록 결계를 다시 설치할 생각이었다.

"또 방금처럼 구멍을 내는 건 아닐까?"

"아니, 그 주구는 그렇게 많지 않아. 그쪽에서도 아마 비장의 무기였겠지."

"……그래? 그러면 결계를 다시 치고 너는 어떻게 할 생각이지?"

"……여기서 나가면 밖에서 결계를 하나 더 칠 거야. 위장도 겸해서."

류에와 다리아가 거목 앞에서 말을 나눴다.

신기한 기분이었다. 내 분신이자 가족이기도 한 류에가 일본에 있을 적 친구, 그 누구보다 오래 사귄 히사시와 대화하는 것이…….

일방적인 재회. 우리는 다리아에게 아직 정체를 밝히지 않기로 했다.

그럴 시간도 없거니와 그럴 상황도 아니었다.

하지만…… 조만간이다. 다리아가 이곳을 나가면 나도 뒤를 쫓자.

그렇게 결심하고 열심히 작업을 진행하는 두 사람을 가만히 지켜봤다.

"신기하군. 여기서 쓰는 술식은 눈에 익어. 마치…… 기초가 똑같은 것처럼."

"그래? ……확실히 네 식에도 비슷한 부분이 있긴 해."

"이건 네가 짠 게 아니야?"

"아니야. 연고는 있지만. 너는 어디서 이걸 봤어?"

"……나한테 술식의 기초를 알려준 사람에게 봤지."

두 사람이 술식 이야기를 나누며 공중에 빛으로 된 선을 술술 그렸다.

막힘없이 아름답게, 기하학 문양을 닮은 그것을 거목으로 날려 보냈다.

"……이걸로 완성이야. 밖에서도 결계를 다시 치겠지만, 주의점이 있어. 이제는 전처럼 자유롭게 들어올 수 없어. 마력 흐름이 약해지는 주기, 대략 한 달에 한 번밖에 마을로 못 들어올 거야. 나갈 때는 마음대로지만."

"……알았어. 조금이라도 이 마을이 안전해진다면 그걸로 됐어."

아마 지금까지보다 훨씬 강력하게 보호받을 것이다. 이제 다리아가 거짓 보고를 하면…… 이 마을이 당면한 위기는 사라졌다고 해도 되겠지.

"……한 번 더 물을게. 정말로 나를 믿어? 따지고 보면 나는 이 습격의 주범이야."

"너도 의심이 많구나. 나는 너를 믿는다고 말했잖아?"

"내가 결계를 쉽게 해제할 방법을 넣었을지도 모르잖아? 밖으로 나간 내가 더 많은 병력을 이끌고 돌아올 거라고는 생각 안 해?"

"……너무 쉽게 믿지 않는가. 또 속지 않을까. 너는 그게 걱정이겠지. 그래도 나에게는, 우리에게는 너를 믿을 근거가 있어."

"내가 울어서? 집을 고쳐서? 잘 들어, 그런 건—."

……정말로 얼마나 사람이 좋은 거야. 너는 누구에게나 구원의 손길을 건넨다.

너는…… 정말로 변하지 않았나 보다. 정신이 아득해지는 시간을 지나도 여전히.

"거기 성녀님. 그만 포기해. 너만은 누가 뭐라고 해도 믿기로 정했어. 왜인지는 아직 말할 수 없지만."

"……정말로 영문 모를 일뿐이야. 그래, 그럼 마음대로 믿든가. 주모자에게는 반드시 전해 둘게. 이곳은 이미 사람이 두 번 다시 범접할 수 없는 마경이 됐다고. 희생자가 너무 많아서 최소 수백 년은 봉인하는 편이 좋다고."

이해하기는 어렵지만 자신을 향한 신뢰가 낯간지럽겠지. 다리아는 그 외모에는 도무지 어울리지 않는 냉소적인 웃음을 짓고 돌아섰다.

지금은 일단 여기서 이별이다. 하지만 다음에 만날 때는 분명—.

거목에서 숲으로 떠나는 모습을 바라보며 나는 옆에 있는 류에게 말했다.

"……어땠어? 다리아는."

"좀 분했다고 할까? 저렇게 옛날 그대로, 착한 성격을 유지하는 게 부러워."

"그렇지. 마을 상황이 안정되면 나도 바로 여기를 떠날 거야. 저 반응을 보면 분명히 협력해 줄 거야. 가능하면 지금 당장 말하고 싶지만."

"……지금이라도 안 늦었어. 아직, 쫓아갈 수 있어."

그 유혹에 마음이 흔들렸다. 하지만 그래도 지금은 이별을 받아들이자.

지금은 저 녀석이 자기 책임에 집중하도록 놔두자.

내가 옆에 있으면 분명히 의심받을 테니까.

주모자는 누구인가. 이 마을을 알던 그 인물은 누구인가.

왜 다리아는 그 인물의 명령을 듣는가. 의문은 늘어만 간다.

적어도 내 친구는 꺾이지 않는다. 변하지 않는다. 아직도 변함이 없는 그라면…….

그렇다면 지금은 그것을 안 것만으로 충분하다.

이번에는 제대로 된, 우리에게 걸맞은 재회를 준비하겠다.

그리고 그때는 너에게 부탁하겠다. 제발 나에게 협력해 달라고.

류에의 소원을, 그리고 **새롭게 생긴 내 소원**을 들어 달라고…….

§ § §

신기한 기분이었다. 너무나 큰 진실에 마음이 압살될 것 같았는데, 지금부터 가장 성가신 상대를 추궁해야만 하는데, 마음이 이상하게 들뜨고 편안함마저 느끼고 있었다.

헤어질 때 들은 『믿는다』라는 말 때문에? 아니, 나는 그런 단순한 인간이 아니다.

왜일까? 나도 모르겠다. 하지만 적어도 그 두 명의 말이 마음에 울렸다.

숲길을 따라가자 아까 교전한 검사와 마궁투사가 내 쪽으로 다가왔다.

그러고 보니…… 이 누나도 내 얼굴을 보자마자 정체를 밝혔지.

단 한 번. 정말 잠깐 대화했을 뿐인 나를 믿고 정보를 넘기는 굉장히 위험한 선택을 했다. 이 인물도 나에게 이유 모를 믿음을 가진 것일까?

"그쪽에서도 결계 재전개를 확인했나 보지? 미안했어. 사과한다고 끝날 문제는 아니지만, 사과를 받아줘."

"……다리아 님은 여기를 떠날 생각이신가요?"

"지금은 그래야지. 보고하러 돌아가지 않으면 또 부대를 파견할 가능성이 있어."

"……믿을게요, 당신의 말을. 제발 부탁드려요. 이 땅에 평화를 가져와 주세요."

"다들 왜 이래……. 왜 그렇게 나를 믿어? 명성인가? 아니면 행동?"

"사실 저는 그 정도로 믿지 않아요. 하지만— 당신은 여기로 돌아왔어요. 그건 다시 말하면 그 두 사람이 신뢰…… 믿기 때문이겠죠. 그러니까 믿는 거예요."

마지막까지 알 수 없었다. 그 두 사람의 신뢰가 그토록 큰 의미를 가지는가?

그 의문을 해소하지 못한 채 결계를 다시 설치하러 마을을 떠났다.

그리고 이 습격의 주모자, 펜넬에게로 귀환했다.

에필로그

예를 들자면 병원.

나와 가까운 사람이 사고를 당해 당장 생사를 헤매며 싸우고 있다.

수술실 밖에서 필사적으로 기도한다. 제발 내일도 함께 지낼 수 있기를.

그것이 설사 나와 관계없는 사람들의 일이라도, 그런 상황을 보면 자연스레 연민을 느끼고 함께 기도하게 된다. 그런 경험은 없는가.

『아…… 제발 저 사람들의 기도가 하늘에 닿았으면. 소원이 이루어졌으면.』

그 방 앞에서 나는 그런 생각을 하며 치밀어 오르는 감정이 흘러넘치지 않도록, 그 파도가 잠잠해지기를 기다리며 대화 소리에 귀를 기울였다.

『—말귀를 못 알아듣네요. 저는 당신들에게 충분한 지식을 전해줬을 텐데요?』

『—정말 방법이 없어? 평소처럼 숲에 가면…….』

『안타깝지만 그건 안 돼요. 받아들이세요.』
『……고칠 수 있는 사람을, 내가 찾아올게.』
『……부모 품에서 벗어날 때도 됐어요. 당신이 제일 큰 누나잖아요.』
『부모가 아니야. 촌장님은 내 친구야.』
『……고집도 세지.』
『고집 센 사람이 키웠으니까.』
지금은 헛된 희망을 심어줄 때가 아니다.
둘의 대화가 한 단계 진정됐을 때, 나는 문을 노크했다.
조금 망설이면서도 모종의 긴장감으로 찬 방에 들어갔다.
처음 들어온 촌장의 침실에서는 신비한 향이 났다.
향수 같기도 하고 여성의 향기 같기도 한, 강한 생명을 느끼게 하는 그런 신비한 향.
어쩌면 삶을 구가하려는 그녀의 마음 때문에 그렇게 느끼는 것일까?
"아직 들어오라고 허가 안 했어요. 못 참으셨나요?"
"죄송합니다. 타이밍을 재느라 기다리던 탓에 그만."
"아, 카이본…… 거주 구역은 어떻게 됐어?"
"우선 집을 나누고 필요한 식량과 도구를 넘겨줬어."
"저도 감사드릴게요. 약속, 지켜주셨나 보네요. 겨우 끝났나 보네요."
"네. 일단은 마을의 위기는 사라졌다고 생각합니다. 그래서 말인데―."

"제 일은 미뤄도 돼요. 전 나름대로 만족 중이니까요."

침대에 누워서도 역시 그녀의 표정은 한결같았다.

병상에 누운 인간 특유의 음울한 미소와는 달랐다. 신기하게 지금까지 품었던 침울한 마음을 웃어 날려 버리게 해주는, 그런 힘이 있는 미소였다.

그녀의 취미인지 검게 칠한 목제 고딕 디자인의 캐노피 침대.

그곳에 누운 촌장에게서는 비장감보다는 오히려 고혹적인 매력마저 감돌았다.

아아, 그래서 지금 아마미도 감정이 폭발하지 않는 거구나.

사실은 이런 상황이 거북한데…….

인생의 마지막 순간에 직면하는 것은 두 번 다시 사양하고 싶었는데…….

"촌장님. 그럴 수는 없습니다. 내 신념, 아니면 이기심일지도 모르지만, 은혜를 입은 사람에게는 최대한 이자를 붙여서 갚아야 하는 성미라서요."

"……전에 해결 방법이 있는 것처럼 말씀하셨으니까 조금만 기대해 볼게요."

"카이본, 방법이 있어? 알려줘, 내가 뭐든지 할게."

"어머. 카이본 씨, 들었어요? 아마미가 뭐든지 하겠대요. 침대로 가자고 부탁해 보시는 게 어떤가요? 다시없을 기회예요."

"……안 돼. 그런 소원은 제외."

이 상황이 되어서도 참 대단한 『숙녀』시군.

"지금 당장은 어렵고 확약도 드릴 수 없습니다. 하지만…… 최선은 다하죠."

사실 아마미가 있는 곳에서 불확실한 약속은 하고 싶지 않았다.

하지만 여기서 촌장이 전에 나와 나눈 이야기를 꺼낸 것은 제발 자신을 구해 달라는 비밀스러운 의뢰인지도 몰랐다.

"다른 면회 희망자가 있을지도 모르니까 저는 잠깐만 쉴게요."

"아, 응. 그럼 나는…… 카이본 일행이랑 상담하고 올게."

"……아마미. 만약 세 분이 지시하면, 거기에 따르세요. 분명히 잘 풀릴 거예요. 그런 기분이 들어요. 신기하죠? 제가 이런 말을 다 하고."

그 말을 남기고 촌장은 천천히 눈을 감았다.

숨소리조차 들리지 않는 고요함. 완전히 잠든 그 모습은 마치 인형 같아서 두 번 다시 눈을 뜨지 않을까 봐 덜컥 겁이 날 정도였다.

"가자. 촌장님은 잠자는 모습을 보여주기 싫어해."

잠잘 때만은 자신의 모습이 인간과 다르기 때문이리라.

아니면 인간이 목숨을 잃는 모습과 닮았기 때문이거나.

어쩌면 둘 다일 수도 있고, 또 다른 이유가 있을 수도 있겠지.

그래도 나는 그녀의 뜻을 존중해 서둘러 방을 나왔다.

§ § §

『어떻게 하면 촌장이 살 수 있는가?』

식당에 도착하기 무섭게 아마미는 몰아붙이듯이 물었다.

반드시 된다는 보장도 없고 잘 풀릴지도 미지수다. 나는 그렇게 전제를 깔고 이야기했다.

원래 촌장에게는 시간이 많이 남지 않았다는 것과 촌장을 깨울 수단, 그 포드를 고칠 수 있을지도 모르는 유일한 사람이 『다리아』라는 사실을…….

"그럼 지금 당장 다리아 님을 쫓아서—."

"그래서 다리아의 귀환이 늦어지면 다시 마을이 위기에 빠질지도 모르잖아."

"……그러면 어떡하게? 촌장님을 구할 수 있는 거 아니었어?!"

"다리아를 나라로 돌려보내. 우선은 이곳의 안전을 확보하는 게 먼저야."

아마미는 내 원래 목적이 왕도로 가는 것이었다고 떠올렸을 것이다.

갑갑하겠지. 화도 나겠지. 이렇게 멀리 돌아가는 길을 택하는 내가…….

나도 고민했다. 정말 많이 고민했다. 정체를 밝힐지 말지도, 붙잡을지 말지도, 전부.

"……미안해, 카이본. 그런 표정을 보고 싶었던 게 아닌데…… 미안."

"그 마음 잘 알아. 괜찮아. 마을이 안정되면 바로 출발할 테니까."

정적. 조금 전까지 즐거운 시간을 보내던 식당이 정적에 휩싸였다.

하지만 그 직후, 『촌장님!』이라는 고함이 저택 전체에 울려 퍼뜩 식당에서 뛰쳐나갔다.

고함을 친 사람은—.

"카이 씨! 촌장님의 심장이 안 뛰어요…… 숨도!"

"촌장님이 호흡하지 않는다고 처음에 지적한 사람은 너잖아."

"아…… 그러고 보니…… 그, 그렇지만 심장도……."

생각해 보면 류에와 레이스에게 아직 촌장의 정체를 말하지 않았다.

본인이 밝히지 않았는데 마음대로 발설하는 것도 예의가 아니니까.

그런 레이스가 병문안을 와서 맥박도 호흡도 없는 촌장을 봤으니, 그야 기절할 만큼 놀랐겠지.

"후후후, 죄송해요. 저는 심장이 없어요."

"아…… 죄송합니다. 제가 착각하는 바람에……."

"어차피 일어날 생각이었어요. 주요 멤버도 다 모인 것 같으니까요."

지금 소란을 듣고 류에와 쿠우까지 방 앞에 모였다.

혹시 주변 생체 반응 수를 기동 조건으로 맞춰 두기라도 했나?

그런 고찰은 일단 넘어가고 어쩐지 목소리가 작아진 듯한 촌장의 말에 귀를 기울였다.

이미 남은 시간이 길지 않다고 모두 눈치챘겠지.

괜한 질문을 하는 사람도 없이 가만히 그녀의 말을 기다렸다.

"이미 아마미와 카이본 씨에게는 설명했지만, 저는 조금 긴 잠을 잘 거예요."

"그건 전투의 영향이지? 내가 치료할 수는 없을까?"

"네. 공교롭게도 저는 생물이 아니라서요."

"그럼 마늘 먹으면 나을까? 영양가 많아."

"안 나아요. 당신은 마늘 좀 그만 드세요."

"그건 좀……. 그럼 언제 일어나?"

"글쎄요…… 어쩌면 다시 눈뜨지 않을 수도 있어요. 다만, 여기 있는 사람들의 노력에 따라 언젠가 다시 깨어날지도 모르죠. 그렇죠?"

"네. 우리 모두가 할 수 있는 일을 한다면, 언젠가 분명히—."

첫날 우리를 환영해준 답례로. 이곳에 머물게 해준 은혜를 갚기 위해…….

그리고 류에와 깊은 관계가 있는 이곳을 수호해 온 당신에게 감사의 마음을 담아서.

모두 앞에서 맹세했다. 언젠가 반드시 당신을 다시 깨우겠노라고.

"……마을 주민에게는 가급적 간섭하지 않았으니까 제가 없어져도 당장 생활이 바뀌지는 않을 거예요. 하지만 공화국의 사자와 상인에게 대응할 대표자는 있어야겠죠. 그 역할은 쿠우나 아마미에게 부탁하고 싶어요."

이번에 류에와 다리아가 친 결계는 서즈가르드 쪽뿐이었다. 공화국 쪽 결계는 전과 다를 바가 없었다. 조만간 외부 협력자인 행상인과 관계자가 방문할 것이다.

그리고 의외로 쿠우도 마을의 고참이라고 하며 그녀가 키운 작물을 직접 공화국 사람과 거래하기도 한다고 했다.

『고양이표 실한 마늘』이라는 브랜드는 아는 사람만 아는 인기 상품이라나?

"알았어. 공화국 사람은 내가 더 잘 아니까 응대할게."

"그렇게 하세요. 그럼 다음은……."

촌장은 담담하게 마을 관리자의 역할을 두 사람에게 인계했다.

이게 마지막이 될지도 모른다고 생각한 촌장의 결의겠지.

말하지는 않아도 그것은 두 사람에게도 확실히 전해진 것 같았다.

게슴츠레하던 눈을 크게 뜨고 한마디도 놓치지 않겠다고 집중하는 쿠우.

그리고 촌장의 말을 모두 메모하고 반복해서 머리에 새기려는 아마미.

필요한 사항을 다 전한 촌장이 천천히 힘을 쥐어짜듯 나를 봤다.

왠지 빛이 약해진 듯 보이는 붉은 눈동자에 내 모습이 비쳤다.

"당신들의 최종 목적을 아직 못 들었네요. 하지만…… 마음대로 하세요. 필요하다면 여기 계셔도 상관없고, 협력이 필요하면 아마미에게 말씀하세요."

"……알겠습니다. 신경 써주셔서 감사합니다."

시간이 없기 때문에 하는 말일까? 아니면 우리를 믿기 때문에 하는 제안일까?

후자였으면 한다. 느닷없이 나타난 우리를 조금이라도 믿어줬으면 한다.

아마 나는 이미 이곳을, 이곳에 사람 사람들을 좋아하게 됐다.

평온하고 자연에 둘러싸인 이 마을을, 순수한 주민들이 서로에게 기대어 살아가는 이곳을…….

다양성을 부정하고 차이를 받아들이지 못해 거절당했으면

서 행복을 누리는 이곳의 주민들을…….

"촌장님, 다음에 일어날 때를 기대하세요. 진수성찬을 차려드리겠습니다."

"후후, 그래요……. 그럼— 떴을…… 때— 식사를, 기대하……."

이제는 만족스레 말도 할 수 없는 그녀가 붉은 눈동자를 천천히 감았다.

그래도 긴 속눈썹이 맞닿기 직전, 갑자기 눈을 뜨고 마치 마지막 힘을 쥐어짠 것처럼 상체를 일으켰다. 그러고는 속사포처럼—.

"아, 잠잘 때 이상한 짓은 하지 마세요. 저는 숙녀니까 그런 행위는 서로 합의한 뒤에 하자고요. 그리고 방문은 반드시 잠그고—."

거기까지 떠들고 털썩 쿠션 위로 쓰러졌다.

마지막에 한다는 말이 그겁니까……. 이쯤 되면 인정해 줘야겠네요.

일부러 그런 거죠? 슬픈 분위기를 남기지 않으려는 배려죠?

근데 이 이상한 분위기는 어쩔 겁니까?

"……어, 음, 카이본은 왕도로 가지?"

"그래, 예정대로 갈 거야."

"나도 예정대로 마을에 남을래. 새로운 결계를 당분간 지켜보고 싶어."

"저도 남을래요. 생활에 변화는 없겠지만, 도울 일이 많을 테니까요."

두 사람이 걱정스럽게 나를 바라보고 있었다.

그러고 보니 나는 잠깐이지만 혼자 여행해야겠군.

조금…… 아니, 상당히 적적한 여행이 될 것 같다.

"나는 공화국 쪽 입구로 이사할래. 마늘도 옮겨야지."

"그러면 저도 도울게요. 전에 상인이 아이들을 속여서 값을 후려치고 있었어요. 저도 거래 현장에 동참할게요."

"그럼 같이 가자, 레이스 씨."

모두 제 할 일을 생각하며 움직였다.

촌장이 잠들며 생긴 구멍을 메우기 위해서, 언젠가 눈뜨는 날을 위해서.

그런 와중에 혼자 생각에 빠졌던 아마미가 입을 열었다.

"이번 사건으로 아마 왕도 출입 통제도 강화될 거야. 다리아 님의 보고만 믿고 아예 손을 놓을 리는 없어. 반드시 대책을 세울 거야."

"그래도 나는 이 선택이 틀리지 않았다고 생각해. 반드시 왕도로 들어가고 말 거야."

"이 타이밍에 억지로 들어가려다 소란이 일어나면 또 마을이 의심받을지도 몰라."

그래도 아마미는 나를 막으려는 것처럼 말을 이었다.

그러고는 결의를 다진 건지 나를 똑바로 돌아봤다.

"……나도 같이 갈게. 왕도로."

§ § §

적막에 휩싸인 심록의 숲.

아침 풀내와 흙내가 사방을 채우는 데도 신기하게 마음은 텅 빈 느낌이었다.

살아 숨 쉬는 생명이 없는 것처럼 조용한 숲에서 우리는 세 사람에게 배웅받으며 여행을 떠난다.

"여기 일은 우리에게 맡기세요. 촌장님 저택은 제가 꼼꼼하게 관리할게요."

"나도 결계를 지켜볼게. 게다가 마을 아이들에게 가르칠 게 있을지도 몰라."

"나는 일단 마늘부터 잔뜩 팔게. 카이본, 아마미, 열심히 해."

레이스, 류에, 쿠우는 우리가 안심하도록 한마디씩 말을 건넸다.

레이스는 걱정스러운 표정을 억지로 숨기듯이—.

류에는 믿음직하면서도 어딘지 모르게 외로운 목소리로—.

그리고 쿠우는…… 졸린 고양이를 졸린 얼굴로 끌어안고—.

"그래. 너희만 믿을게. 나도 준비가 끝나는 대로—."

"내가 데리러 올게. 결계 성질상 아무리 짧아도 한 달 뒤, 경우에 따라서는……."

"아니, 한 달이야. 그때까지는 반드시 다리아의 협력을 얻어낼게."

촌장이 잠들고 이틀 뒤. 나와 아마미는 이 은둔자들의 마을을 떠나기로 했다.

왜 아마미는 나를 따라오는가, 왜 동행하겠다고 제안했는가.

그것은 촌장과 나를 돕기 위해서만은 아니었다.

그녀에게는 임무가 있었다. 그래서 이런 사건이 있은 뒤에 마을을 떠나도 될지 망설였다.

게다가 그녀 본인이 이미 자유 기사단으로 돌아갈 생각은 없다고 말했다.

원래 이전부터 감시가 붙기 시작했었다. 이 사건 후로는 더 돌아가기 힘들 것이다.

그렇다면 임무는 왜 수행하는가? ……답은 간단하다.

별도의 임무였다. 자유 기사단 정규 임무가 아닌, 비밀 부대에 속한 특별한 임무.

그녀는 그 임무를 나를 위해 받기로 결정했다.

『어떤 요인의 대역이 되어 함께 왕도로 귀환할 것』.

브라이트 일족으로 오해받는 용모 때문에 그녀에게 하달된 임무일 것이다.

사실은 마을이 걱정될 텐데. 아마도 위험을 동반한 임무일 텐데.

어둡고 지저분한 음지의 세계에서 도망칠 기회일지도 모

르는데.

그런데도 그녀는—.

이 큰 빚을 언젠가 갚자. 촌장을 다시 깨우고, 이번에는 반드시 너를 양지로 데리고 나오겠다. 나는 새로운 결의를 가슴에 묻었다.

자기만족이면 어떤가. 적이냐 내 편이냐는 양자택일. 그렇기에 내 편에게는 최대한의 협력을 약속한다.

"그럼…… 다녀올게."

"네. 다녀오세요, 카이 씨."

"잘 다녀와, 카이 군."

"잘 가, 카이본."

"다녀와, 카이본."

"너는 따라와!"

"아아~ 장난인데~."

왜 이 분위기에서 개그 욕심을 부려?

설마 촌장에게 영향받았나?

그런 기운 빠지는 대화를 마치고 나는 이 세계에서 처음으로 류에가 없는 여행을 시작했다.

류에의 소원을 위해서. 내 소원을 위해서. 다 헤아릴 수 없는 은인을 위해서.

많은 목적과 시련을 내포한 이번 여행을 이 상냥한 노력가와 함께…….

"……아마미, 다시 한 번 잘 부탁해."

"응. 류에 씨가 무사히 왕도에 도착할 수 있게 해 보자. 그리고 반드시—."

"촌장님도 꼭 구하자."

그리고 또 술집으로 나와 아마미가 전에 탔던 것과 같은 종류의 기수를 빌렸다.

아마미는 한 마리밖에 없는 희귀한 동물에 올라탔고 나는 그 뒤에 꽉 매달렸다.

조금 꼴사납지만 꽤 타기 힘든 동물이라고 했다.

아마미도 전에 떨어진 것을 보면 어지간히 성격이 거칠 것 같았다.

"그런데 대체 누구의 대역이야? 누가 노리기라도 해?"

"……좀 복잡한 사정이 있는 사람이야."

—아마미가 대역을 서는 인물의 이름을 듣고 나는 할 말을 잃었다.

"레일라 럭스벨 브라이트 님. 왕족에 속한 공주님을 연기해야 해."

"누구?!"

인정하고 싶지 않지만, 나 때문에 요상한 성적 취향이 생긴 그 아가씨……?

이거 어째…… 생각보다 소란스러운 여행이 될 것 같군…….

■작가 후기

(´･ω･`)오랜만에 뵙겠습니다. 저자 아이아츠시입니다.

1권 초반에 나온 주인공의 친구 중 한 명인 그(그녀)가 마침내 등장한 8권, 어떠셨나요?

아직 완전한 재회는 아니지만 앞으로 어떻게 이어질지, 어떤 관계가 될지 주목해 주셨으면 합니다.

이번에는 1권부터 나온 기믹(이라고 불러도 될지 모르겠지만)인『카이 군(君)』과『카이 군(くん)』[#1]의 차이가 밝혀졌습니다.

숲에서 살던 때와 그 이후로 나뉘었지만, 본편에서 그 이유는 설명되지 않고 심경의 변화로 인한 뉘앙스 차이로 치부되던 부분입니다.

어떤 사람에게나 어두운 면, 부정적인 감정이 있을 것입니다. 그 생각을 바탕으로 류에에게 괴로운 장면을 많이 삽입한 탓에 아마 읽으면서 불쾌해진 분도 계시지 않을까요?

그에 대한 사과라고 하기는 그렇지만 마지막에는 해피엔

#1『카이 군(君)』과『카이 군(くん) 류에의 인격에 따라서 호칭 군(君)의 표기가 한자와 히라가나로 구분되었으나, 번역상의 한계로 전체 말투의 강약을 조절해 차이를 두었습니다.

딩을 맞이하도록 이야기를 써내려 갈 생각입니다.

그러니까 마지막까지 류에의 여행을 지켜봐 주셨으면 합니다.

마지막으로 지금까지 있던 대륙을 떠나면서 항상 주인공을 뒤에서 받쳐주던 오잉크와 헤어지게 됐습니다.

이야기 초반부터 곁에 있던 그녀를 떨어뜨려 놓는 전개는 저 본인도 『이래도 되나?』라고 오래 고민한 기억이 있습니다. 솔직히 서적판에서는 오잉크도 동행하도록 이야기를 수정하는 방안도 괜찮겠다고 생각했죠. 하지만 그러면 이후의 스토리가 분명히 파탄 납니다.

저는 너무 강한 만능 캐릭터가 이야기의 폭을 좁힌다고 배웠습니다.

그러므로 오잉크는 역시 서적에서도 주인공을 배웅하는 역할로 남기기로 했습니다.

물론 앞으로 다시 등장할지도 모르지만 지금은 잠시 헤어질 때겠죠.

그리고 주인공은 새로운 동료와 만나 새로운 이야기를 만들어 갈 것입니다.

아마미를 시작으로 신규 캐릭터가 어떤 인물이며 어떤 마음을 가졌는지, 앞으로 이야기를 통해 보여드릴 수 있도록 노력하겠습니다.

그럼 백수 마왕 8권을 읽어주셔서 감사합니다.

(´･ω･`)총총 꿀.

백수 마왕
8권!
읽어주셔서
감사합니다!
아마미가 귀여워요!
이번 권은
엘프 천지입니
우히히
桂井よしあき
카츠라이 요시아키

백수, 마왕의 모습으로 이세계에 8

초판 1쇄 발행 2021년 3월 10일

지은이_ Aiatsushi
일러스트_ Yoshiaki Katsurai
옮긴이_ 김장준

발행인_ 신현호
편집부장_ 윤영천
편집진행_ 김기준 · 김승신 · 원현선 · 권세라 · 유재슬
편집디자인_ 양우연
관리 · 영업_ 김민원 · 조인희

펴낸곳_ (주)디앤씨미디어
등록_ 2002년 4월 25일 제20-260호
주소_ 서울시 구로구 디지털로 26길 111 JnK디지털타워 503호
전화_ 02-333-2513(대표)
팩시밀리_ 02-333-2514
이메일_ lnovelpiya@naver.com
L노벨 공식 카페_ http://cafe.naver.com/lnovel11

ISBN 979-11-278-5884-1 04830
ISBN 979-11-278-4210-9 (세트)

값 7,800원

곰 곰 곰 베어 1~13권

쿠마나노 지음 | 029 일러스트 | 김보라 옮김

게임이 현실보다 재밌습니까?—YES
현실 세계에 소중한 사람이 있습니까?—NO

……온라인 게임 설문 조사에 대답했을 뿐인데
말도 안 되는 이세계(아마도)로 내던져진 나, 유나.
은톨이 경력 3년의 폐인 게이머.
맨 처음 장착하게 된 장비템이『곰 세트』라니…….
이게 무어야—!?
하지만 세고 편하니까 뭐, 괜찮으려나?
울프를 쓰러뜨리고, 고블린을 쓰러뜨리고
극강 곰 모험가로서 일단 해볼까요.

은둔형 외톨이 소녀, 이세계에서 무적의 곰 모험가가 되다!

L NOVEL
친구 여동생이 나한테만 짜증나게 군다
vol. 3
작가 미카와 고스트
일러스트 토마리
15세 미만 구독 불가
L NOVEL